本书得到武汉大学文学院"双一流"学科建设经费资助

雷鸣 ——— 著

《诗经》之镜
孙璋《诗经》拉丁文译本研究

A MIRROR OF
THE *SHI JING*
On Alexandre de La Charme's
Confucii Chi-King sive Liber Carminum

社会科学文献出版社
SOCIAL SCIENCES ACADEMIC PRESS (CHINA)

蔡华、满意的文章以克莱默-宾译本的副文本研究为主要内容;① 李玉良、吕耀中的文章关注韦利译本中的人类学探索;② 李玉良、孙立新还专门研究、评价了高本汉的译本;③ 佟艳光、刘杰辉专门讨论了詹宁斯译本;④ 于俊青梳理了威廉·琼斯对《诗经》的译介。⑤

比起《诗经》英译本研究的盛况,对《诗经》其他语言译本的研究十分有限。对《诗经》德译本的研究略显薄弱。吴晓樵的文章介绍了吕克特根据孙璋拉丁文译本转译的第一个《诗经》德文全译本,但只叙述了吕克特翻译《诗经》的背景和这个译本出版后对德国文学界、汉学界产生的影响,并未详细分析这个译本的具体特点。⑥ 关注《诗经》法译本的研究者相对较多。刘国敏的《诗经》法译研究成果较多,他曾按照时间顺序介绍法国学界对《诗经》的接受与阐释。⑦ 此外,他主要关注顾赛芬译本,他与罗莹共同将顾赛芬译本的导论译为中文,⑧ 曾撰文详细地介绍了顾赛芬以及他翻译《诗经》的背景,具体分析了顾赛芬的译介风格与译介策略,探析了顾赛芬翻译《诗经》的目的,采用特定翻译策略的原因,并在最后总结了这个译本的影响与不足。⑨ 卢梦雅专注于葛兰言的《诗经》节译本,她将葛兰言的译本置于法国诗经学的历史脉络中,展示了葛兰言译本在承继法国汉学传统基础上展现出的独特性,认为葛兰言译本是法国第一个跨语言、跨学科的全面而深入的对《诗经》的阐释。⑩ 钱林森关注更早期的法文《诗经》选译,他在《18世纪法国传教士汉学家对〈诗经〉的译介

---

① 蔡华、满意:《克莱默-宾〈诗经〉英译本研究》,《燕山大学学报》(哲学社会科学版) 2018年第6期,第21—26页。
② 李玉良、吕耀中:《论阿瑟·韦利〈诗经〉翻译中的人类学探索》,《青岛科技大学学报》(社会科学版) 2012年第1期,第104—109页。
③ 李玉良、孙立新:《高本汉〈诗经〉翻译研究》,《山东外语教学》2011年第6期,第93—98、104页。
④ 佟艳光、刘杰辉:《汉学传播视域下的詹宁斯〈诗经〉英译研究》,《辽宁工业大学学报》(社会科学版) 2014年第2期,第54—56页。
⑤ 于俊青:《威廉·琼斯对〈诗经〉的译介》,《东方丛刊》2009年第4期,第128—141页。
⑥ 吴晓樵:《吕克特与〈诗经〉的德译》,《中华读书报》2011年5月18日,第18版。
⑦ 刘国敏:《法国〈诗经〉翻译研究书目勾陈》,《诗经研究丛刊》第22辑,学苑出版社,2012年。
⑧ 〔法〕顾赛芬:《顾赛芬〈诗经〉导论》,刘国敏、罗莹翻译,《国际汉学》2017年第2期,第46—58页。
⑨ 刘国敏:《顾赛芬〈诗经〉译本研究》,《国际汉学》2015年第3期,第127—138、204页。
⑩ 卢梦雅:《葛兰言与法国〈诗经〉学史》,《国际汉学》2018年第2期,第58—56、205页。

西（Thomas Percy）《好逑传》中的《诗经》英译，威廉·琼斯对《诗经》的学习、翻译和评论，德庇时（John Francis Davis）的《诗经》英译，基德（Samuel Kidd）的《诗大序》英译，裨治文（Augustus Ward Loomis）、艾约瑟（Joseph Edkins）的《诗经》英译。文章材料翔实，图文并茂，为读者细致地梳理了英美等国研究《诗经》的历史。① 此外，张思齐的文章《欧美各国的诗经研究概说》以国家为分类，介绍了德国、俄罗斯、法国、加拿大、美国和英国等国对《诗经》的翻译和研究情况，资料翔实，脉络清晰。②

国内更多的研究成果集中在对各个具体的《诗经》译本的分析、阐释上。不仅从译本研究、译者研究、译本比较、翻译策略与方法等多个角度介绍《诗经》西译，还不断试用新理论、新方法、新视角，从阐释学、翻译美学、接受美学、语言学、符号学、目的论等多种进路分析《诗经》译本。多数文章的研究对象为理雅各、韦利、庞德等人的英译本，但也有个别文章对其他语言的译本展开了深入研究。对具体译本开展分析的期刊论文和学位论文不胜枚举，下面按译本的语言分类做简要介绍。

《诗经》英译本的研究成果数量最庞大，涉及的译本也最丰富，几乎每位译者、每个译本都有专门讨论。沈岚的博士学位论文《跨文化经典阐释：理雅各〈诗经〉译介研究》集中探讨理雅各分别于1871年、1876年和1879年出版的三种《诗经》英译本，从中西经典阐释传统入手，以理雅各《诗经》译介的思想阐释、文化阐释、文学阐释、意象阐释等多个方面展开，最后梳理总结了理雅各英译本对汉学世界的影响。③ 袁靖的博士学位论文《庞德〈诗经〉译本研究》认为，庞德译诗立足于西方诗歌语境，受现代主义诗学观点影响，是中西方不同诗歌风格的融合。庞德诗歌与诗学中的"并置""人物面具"等概念也体现在他的《诗经》翻译当中。④ 冯全功、彭梦玥的文章探讨了阿连壁译本的"丰厚翻译"特征；⑤

---

① 张万民：《英语国家的诗经学：早期篇》，《诗经研究丛刊》第28辑，学苑出版社，2015。
② 张思齐：《欧美各国的诗经研究概说》，《诗经研究丛刊》第18辑。
③ 沈岚：《跨文化经典阐释：理雅各〈诗经〉译介研究》，博士学位论文，苏州大学，2013。
④ 袁靖：《庞德〈诗经〉译本研究》，博士学位论文，浙江大学，2012。
⑤ 冯全功、彭梦玥：《阿连壁〈诗经〉丰厚翻译研究》，《外国语言与文化》2018年第2期，第104—114页。

《诗经》翻译方式的看法;后三章分别从诗体研究、文化人类学研究、语言学研究、意象研究和诗经学史研究几个角度总结评价了陈世骧、苏源熙、葛兰言、王靖献、高本汉、多布森、余宝琳、麦克诺顿、海陶玮、左伊伦十位学者的研究成果;最后,作者总结了西方诗经学"西论中用"的特点。吴结评的著作较为全面地总结了英语世界的《诗经》研究成果。但作者将《诗经》译本分为"学者型""半形似型""神似型""神形皆似型"的做法虽然方便了论述,却显得有些武断。姜燕的《理雅各〈诗经〉翻译与儒教阐释》集中关注理雅各一人,详细介绍和分析了理雅各三种不同的《诗经》英译本,探析了译者在不同译本中应用的不同翻译策略,总结了三个译本中体现的译者的宗教思想、政治倾向和学术思想。作者对三个译本的差异和联系分析得十分细致,但对译者的思想脉络、基督教与儒家思想的碰撞的分析略显不足。

众多关注《诗经》西译问题的论文都涉及《诗经》西译史的梳理。周发祥的《〈诗经〉在西方的传播与研究》兼顾《诗经》西传的历史脉络和西方研究《诗经》的主要成果,从纵、横两个角度将文章分为两篇,上篇的主题为《诗经》西传概况,下篇主题为西方《诗经》研究撮要。[1] 乐黛云在《漫谈〈诗经〉的翻译》一文的第二部分,介绍、评价了从 18 世纪的威廉·琼斯（William Jones）到 20 世纪的庞德等多位译者笔下的英语世界的《诗经》全译本和选译本。[2] 张万民在《欧美诗经论著提要》的第一部分简单介绍了理雅各、韦利、高本汉、庞德等人的几部重要《诗经》英译本,第二部分介绍《诗经》研究的专著和论文。这篇文章论及的《诗经》译本都在理雅各翻译《诗经》之后,没有谈到这之前的《诗经》译本及研究成果。[3] 作者在 5 年之后发表的文章中弥补了这一缺憾。他在《英语国家的诗经学:早期篇》中考察了英语国家在理雅各的《诗经》译本出版之前阅读、翻译和研究《诗经》的历史。文章分为三个部分——"16 至 17 世纪欧洲的儒学典籍西译与《诗经》传播"、"18 世纪英国的《诗经》传播"和"19 世纪前半期英美国家的《诗经》传播",以时间为脉络,详细介绍了马若瑟翻译的《诗经》8 首在英国的流传,托马斯·珀

---

[1] 周发祥:《〈诗经〉在西方的传播与研究》,《文学评论》1993 年第 6 期,第 70—82 页。
[2] 乐黛云:《漫谈〈诗经〉的翻译》,《周易研究》2009 年第 5 期,第 11—14 页。
[3] 张万民:《欧美诗经论著提要》,《诗经研究丛刊》第 18 辑,学苑出版社,2010。

俗学、符号学等新角度诠释《诗经》的新方法也开始在中国的《诗经》研究中扮演重要角色，《诗经》翻译成为中西文化交流的一条绚丽纽带。

二　国内外对《诗经》西译的研究

对西方诗经学的研究，实际是研究之上的"再研究"，属于梳理学术史的范畴，相关学术成果很多，此处不再赘述。本节专注介绍国内外对西方《诗经》西译的研究。

目前国内有关《诗经》西译的专门著作数量较少，李玉良的《〈诗经〉英译研究》[①]和《〈诗经〉翻译探微》、[②]吴结评的《英语世界里的〈诗经〉研究》、[③]梁高燕的《〈诗经〉英译研究》[④]和姜燕的《理雅各〈诗经〉翻译与儒教阐释》[⑤]是比较有代表性的作品。这些作品的研究对象都是《诗经》英译本。李玉良的《〈诗经〉英译研究》考察了《诗经》英译的历史和理雅各、阿连壁、韦利、庞德等译者使用的底本，分别从经学视角下的翻译、文学翻译与文化研究的统一、意象主义诗学的构建与儒家思想的吸收、中国文化经典的对外传播、译本对比研究、典籍翻译的理论等几个方面论述了《诗经》英译问题。这本书以时间为纵向线索，以翻译研究的不同视角为关键词，包括英美译者和中国译者两个翻译主体，内容十分丰富。但因为涉及的译本过多，囿于篇幅，所以对其中某些译本的分析尚显不足。为了弥补这个缺憾，李玉良几年之后又出版了《〈诗经〉翻译探微》一书，主要讨论《诗经》翻译的文学性问题。作者从《诗经》的名物、修辞、韵律、题旨、意象五个角度入手，探讨译者如何将《诗经》的这几个文学性特色表现在译诗当中。此书仍以英译本为主，举例涉及理雅各、阿连壁、韦利、詹宁斯、庞德等多位英美翻译者的译作，还以中国翻译家许渊冲、汪榕培等人的译作为对比。作者通过自己的分析，为评价《诗经》译本提供了新标准，对《诗经》翻译提出了更高的要求。

吴结评的著作分为五章。第一章讲述《诗经》西传与研究的概况；第二章介绍《诗经》的各种英文译本，并从赋、比、兴的角度表达了作者对

---

① 李玉良:《〈诗经〉英译研究》，齐鲁书社，2007。
② 李玉良:《〈诗经〉翻译探微》，商务印书馆，2017。
③ 吴结评:《英语世界里的〈诗经〉研究》，四川大学出版社，2008。
④ 梁高燕:《〈诗经〉英译研究》，知识产权出版社，2013。
⑤ 姜燕:《理雅各〈诗经〉翻译与儒教阐释》，山东大学出版社，2013。

1871年，理雅各的英文散译本《诗经》也出版了，而后，理雅各又在1876年和1879年分别出版了《诗经》韵译本和选译本。他的这三种《诗经》译本是英语世界影响最大的译本。1872年，第一部法文全译本《诗经》也诞生了，这个译本是鲍古耶（Jean-Pierre Guillaume Pauthier）翻译的，其中还包括《诗大序》的译文。

1879—1882年，汉学家晁德莅的五卷本《中国文学教程》（Cursus litteraturae sinicae）陆续出版，此书第三卷包含《诗经》的拉丁文全译，这是第二个拉丁文《诗经》全译本，但很少为研究者所提及。这个译本为中文和拉丁文对照本，左页上半部分是竖排的中文原文，下半部分是其中一些汉字的注音和释义；右页上半部分是拉丁文译诗，下半部分是诗中部分词句的注释。这个译本是《中国文学教程》中的一部分，特别适合学习中文的西方人阅读。

1880年，德国汉学家史陶思（Viktor von Strauß）根据中文原文翻译的德文全译本《诗经》出版。这个译本广受好评，不断再版。1891年，两部英文《诗经》译本出版，分别是詹宁斯（William Jennings）的韵译本和阿连壁（Clement F. R. Allen）的散译本，阿连壁言明在翻译过程中参考了孙璋本、晁德莅本和理雅各本三个译本。1896年，顾赛芬的法语、拉丁语、汉语三种语言对照本《诗经》出版，竖排中文，横排法文，注释用拉丁文小字，这个译本排版精美，阅读方便，在西方学界较为通行。1937年，深受葛兰言（Marcel Granet）的民俗学和人类学影响的韦利（Arthur Waley）出版了他令人耳目一新的《诗经》英文全译本。这个译本不按照《诗经》本来的顺序编排，而是将所有诗歌按照主题分类。1950年，汉学家高本汉（Bernhard Karlgren）的英文全译本出版。这个译本对理解《诗经》的韵读、字义很有帮助。1954年，诗人庞德（Ezra Pound）在参考孙璋、高本汉、理雅各等多人译本的基础上，出版了他的《诗经》英文全译本，给欧美汉学界和诗坛都带去了震撼。

迄今为止，《诗经》的翻译者超过50人，保存下来的全译本有十几种，节译、选译的作品有几十部。这些翻译作品为西方读者打开了中国古代经典领域的大门，《诗经》这部古老的诗集在西方散发着别样的魅力。西方诗经学不但在《诗经》翻译的过程中逐步形成，还对中国本土的《诗经》研究产生了不小的影响。不同于中国传统的对《诗经》经学、名物、注疏等领域的研究，在西方研究成果传入中国后，从语言学、人类学、民才出版问世。

在这部拉丁文译本被雪藏的约100年中，并未出现其他的《诗经》全译本，其间产生影响的都是《诗经》选译，译者仍然以传教士为主体。1736年，杜赫德（Jean Baptiste du Halde）编辑出版了《中华帝国全志》（Description géographique, historique, chronologique, politique et physique de l'empire de la Chine et de la Tartarie Chinoise），此书第二卷第370—380页有8首源自《诗经》的诗，这些诗是由马若瑟（Joseph de Prémare）译为法文的。这之后，《中华帝国全志》被译为英语、德语等语言，被当作西方的中国百科全书，在西方学界十分流行。值得注意的是，这8首诗都来自"周颂"和"大雅"，显然，译者更重视《诗经》中的颂诗。40年之后，韩国英（Pierre-Martial Cibot）的《北京耶稣会士中国论集》展现了《诗经》的多样性。1776年，《北京耶稣会士中国论集》第一卷出版，韩国英在其中较为全面地介绍了《诗经》这部中国古代典籍。在1779年出版的此部论集第四卷中，韩国英以散体法文选译了11首诗。这些诗来自"国风"、"小雅"和"大雅"，韩国英武断地将它们归为一个主题——孝。由于先入为主，韩国英的译诗体现的主旨有些偏移，但不可否认的是，这些译诗多少体现出了《诗经》独特而多样的魅力。除此之外，傅圣泽（Jean-François Fouequet）、赫苍璧（Julien-Placide Herieu）等人也选译过《诗经》，但大多只在教会内部流传。

1830年，东方学家朱利斯·莫尔（Julius Mohl）在德国的斯图加特和图宾根的科塔出版社（Stuttgartiae et Tubingae, Sumptibus J. G. Cotte）将孙璋的拉丁文《诗经》全译本编辑出版，这给《诗经》西译带去了新的风貌。此前问世的都是零散的《诗经》选译以及对《诗经》较为简单的介绍，西方学者并不能看到《诗经》全貌，更无法全面了解《诗经》作为"诗"的文学特色或作为"经"的典籍属性。孙璋的译本出版之后，《诗经》全译成为新风潮，用民族语言翻译的《诗经》全译本最先出现在德国，东方学家吕克特（Friedrich Rückert）在黑格尔的鼓励下，以孙璋译本为底本，将《诗经》转译为德文，于1833年出版。紧接着，约翰·克拉默（Johann Cramer）署名的《诗经》全译本也于1844年问世，但后来的研究者对这一译本评价不高，还有人怀疑克拉默抄袭吕克特的前译。[1]

---

[1] 见吴晓樵《吕克特与〈诗经〉的德译》，《中华读书报》2011年5月18日，第18版。

中的位置；综述国内外的《诗经》西传史研究，可以明确本书的研究基础和进路。

一 《诗经》西译史[①]

《诗经》西译可以追溯到 16 世纪。利玛窦（Matheo Ricci）曾于 1593 年将中国的"四书"转译为拉丁文，并加入了自己的注释，以供来华传教士研究学习。"四书"都曾引诗，西人对《诗经》的最初印象应该就来自这部书，可惜现在并没有留下此书的刊刻本或抄本。根据费赖之的记载，最早的完整《诗经》译本出现在 1626 年，耶稣会士金尼阁（Nicolas Trigault）曾于是年出版《中国五经》（Pentabiblion Sinense）一卷，此书是"五经"的拉丁文译注本，但也已亡佚，后人未能一睹。

1687 年，殷铎泽（Prospero Intorcetta）、恩理格（Christian Wolfgang Henriques Herdtrich）、鲁日满（François de Rougemont）和柏应理（Philippe Couplet）四人用拉丁文合译的《中国哲学家孔子》（Confucius Sinarum Philosophus, sive Scientia Sinensis Latine Expositita）出版，这部书在西方学界产生了广泛的影响。此书虽然没有《诗经》中任何一首诗的完整翻译，但其中有对《诗经》的简要介绍，书中翻译的《大学》《中庸》《论语》都有引用《诗经》的部分，许多西方学者通过这本书间接接触到《诗经》，并对其产生兴趣。

18 世纪 30 年代，耶稣会士孙璋用拉丁文将《诗经》完整地译出，题为《孔夫子的诗经》，在翻译之后还为大部分诗篇加了自己的注释。这部译作是现存的西方最早的《诗经》全译本。宋君荣（Antoine Gaubil）曾手抄一份寄回了教会，[②] 这部译作在教会中封存了约一个世纪，直到 1830 年

---

① 可参考附录一"西方《诗经》翻译列表"。
② 需要说明的是，很多中西方学者都提到，宋君荣曾将《诗经》译为法文，还说这部书的法文名为"Livre des Vers"，藏在教堂，未得刊刻出版。笔者认为这一说法有误。笔者通读了宋君荣的通信集（Antoine Gaubil, Correspondance de Pékin, 1722 – 1759, Genève: Librairie Droz S. A., 1970），发现他从未在信中提到自己翻译《诗经》的事，反而在很多封信中都强调《诗经》译本的作者不是自己，而是孙璋，还说孙璋同意他抄一份自己的译本，他打算把抄本寄回教堂（见通信集第 456、496、514、518、520、522 页等）。根据笔者分析，产生这一误判的原因有二。第一，汉学家费赖之、考狄（Henri Cordier）都曾误以为 Alexandre de La Charme 的汉名是宋君荣；第二，费赖之的《在华耶稣会士列传及书目》附录"本书在传人重要译著书目"中，误将孙璋的《诗经》拉丁文译本写为《诗经》法译本（Livre des Vers）。综上所述，宋君荣的《诗经》法译本并不存在，只是误传。

究，使我们能以这部著作为例，将《诗经》的西译、西传纳入诗经学史的整体中，丰富、扩大诗经学的范畴。本书不仅将《孔夫子的诗经》置于西方诗经学史当中，还将其置于中国诗经学的发展脉络当中，将这部译作作为诗经学的成果来看待。通过孙璋翻译、阐释的实例，分析其究竟受到中国经学阐释哪些具体成果的影响，在诗经学史中偏向汉学与宋学的哪一方，借鉴运用了何种经学阐释方式，并且指出孙璋的《诗经》阐释在诗经学研究中的创新和价值。《孔夫子的诗经》有极强的经学特质，以小见大，通过对此译本的分析，我们应该意识到，明末清初传教士、汉学家对中国典籍的译介和研究也可以纳入经学史研究当中，他们对经学的理解和实践也是我们反观经学本身的重要视角之一。

孙璋是法国来华耶稣会士，他在华期间礼仪之争刚刚结束。礼仪之争不仅是一场观念之争，还是对如何融会贯通不同历史文化、如何开展跨文化对话等问题的不同解答。礼仪之争结束后，孙璋等传教士虽然生活在教廷和清政府的双重约束下，但他们并未停止对这些问题的思考。在对礼仪之争的研究中，我们仅仅关注公文、信件、史实是不够的，除了罗马教廷、在华传教士、中国天主教徒等各方针对中国礼仪的公开争论和表态，很多传教士在自己的作品中也或隐晦或显白地表达了自己对礼仪之争的态度。通过对这些作品的深入分析，我们能更清晰地还原这场中西文化对话的复杂现场。《孔夫子的诗经》不只是孙璋的诗经学著作，还是经学诠释和神学诠释在同一个文本中的展开，是跨文化对话在清代的试验，也是孙璋对礼仪之争的回应和反思。对《孔夫子的诗经》展开研究，可以给当代研究者提供文本实证，一览礼仪之争之后的西方传教士如何回应和反思礼仪之争，如何探索中西文化对话的方式。本书通过梳理孙璋在《孔夫子的诗经》中的关键词翻译和《性理真诠》等著作中的观点，分析孙璋在礼仪之争两大核心问题中的立场，探寻他在耶儒对话中继承了哪些行之有效的对话策略，又开创了哪些耶儒对话的新方式。

第二节 《诗经》西译史及研究综述

在进入正文之前，我们首先梳理一下《诗经》西译史和国内外对《诗经》西传史的研究。梳理《诗经》西译史，能够让我们更加准确地将《孔夫子的诗经》一书嵌在它产生的时间线上，从而明确其在《诗经》西译史获得了反观自身的可能性。而笔者也希望以对《孔夫子的诗经》一书的研究为镜,来观照整个《诗经》西传史和《诗经》阐释史。

我们目前可以看到的《诗经》拉丁文全译本共有三种:孙璋的《孔夫子的诗经》,晁德莅的中文、拉丁文对照译本和顾赛芬的中文、法文、拉丁文对照译本。国内外对《诗经》西译本的研究,多围绕英文、法文、德文等译本展开,而《诗经》的拉丁文译本则备受冷落,无人问津。开展对《孔夫子的诗经》的研究,可以将拉丁文《诗经》译本纳入当前《诗经》西传史的研究范畴中,一览西方古典语境下的《诗经》魅力。本书以文本细读为基础,笔者在写作之前逐篇阅读了孙璋的译文和注释,并且用汉语和英语将《孔夫子的诗经》一书全部译出,在翻译过程中对此书有了更详尽细致的了解。在行文过程中,注重展现《孔夫子的诗经》的拉丁文译文,并将另外两种拉丁文译本纳入参照系,从而深入分析孙璋译本词句的选择、阐释的倾向等特点,展现拉丁文《诗经》译本的语言之美。以本书为基础,研究者今后能够展开以拉丁文译本为中心的《诗经》西传研究,描绘《诗经》拉丁文阐释的图谱,勾画更清晰的《诗经》西译路径,使拉丁文译本和其他语言译本互为对话,弥补《诗经》西传研究中拉丁文译本不受重视的不足。

爱德华·毕欧(Édouard Biot)、费赖之(Louis Pfister)等人对孙璋的译本多加赞许,认为其翻译忠实、注释详尽;而加略利(Joseph Marie Callery)、理雅各等汉学家却认为孙璋译本枯燥难读;国内的《诗经》研究者大多肯定孙璋的开创之功,但基本未做出对译本和译者的具体评价。衡量《孔夫子的诗经》一书,不能仅从是否有"诗味"的角度评判。对于早期汉学家来说,《诗经》不仅是一部诗集,还是中国古代文化和习俗的载体。对《诗经》译本做诗学考察的同时,也要对其做出文化的考察,这样才能丰富我们认识西译本的角度。本书在分析《孔夫子的诗经》译诗特色的基础上,还叙述了孙璋对中国名物和文化习俗的兴趣,分析他产生这样兴趣的原因,以及他的译本对后来《诗经》民俗学研究产生的影响。

《诗经》既是"诗",也是"经",在中国诗经学传统中,《诗经》的经学属性远远大过其文学属性。在现阶段对《诗经》西传的研究中,研究者往往只从翻译的角度来看待这些译本,常常忽略汉学家在翻译、阐释《诗经》时所借鉴和依据的大多数是中国经学的研究成果,这极大地影响了他们阐释《诗经》的方式。可以说,这些汉学家翻译与阐释《诗经》也运用了经学的研究方法。他山之石,可以攻玉。从经学的角度对《孔夫子的诗经》展开研

绪 论

第一节 研究意义与思路

《诗经》西传历史悠长，其西传史的梳理对海外汉学、中外文学关系、中西文化交流等研究领域都十分重要。法国来华耶稣会士孙璋（Alexandre de La Charme）于18世纪30年代用拉丁文翻译、阐释了《诗经》全书，题为《孔夫子的诗经》（*Confucii Chi-King sive Liber Carminum*），这部拉丁文《诗经》译本是西方汉学史中第一个《诗经》全译本，是《诗经》在跨文化语境中观照自身的第一面镜子。但孙璋的《孔夫子的诗经》并未得到应有的重视，不论是海外汉学领域、《诗经》研究领域，还是传教士研究领域，海内外目前都还没有以孙璋的《孔夫子的诗经》为研究对象的学术著作，甚至对这个译本的简单评论都难得一见。很多研究者忽略了一个事实，《孔夫子的诗经》1830年在德国出版，很快被译为德文，从这以后，欧洲才有了用民族语言翻译的《诗经》全译本。也就是说，《孔夫子的诗经》一书是《诗经》西传史上不可或缺的重要一环，如果没有对这个译本的研究，那么就失去了对《诗经》西传史开端的研究。

本书在详细梳理西方诗经学史的基础上，将《孔夫子的诗经》一书放在《诗经》西传史的脉络当中，以理雅各（James Legge）的英译本、晁德莅（Angelo Zottoli）的拉丁文译本、顾赛芬（Séraphin Couvreur）的法译本等多种《诗经》译本为参照，力求完整展现《孔夫子的诗经》一书的翻译、阐释特点。本书虽然以个案研究为主，但并不局限于此。《孔夫子的诗经》是《诗经》的一面镜子，《诗经》和诗经学从这第一个译本开始，与研究——以马若瑟、白晋、韩国英为例》一文中详细举例分析了这三位重要译者翻译的特色与得失,向读者展示了早期法文《诗经》译作的详细情况,并且注意到这一时期法国诗经学发展的进程。[①] 对《诗经》俄译本的关注集中在对俄罗斯《诗经》翻译史的梳理上。刘亚丁较早注意到《诗经》俄译本,他梳理了俄文《诗经》翻译史,并以多位译者的具体翻译为例,详细分析了《诗经》俄文译者如何面对中西方两种《诗经》阐释传统,俄文译者如何平衡"归化"与"异化"的关系,俄文译文如何呈现《诗经》声律、章节句的排布等问题。[②] 赵茂林、邸小霞重点介绍了什图金译本的主要特色及其在俄罗斯的流传,他们还关注俄罗斯的《诗经》研究,介绍了费德林的专著《〈诗经〉及其在中国文学上的地位》。通过对俄罗斯《诗经》译作和研究专著的分析,他们归纳出俄罗斯《诗经》研究中关注民间文学与文化、世界文学观念强、时代特征鲜明和阶段性明显等特色。[③] 阎国栋、张淑娟探讨了《诗经》俄译的进程,介绍了沙俄时期、苏联时期和当代俄罗斯对《诗经》不同角度的研究。[④] 巫晓静的《俄译〈诗经〉赏读及其翻译手法试析》对俄译《诗经》史梳理得较为详细,对俄罗斯汉学家的《诗经》研究成果的介绍也很丰富,论文后两章对具体译本的分析略显不足。[⑤] 林一安的《博尔赫斯喜译〈诗经〉》一文赏析了博尔赫斯译自《祈父》、《麟之趾》和《终风》的三首西班牙文短诗,并将其与韦利的英译本相比较。作者认为博尔赫斯的译文较为准确精练,能把原诗的诗意传达给读者。[⑥] 李茵茵《〈诗经〉婚恋诗葡萄牙语译本研究》以戈振东翻译的《诗经》爱情诗和婚嫁诗为研究对象,分析了该葡萄牙文节译本的文学特色及其对中国古代婚恋文化的诠释。[⑦] 这是笔者目前见到的所

---

① 钱林森:《18世纪法国传教士汉学家对〈诗经〉的译介与研究——以马若瑟、白晋、韩国英为例》,《华文文学》2015年第5期,第10—19页。
② 刘亚丁:《异域风雅颂　新声苦辛甘——〈诗经〉俄文翻译初探》,《中国文化研究》2009年冬之卷,第194—200页。
③ 赵茂林、邸小霞:《〈诗经〉在俄罗斯的传播与研究》,《宁夏大学学报》(人文社会科学版)2012年第5期,第90—95页。
④ 阎国栋、张淑娟:《俄罗斯的〈诗经〉翻译与研究》,《社会科学战线》2012年第3期,第140—146页。
⑤ 巫晓静:《俄译〈诗经〉赏读及其翻译手法试析》,硕士学位论文,广东外语外贸大学,2015。
⑥ 林一安:《博尔赫斯喜译〈诗经〉》,《外国文学》2005年第6期,第106—110页。
⑦ 李茵茵:《〈诗经〉婚恋诗葡萄牙语译本研究》,博士学位论文,暨南大学,2007。

有对《诗经》其他语言译本的研究成果。

　　相对而言，国外《诗经》学者主要把《诗经》译本当作研究工具书，而非研究对象，对《诗经》各译本的评价多见于书评、前言等，少有专文讨论译本的得失与特点等，仅有的几篇文章则更关注英译本。费乐仁（Lauren Pfister）以理雅各为研究对象，将理雅各的散译本和韵译本做对比，从形式、风格、准确性、翻译技巧等多个方面介绍了韵译本的特色。[①]雷之波（Zeb Raft）专门讨论了阿瑟·韦利翻译中国诗的方式，从总体上呈现韦利翻译古典诗歌的特点，分析了韦利的翻译方式对翟理思和庞德的影响。[②]余宝琳（Pauline Yu）介绍了朱迪特·戈蒂耶（Judith Gautier）的中国诗集《玉书》（*Le Livre de Jade*），以戈蒂耶的《郑风·女曰鸡鸣》译文为例，以韦利的译文为对照，分析了戈蒂耶将翻译与改写结合的特点。[③]登博（L. S. Dembo）仔细评读了庞德的《诗经》译本。[④]

　　总体而言，国内外对《诗经》译本的关注主要集中于英译本，对其他语言的《诗经》译本研究很不充分，尤其欠缺对《诗经》几个重要拉丁文译本的讨论研究，这给本书留下了极大的论述空间。

[①] Lauren Pfister, "James Legge's Metrical 'Book of Poetry'," *Bulletin of the School of Oriental and African Studies*, No. 1, 1997.

[②] Zeb Raft, "The Limits of Translation: Method in Arthur Waley's Translation of Chinese Poetry," *Asia Major*, No. 2, 2012.

[③] Pauline Yu, "'Your Alabaster in This Porcelain': Judith Gautier's *Le livre de jade*," *PMLA*, No. 2, 2007.

[④] L. S. Dembo, *The Confucian Odes of Ezra Pound: A Critical Appraisal*, Berkeley: University of California Press, 1963.

第一章 译者身份和译本初探

通过绪论中对《诗经》西译史的梳理，可以看到《孔夫子的诗经》是《诗经》西译史中重要的里程碑。在对此书展开详尽研究之前，我们有必要将孙璋这位重要译者及其著作展现出来。本章将在介绍孙璋生平及其作品的基础上，从翻译动机、底本与出版背景、译本结构等角度对《孔夫子的诗经》一书做出宏观勾勒。

第一节 孙璋及其作品研究概况

一 孙璋生平

耶稣会传教士孙璋不为学界熟知，也少有人注意到他的作品。费赖之的《在华耶稣会士列传及书目》《明清间在华耶稣会士列传（1552—1773）》，荣振华（Joseph Dehergne）的《1552—1800 年在华耶稣会士列传》（*Répertoire des Jésuites de Chine de 1552 à 1800*）和徐宗泽《明清间耶稣会士译著提要》一书中的"译著者传略"是我们了解孙璋生平的主要来源。孙璋是法国耶稣会士，他与教会传信部之间应该有过通信，与其他神父也应有过信件往来，遗憾的是，笔者并未在罗马传信部（Propaganda Fide）[①] 找到这些信件。与孙璋同在北京的宋君荣神父的部分信件提到了孙璋，北京的石刻艺术博物馆保存了孙璋的墓碑，碑文完好。我们可以利用这些资料和其他文献中的

---

① 传信部于 1622 年成立，是罗马教廷管理海外传教事务和传教士流动、协调各传教团体之间关系的部门。

零星记载，大致勾勒出孙璋的生平。

孙璋于 1695 年 8 月 19 日生于法国里昂，① 1712 年入会，1728 年和沙如玉（Valentin Challier）一起来到中国。8 月 21 日，他们首先到达广东。经巴多明（Dominique Parrenin）神父举荐，雍正帝同意二人一同入京。1729 年，他们才到达北京。从这以后，孙璋一直留居北京，直到去世。对孙璋的记录如此之少，以至于他的字号都很难确认。费赖之说他"字玉峰"，他的墓碑上写着"号玉峰"，他的著作《性理真诠》初版封面名为"析津居士孙璋德昭氏"，1889 年此书再版时署名为"远西耶稣会士孙璋德昭氏"，《性理真诠提纲》一书中署名为"析津居士孙璋德昭氏"（见图 1-1）。由此，我们基本可以判断，他的汉名：孙璋，字德昭，号玉峰，又号析津居士。方豪曾感慨说："早期来华教士，虽所取姓氏多汉化，而有别号者盖至罕。"②

和同时代的其他传教士一样，孙璋很重要的一部分工作是天文观测。他刚到中国，便开始记录他观测到的天文现象。他于 1728 年测到的地磁偏角结果保存在巴黎天文台图书馆。1729 年到达北京后，在宋君荣等人的指导下，他认真练习，培养独立观测天象的能力。宋君荣在 1730 年写给苏熙业神父（P. Souciet）的信中提到"孙璋德行高洁，忙于学习中文。他在法国学的数学对于他现在在这里为您做的一切并没有太大帮助。我教他观测以及如何使用仪器，他做了多次观测……"③ 在华期间，孙璋坚持天文观测 20 余年，他和戴进贤（Ignace Kögler）、徐懋德（André Pereira）、宋君荣合作，对木星诸卫星的监测持续至 1737 年。直到 1753 年，也许因为忙于其他事情，孙璋才逐渐停止了观测。

孙璋更出色的能力在语言方面。费赖之说他"曾孜孜不倦地攻读汉文

---

① 费赖之在《在华耶稣会士列传及书目》一书中说，孙璋生于 1695 年 8 月 19 日，但这个日期被荣振华修正了，他在《1552—1800 年在华耶稣会士列传》一书中说，里昂市档案员乌尔斯先生（M. Hours）复制了孙璋的洗礼文件，文件中记载孙璋出生于 1695 年 7 月 19 日。孙璋是法国里昂人，从他的出生证明上可以看到，他的父亲克劳德·安托万·德·拉夏尔姆（Claude Anthoine de La Charme）是一位商人，母亲叫作玛丽·雷诺（Marie Reneaud）。

② 《考性理真诠白话稿与文言底稿》，《方豪文录》，上智编译馆，1948。

③ Antoine Gaubil, *Correspondance de Pékin, 1722-1759*, p.259. 此处及后文中源自本书的引文皆由笔者翻译。

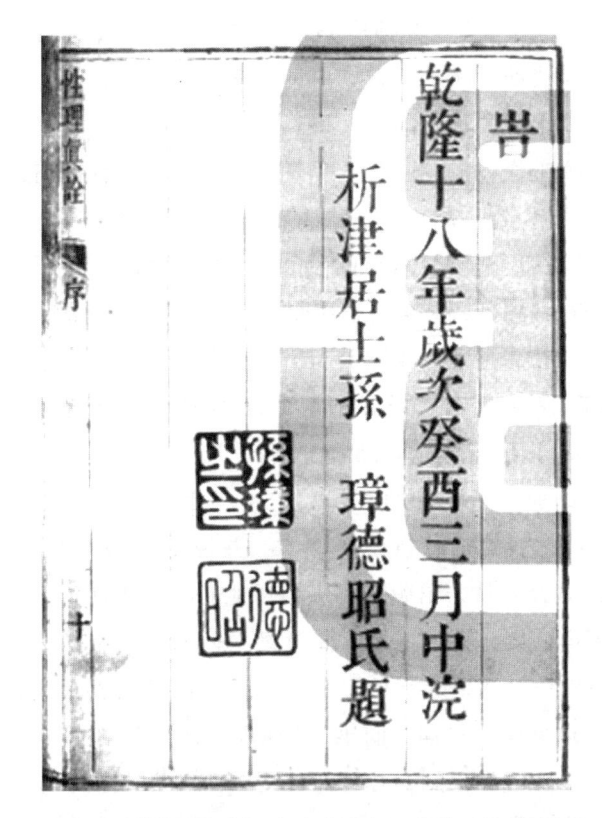

图 1-1　《性理真诠》中孙璋署名页照片（笔者拍摄）

和满文，已能相当熟练地用这两种文字从事写作"，①　"精研汉、满语言，能用此两种语言编撰书籍"。②　方豪认为孙璋是"后期来华耶稣会神父之最精汉学者"。③　和他交往较多的宋君荣这样评价："他擅长数学，也十分擅长中国的历史，有丰富的关于中国的知识。"④　孙璋到达北京以后，很快便将薛应旂的《甲子会纪》译为法文，大约于 1731 年完成，取名为"中国简史"（Abrégé de l'histoire Chinoise）。

在宋君荣的鼓励之下，孙璋又将目光投向了中国经典，开始翻译《诗

---

①　〔法〕费赖之：《明清间在华耶稣会士列传（1552—1773）》，梅乘骐、梅乘骏译，天主教上海教区光启社，1997，第 880 页。
②　〔法〕费赖之：《在华耶稣会士列传及书目》，冯承钧译，中华书局，1995，第 746 页。
③　方豪：《十七八世纪来华西人对我国经籍之研究》，《中国天主教史论丛甲集》，商务印书馆，1947，第 94 页。
④　Antoine Gaubil, *Correspondance de Pékin*, 1722-1759, p. 371.

经》和《礼记》。有学者认为孙璋1733年前后就完成了《诗经》翻译,实际上这个译本完成的时间应该更晚一些。1734年,宋君荣在信中提到"孙璋和一个出色的士大夫正在翻译《诗经》和《礼记》"。[①] 这证明此时孙璋还没有结束这项工作,至少还在不断修改。宋君荣没有提到这位帮助孙璋翻译的士大夫的名字。1736年,宋君荣对弗莱雷(Fréret)说:"我没有《诗经》的译本,我只能向您保证,如果谁想把它翻译出来……我将努力让他做到,等有了翻译后,会便于您阅读理解它。"[②] 宋君荣的话可以说明这时候孙璋还没有完整地译出《诗经》。此外,孙璋的《诗经》译本中有"当今天子乾隆"[③] 的字样。乾隆帝于1736年继位,这可以证明《孔夫子的诗经》成书晚于1736年。1738年,孙璋应已完成拉丁文《诗经》翻译,并为大部分诗篇加上了自己的注释。在这一年,宋君荣的信件中数次提及,他抄写了一份孙璋的《诗经》译本,并说服了孙璋将译本寄回法国。孙璋的《礼记》译本从未出版,无法判断他何时完成这项工作,译本是否寄到教会也不得而知,手稿更是不知所终。孙璋不仅能将满文、汉文翻译为西文,随着汉语、满语水平的提高,他还逐渐开始进行中文写作。1753年,他的《性理真诠》付梓,同年,《性理真诠》的删节本《性理真诠提纲》也出版了。徐宗泽提到,孙璋于1757年曾将《性理真诠》转译为满文。此外,孙璋还编有《法语·汉语·蒙古语·满语词典》(见图1-2),是未曾出版的手稿。另有一部拉丁语、汉语字典手稿,不能确认是否出自孙璋之手。孙璋还曾校阅过殷弘绪(Franciscus Xaverius d'Entrecolles)的《主经体味》和冯秉正(Joseph-François-Marie-Anne Moyriac de Mailla)的《圣年广益》。

除观测天文现象、著书立说等工作外,孙璋还在中国和其他国家的外交谈判中担任过翻译职务。因为具备翻译能力,孙璋才能在雍乾禁教期间一直留居北京,未被驱逐。徐宗泽在《明清间耶稣会士译著提要》的译著者传略里,对孙璋在中俄交涉中发挥的作用给予了很高的评价:"公于满

---

① Antoine Gaubil, *Correspondance de Pékin, 1722–1759*, p. 381.
② Antoine Gaubil, *Correspondance de Pékin, 1722–1759*, p. 456.
③ Alexandre de La Charme, *Confucii Chi-king sive Liber Carminum*, Julius Mohl, eds., Stuttcartae et Tubingcae: Sumptibus J. G. Cotte, 1830, p. 316. 以下所引《孔夫子的诗经》都出自此版本,不再注明出版信息,翻译均为自译。拉丁文原文为 "hodiernusque imperator Kienlong"。

图 1-2 《法语·汉语·蒙古语·满语词典》手稿
(于中国国家图书馆,笔者拍摄)

汉文研究极深,俄罗斯不守《尼布楚条约》,来扰边境,帝以公知满文,命充传译之职,与俄罗斯办交涉,黑龙江东 2000 余万里地以是得归还,皆公之力也。"① 将土地归还全部算作孙璋的功劳,似乎有些夸大其词。《传教信札》中对此也有记述,但只提到 1753 年 5 月,在清廷与圣彼得堡枢密院的外交活动中,宋君荣和孙璋将中国皇帝给俄国方面的满文回信翻译成了拉丁文。② 撰写信札的人对宋君荣的介绍比较详细,却只一笔带过孙璋,可见孙璋并未发挥主要作用。

孙璋在中国的传教事迹未见记载,他在教会中并未担任过重要职务,只在 1754 年担任过教区的财务员,也许是因为他数学较好。另外,雍正和

---

① 徐宗泽:《明清间耶稣会士译著提要》,上海书店出版社,2006,第 308—309 页。
② *Lettres Édifiantes et Curieuses*, *Écrites des Missions Etrangere*, *par quelques Missionnaires de la Compagnie de Jesus*, XXVIIe. Recueil, Paris: De H. L. Guerin & L. F. Delatour, 1758, pp. ix - x.

乾隆年间，在北京的传教士都受到限制，不能自由传教，但这两位皇帝看重传教士的科学知识和技术技艺。孙璋凭借"翻译"这一特殊技能留下，雍正帝和乾隆帝表示了对他工作的肯定：雍正帝曾赏赐他荷包、银锞等物品，乾隆帝也曾赏其貂皮、绸缎等物。①

1767年7月27日，孙璋去世，享年73岁。他被葬在京西海淀区彰化村的正福寺天主教墓地。这片墓地葬有耶稣会士30余人，每人都有墓碑。从清朝末年开始，这片墓地经过战火等灾难，逐渐荒芜，"文革"期间，正福寺教堂被破坏，墓地中的墓碑也被推倒、拆除，所幸文物保护部门留住了部分墓碑，让我们今天能在北京石刻艺术博物馆中见到孙璋的墓碑（见图1-3）。墓碑是用拉丁文、汉文两种文字刻成的，中间题有"耶稣会士孙公之墓"的字样。墓碑上的中文为"耶稣会士孙先生讳璋，号玉峰。泰西拂郎济亚国人。缘慕精修，弃家遗世，在会五十五年。于雍正柒年己酉东来中华传天主圣教，至乾隆三十二年丁亥六月初二日卒于都城。年七十三岁"。

二 《性理真诠》及《性理真诠提纲》

《性理真诠》是孙璋历时多年完成的一部中文著作，于1753年出版，共六卷四册，中国国家图书馆藏有这一版本的微缩文献。1889年上海慈母堂重刻，将第二卷分为二卷上、二卷下两卷，第三卷同样分为上下两卷。2005年黄山书社影印的丛书《东传福音》第四册中，用的就是慈母堂这一版。费赖之提到1889年还有土山湾刻的四卷本，但笔者未找到这一版本。

《性理真诠》一书洋洋洒洒共十六七万字。笔者推测，孙璋写作《性理真诠》时应该得到过中国人的帮助，可惜我们现在无法知晓这位帮助他的人是谁。方豪曾得到过《性理真诠》一书的白话稿。通过分析白话稿，他认为孙璋创作此书时，应当是先拟白话稿，再找中国人帮他将白话译为文言，再三修改，而成最终定稿。方豪给出了多个理由：

> 盖撰人孙璋，虽精通汉文，然以性理真诠文词之高雅，而条理畅达，且可与汤若望、南怀仁辈相颉颃，似非雍正以后外国教士所能属笔，此其一也；孙氏来华之年，值禁教之始，距利玛窦之卒已逾一世

---

① 参见《清宫廷画家郎世宁年谱——兼在华耶稣会士史事稽年》，《故宫博物院院刊》1988年第2期，第29—71页。

图 1-3 孙璋墓碑（于北京石刻艺术博物馆，笔者拍摄）

纪又十八年，汤若望亦于五十余年前逝世，教会人材已极凋零，环境如斯，孙氏虽力学，但外有禁教之祸，内遭绝学之厄，其不能草为性理真诠之文，无足奇者，此其二也；抄本第一册（白话稿）字迹最劣……即就书法优劣之演进而言，已可证白话稿（第一册）为各本之祖本，此其三也；第一册与其他各册纸质样式尽同，可证其为属于同一时期者，此其四也；白话稿之眉端小标题，间有用文言者，而字迹与白话稿同，可见文言稿白话稿实同时物：惟孙氏不习惯用文言，先以口述，复以口述稿改为文言，故文白互见，此其五也。①

方豪用白话本和刊本对照，所得出的结论令人信服。此外，《性理真诠》1753 年版写的是"析津居士孙璋德昭氏述"，1889 年是"远西耶稣会士孙璋德昭氏述"，我们应该注意这个"述"字，作者没有用"著"或

---

① 《考性理真诠白话稿与文言底稿》，《方豪文录》，第 132 页。

"撰",而他之前或同期的传教士中文著作落款大多为"某某著"或"某某撰",这可以证明,这部书很可能是孙璋口述,由他人代笔。

  此书1753年版题有宋君荣、魏继晋（Florian Bahr）、刘松龄（Augustin de Hallerstein）和赵圣修（Louis des Roberts）校阅的字样,1889年上海慈母堂印本还有司教索智能（Polycarpe de Souza）、值会刘松龄准的字样（见图1-4）。《性理真诠》出版后,有人认为此书观点和罗马发布的关于礼仪问题的命令有矛盾之处,罗马教廷因此禁止此书刊行,后来因为有南怀仁（Godefroid-Xavier de Limbeckhoven）等人的支持,才得以解禁。

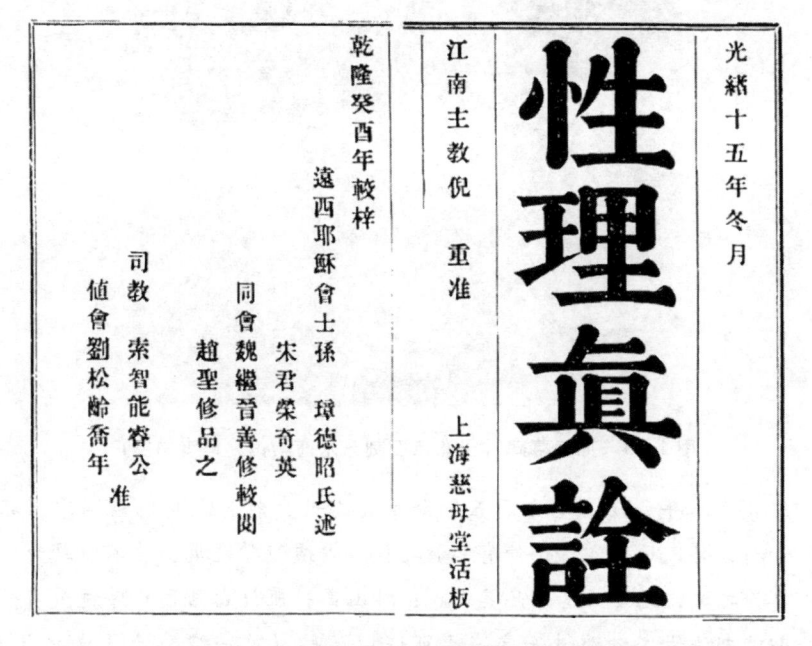

图1-4 《性理真诠》封面照片（笔者拍摄）

  《性理真诠》开头有孙璋撰写的"性理真诠序"和"性理真诠小引",两文排版顺序在笔者所见的两个版本中有所不同。在"性理真诠小引"一文中,孙璋首先给出了他对"气""理""性"的定义:气是万物浑然各具之本质,理乃万物形体之中定其向而不能违其则者,性是理气二者之和,也就是各物类之本体。孙璋从"性"引及"人之性",强调中国的上古经书认为人性最灵,所以人之灵性就是此书的主要讨论对象。小引的最后,孙璋对读者提出了要求:"阅者当反复详玩,方有聆悟处。不然,则偶一涉猎,不求深解，究莫知其意旨之所归矣。"① 孙璋翻译《诗经》，目标读者是西方人，而《性理真诠》一书，目标读者是中国人。作者的目的不是向西方人介绍中国经典，而是想让中国人认识"灵性"，接纳"真教"。

孙璋在"性理真诠序"中介绍了此书的主要论题、写作方法、材料来源等。他认为，谈论性理之学的人虽多，但是都不得要旨。要懂得性理之学，就要从格物、致知做起，然后才能"由表知里，自粗达精"。孙璋用天文、医学两个例子说明，性理之学有两种：一种是"一定不移之理"，一种是"不能定知之理"。他认为日月运转、人体结构等无关世道人心，属于"不能定知之理"，知不知道无所谓；而生死形神之事属于"一定不移之理"，如果不知道，就会蒙昧一生，糊涂而死，他的著作讨论的就是这不可不知的"定而不移之性理"。孙璋的性理之学主要探讨的就是"吾人灵性之体谓何、灵性之原谓何、灵性之道谓何"，他认为，与此相关的所谓真道实义已经记载于中国"五经"之中，中国人没有看到这些真道实义，是因为秦始皇焚书之后，"五经"残缺失序，真义也愈传愈错。孙璋说自己"详考先儒古经，恰证后哲真学"，"援引古经妙义，博采名哲格言"，用先儒与后儒对话的形式，将"信经不信传"的先儒观点和"信经亦信传"的后儒观点并举，以达"灵性之真解"。②

《性理真诠》首卷讨论灵性的本体。孙璋辩称人的灵性不是"气"，更不是"理"。与动物之性不同，人之灵性有自主，能自立，且唯一、无死灭。第二卷讨论灵性之原。孙璋认为理、太极、阴阳等都不是万物之源，上主才是天下万物和人的灵性的来源，上主不仅创造天地万物，还赋予其秩序，上主唯一，至美至善，赏善罚恶，毫无错漏。第三卷讨论灵性之道。孙璋在这一卷中阐述了天主教的总义，称天主教为唯一的真教，而中国古经与真教能互为印证，今儒的观点需要用古儒的观点补充修正，而佛、道等异端有害无益。第四卷仍以灵性之道为题，孙璋先阐明天主教实义，声称古儒真教就是天主教，中国古代经典能印证天主教观点，而天主教倡导的许多价值观与儒家思想相合。孙璋在书中大量引用"四书"和"五经"原文，尊儒而贬佛、道，反对宋代王安石、张载等人的观点。

---

① 孙璋：《性理真诠》（清光绪十五年上海慈母堂活字版本），《东传福音》第 4 卷，黄山书社，2005，第 333 页。
② 见孙璋《性理真诠》，第 333—335 页。

《性理真诠提纲》是《性理真诠》的简写本，与其同年出版，但目前初版难以找寻，较易得到的版本是1916年上海土山湾重印的一版（见图1-5）。此书也由宋君荣、魏继晋、刘松龄、赵圣修校阅，书前的"性理真诠提纲序"和"性理真诠提纲小引"都是《性理真诠》一书"序"和"小引"的简略版本。此外，此书"序"与"小引"之间还增加了"性理真诠提纲总义"一篇。这篇"总义"涉及三个问题：篇内所说"人之神""人之神体""灵神""恒性""大体"等都指"人之灵性"；篇内所言"造物者""造物主""万灵真宰"等都是对上帝的称呼，但为了避免引发歧义，此篇将"上帝"称为"上主"；篇内所称的"真教"与中国古儒的"古教"是一种宗教，不能将其他教称为真教。《性理真诠提纲》共四卷，与《性理真诠》初版相同，各篇标题也和《性理真诠》一致，未细分各篇小节。此书保留了先儒与后儒对话的形式，大量删减了比喻、举例等语句，体量大致是《性理真诠》的1/3。费赖之称孙璋1757年曾将《性理真诠》译为满文简本，笔者未能看到这个满文版，[①] 但猜测这个版本的内容应该和《性理真诠提纲》一致。《性理真诠提纲》只是简写本，学者都将《性理真诠》作为研究对象，不太关注此书。

《性理真诠》是一部文言著作，国外对这部书的关注不多。费赖之在孙璋小传中简单介绍了此书的内容，认为这是一部杰出的作品。保罗·鲁尔（Paul A. Rule）在他的著作《孔子还是孔夫子？耶稣会对儒家思想的阐释》（*Kung-tzu or Confucius? The Jesuit Interpretation of Confucianism*）中更加详尽地介绍、评价了《性理真诠》。鲁尔谈道，18世纪中叶，在华耶稣会士的著作大多写给西方读者，介绍中国文化历史，还有部分著作写给中国读者，多为圣徒传记、祷告文等。像《性理真诠》这样的著作凤毛麟角，"代表了标准的耶稣会对儒家思想阐释的最为完整的详尽论述"。[②] 鲁尔认为，孙璋的作品与利玛窦的作品一脉相承，还受到索隐主义者的影响。孙璋这部著作的巧妙之处在于，他刻意回避那些利玛窦曾经使用的、被罗马教廷所排斥的术语和概念。为了能讨论相关问题而不引发争端，孙璋创制

[①] 根据聂鸿音的文章《谢德林图书馆收藏的满文写本和刻本》，位于俄罗斯圣彼得堡的谢德林图书馆藏有《性理真诠》的满文本。见聂鸿音《谢德林图书馆收藏的满文写本和刻本》，《满语研究》2004年第1期，第76页。

[②] Paul A. Rule, *Kung-tzu or Confucius? The Jesuit Interpretation of Confucianism*, Sydney, London, Boston: Allen & Unwin, 1986, p. 200.

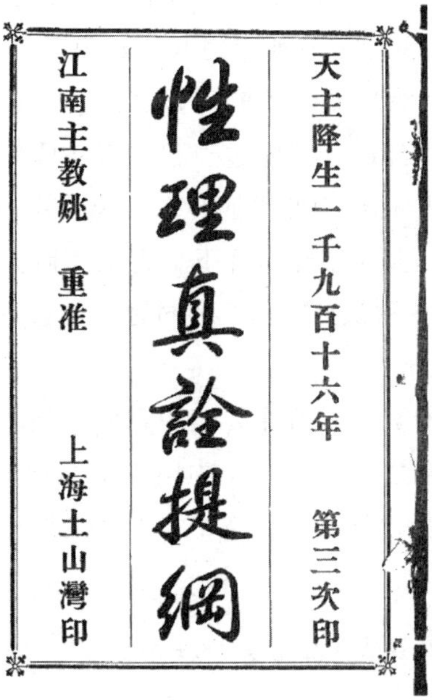

图 1-5 《性理真诠提纲》封面照片（笔者拍摄）

了新词"上主"，用来代替之前的传教士常常使用的"天"或"上帝"。虽然孙璋小心谨慎，但还是有人向罗马教廷告发了他的著作。据鲁尔记载，1767 年，南怀仁收到传信部的一封严厉的信件，说有人出版了一部将《旧约》与孔子作品相比较的书。南怀仁辩称，《性理真诠》中没有任何一处这样比较，这部作品只是用了一种新的风格和哲学的方式来说明真正的宗教，即基督教，会被所有人接受。鲁尔还提到，当时为《性理真诠》辩驳的南怀仁等人都认为用中国文本和理性来论辩的这种方式由孙璋首创，这是因为礼仪之争打破了耶稣会阐释儒家思想的传统，所以他们不了解前辈的相关作品。鲁尔认为孙璋的作品虽然在当时具有独特性，但是放在耶稣会阐释儒家思想的历史长河中，《性理真诠》并不那么出色："总的来说，《性理真诠》是对传统令人失望的总结。尽管它的篇幅可观，但是它没有在之前作品基础上的任何实际进展，而且在某些方面，比之前的作品更加简单化，没有区分度。"[1] 鲁尔将孙璋称为"一位编辑者，而不是原创型的思想者"。[2]

---

[1] Paul A. Rule, *Kung-tzu or Confucius? The Jesuit Interpretation of Confucianism*, p. 192.
[2] Paul A. Rule, *Kung-tzu or Confucius? The Jesuit Interpretation of Confucianism*, p. 192.

相对而言，国内对《性理真诠》一书的关注程度要高于《孔夫子的诗经》。方豪在《十七八世纪来华西人对我国经籍之研究》一文中对这部著作倍加赞许："其书设为后儒与先儒问答之体，作者以先儒自况，盖自谓能得古儒之真者。征引经籍，广博过于利玛窦艾儒略诸人，而尤注意于中国经籍之存亡问题。"① 他认为此书证明"孙氏于我国经籍之解释，虽未必尽能为吾儒所心许，然其对于经籍曾下一番工夫研究，则决为不可否认之事实"。② 可见，方豪在承认孙璋功劳的同时，也意识到了《性理真诠》解读儒家思想的片面性。

国内对《性理真诠》的研究主要集中在两个领域：明清之际的耶儒对话和哲学批评史。朱谦之《十八世纪中国哲学对欧洲哲学的影响》③ 一文较早对《性理真诠》做出评价。在文中，朱谦之谈到宋儒思想怎样通过传教士的译介传入欧洲：

> 至一七五三年比人④孙璋著"性理真诠"，共四册，为耶教哲学中有数的书籍，他把儒家分为原始孔家和宋儒，前者称之为先儒，后者称之后儒，其对宋儒理气说，攻击不遗余力……在他看来，理气太极，都不过卑陋的唯物主义。
>
> 总之，从一六〇三年利玛窦的"天主实义"到一七五三年孙璋的"性理真诠"，他们都认宋儒理学是唯物论的、无神论的，拥护原始孔家而攻击宋儒。他们把中国思想传到欧洲，不是想介绍宋儒理学，实在想将原始孔家传进去，以附会其教义。但欧洲一般学者，是不分别出那是宋儒的，那是原始孔家的，因此，在接受原始孔家的时候，宋儒理学也夹带着接受过去了。⑤

朱谦之在"礼仪之争"背景下讨论《性理真诠》，将这部书视作不经意间向欧洲传播宋儒理学的作品。但实际上，《性理真诠》的创作和出版都在中国，面向的读者也是中国人，这部作品对欧洲的影响微乎其微。

朱幼文称《性理真诠》"全书仿《天主实义》体例"，"反复论证，不

---

① 方豪：《十七八世纪来华西人对我国经籍之研究》，《中国天主教史论丛甲集》，第85页。
② 方豪：《十七八世纪来华西人对我国经籍之研究》，《中国天主教史论丛甲集》，第85页。
③ 朱谦之：《十八世纪中国哲学对欧洲哲学的影响》，《哲学研究》1957年第4期，第48—57页。
④ 孙璋是法国人，此处作者以为他是比利时人，是一疏漏之处。
⑤ 朱谦之：《十八世纪中国哲学对欧洲哲学的影响》，《哲学研究》1957年第4期，第50页。

厌其详，以原始孔家攻击宋儒"。① 张西平认为，"作为利玛窦'合儒'路线的一种表现，讲灵魂之学以合心学成为一个很好的契合点"，② 而孙璋的《性理真诠》一书就是这一做法的体现。杨宏声把孙璋看作最早一批向西方传播《易经》的学者之一，而《性理真诠》是"明清之际在华耶稣会士中有数的神学著作之一，也是较系统地探讨易学哲学问题的重要著作"。杨宏声还指出："孙璋的《性理真诠》表面上看似乎带有理学色彩，实质上其基本学术立场是反理学的。"③ 陈义海、常昌富看到《性理真诠》的"超儒"姿态，因为此书"既指出天、儒的相通之处"，又看到了"儒家对于'天'的解释的含混性"。④

何兆武和张耀南从哲学批评史角度讨论《性理真诠》。何兆武认为，孙璋等耶稣会士将自己的作品诩为"合儒、补儒、益儒与超儒"，实际上是"企图以一种更彻底的经院哲学来代替中国原有的经院哲学"⑤ 和"以天主教神学来诠释并修订儒家的观念"。⑥ 而《性理真诠》解释"理""气"等概念，就是在用经院哲学改造的亚里士多德哲学的"形式""质材"观念来解释中国传统概念。而孙璋等传教士，只是"中西文化交流的蹩脚的媒介者"。⑦ 他们传入中国的只是"中世纪西方的神学世界观"，对中国的近代化历程有害无益。张耀南在《中国哲学批评史论》一书中专辟一节论述《性理真诠》的批评格式。作者发现，"中国哲学中几乎所有的关键命题，都被这部书以'非'字界定下来"。作者摘取书中原文，一一说明孙璋是如何用"西学格式"来解读中国传统哲学的。我们可以看到，孙璋的阐释还是以西方哲学思维为基础的，他"用亚里士多德'形式－质料'的思维，来解释中国哲学中'天'与'理'的关系"；"拿西方的'人类中心论'来否定中国哲学中的'万物一体'说"；"用西方哲学中的'形式－质料'学说，来否定周敦颐的'太极图说'"；"用西方哲学中的

---

① 朱幼文：《明清之际耶稣会士对于理学的批判》，《世界宗教研究》1998年第4期，第80页。
② 张西平：《明清间西方灵魂论的输入及其意义》，《传教士汉学研究》，大象出版社，2005，第161页。
③ 杨宏声：《明清之际在华耶稣会士之〈易〉说》，《周易研究》2003年第6期，第50页。
④ 陈义海、常昌富：《东海西海——从明清间儒学与天学的交涉看中国比较文学之渊源》，《上海师范大学学报》（哲学社会科学版）2002年第1期，第111页。
⑤ 何兆武：《中西文化交流史论》，湖北人民出版社，2007，第24页。
⑥ 何兆武：《中西文化交流史论》，第26页。
⑦ 何兆武：《中西文化交流史论》，第106页。

'形式－质料'、'实体－属性'等学说,来解读中国哲学中的'理－气'学说"。与何兆武不同的是,张耀南不认为耶稣会士向中国输入希腊思想是有罪的,"从利玛窦《天主实义》(1601年),到孙璋《性理真诠》(1753年),时长超过150年。这150年,正是以'理学'为代表的中国哲学遭受强烈批评的150年,同时亦是'西学格式'被成功地运用于中国的150年"。而这种运用,如果在"中国哲学批评史"这一坐标之上讨论,就是有价值的、有功的,"至少不能说'有罪'"。①

2007年,刘耘华发表了《孙璋〈性理真诠〉对"太极"的诠释》一文,这是笔者目前看到的唯一一篇关于孙璋《性理真诠》的专门研究论文。刘耘华将孙璋的这部著作定位为"一部从概念、命题之辨析入手来比较中西文化的专门著述",肯定了这部书比较文学、比较文化的特点。作者认为这部书"文字较为雅顺",这也印证了费赖之对这部书"文笔雅洁"的评价。这篇文章集中论述孙璋在《性理真诠》一书中对宋儒"太极"这一关键词的阐释。作者认为,孙璋承利玛窦、艾儒略等传教士的思路,顺流而下,依旧用先秦儒家的思想作为武器来反对宋儒的理气说。而孙璋的这部书产生较晚,所以他对"太极"这一概念的解释具有集大成的特点,虽然与之前传教士的思路相似,但也有自己独特的言说方式。孙璋反对将太极看作世界产生的本源和开端,认为太极也好,气也好,都只是造物主创造世界的材质,而非原动力。最后,作者指出此书面向的读者——"必须指明的是,此书主要是写给当时的中国人看的",并认为,由于当时的传教士站在天主教的立场上,而中国士人站在中国思想和情感的立场上,所以虽然他们之间出现了互相理解和交流的机会,但是他们都不具备"对话"的素质,而这样的文化交流很难结出好的果实。②

三 《礼记》和《甲子会纪》

在孙璋之前没有《礼记》的全译本问世,根据费赖之的记载,刘应(Claude de Visdelou)曾翻译过《礼记》中的《郊特牲》、《祭法》、《祭文》(应为《祭义》)和《祭统》等篇,并加了注释,③但这些译文并未出

---

① 张耀南:《中国哲学批评史论》,商务印书馆,2009,第166—172页。
② 刘耘华:《孙璋〈性理真诠〉对"太极"的诠释》,《盐城师范学院学报》(人文社会科学版)2007年第3期,第75—77页。
③ 费赖之:《在华耶稣会士列传及书目》,第457页。

版。孙璋翻译《诗经》的同时就开始了《礼记》的翻译，但是对于孙璋来说，这项工作比翻译《诗经》更加困难。宋君荣在谈到孙璋翻译《礼记》时这样讲："《礼记》还未被译为满文，我相信这本书的翻译将会遇到一些困难。"① 可以猜测，孙璋就是在上文提到过的那位士大夫的帮助下，以汉文《礼记》为底本翻译的。

事实证明，宋君荣的判断没错，《礼记》的法文翻译果然耗费了孙璋更长时间。1752年宋君荣在一封信中，提及孙璋的《礼记》译本："我们中的一位神父过去几年翻译了《礼记》，但需要多加修改，要特别谨慎，这才能让这个译本得到使用。我和译者说了这些，他表现得不太想寄出他的翻译。"② 此时，孙璋在宋君荣的鼓励下，已经把《诗经》译本寄回法国。显然，宋君荣对这个《礼记》译本并不像对《诗经》译本那样满意，孙璋也对自己的翻译不那么自信。不过，这个译本的完成情况比宋君荣最初设想的要好一些："检查了这个译本，比我们想象的要好。"③ 在同一封信中，宋君荣还说孙璋的翻译比自己的好："我也译过这本书，但是我的译文没有这么准确。"④

遗憾的是，孙璋的《礼记》译本已经丢失，加略利在1853年出版的《礼记》法译本成为西方世界第一部《礼记》全译本。所幸，我们还可以在孙璋《诗经》拉丁文译本的注释中看到部分他对《礼记》的认识。孙璋对《礼记》十分熟悉，《孔夫子的诗经》注释中有大量源自《礼记》的内容，涉及《王制》《曲礼》《昏义》《内则》《大传》《玉藻》《礼器》《丧服小记》《月令》《檀弓》《少仪》《表记》《祭义》《祭统》《明堂位》《郊特牲》《问丧》等近20个篇章。根据孙璋所引《礼记》的丰富程度，我们可以确认他确实翻译过《礼记》这部著作，并且能够较为熟练地利用《礼记》的记载来认识中国古代的礼仪、习俗等。

《甲子会纪》是明代学者薛应旂（1500—1575）的五卷本历史著作，用甲子纪年的方式，从黄帝八年（可推算为公元前2697年）开始，到明

---

① Antoine Gaubil, *Correspondance de Pékin*, 1722–1759, p. 381.
② Antoine Gaubil, *Correspondance de Pékin*, 1722–1759, p. 660.
③ Antoine Gaubil, *Correspondance de Pékin*, 1722–1759, p. 660.
④ Antoine Gaubil, *Correspondance de Pékin*, 1722–1759, p. 660. 宋君荣说自己也曾经翻译过《礼记》，不过我们不能确定他翻译了整本《礼记》还是只翻译了部分篇章，他的译本现在也已丢失。

嘉靖四十二年（1563）结束，共 71 甲子 4260 年。每年之下略记当年大事，以备读者检索。这部史书被收入《四库全书》，但并不算当时有名的历史著作，流传不广。

我们不知道孙璋翻译此书的契机或原因为何，只知道他很快完成了这部译作，题名为《中国简史》。孙璋 1728 年来华，1731 年便完成了对此书的翻译，他的手稿（见图 1－6）共 649 页，正文之前有前言，每一段下面都附有孙璋所写注释。整部手稿之前还附有宋君荣神父 1741 年的签准。

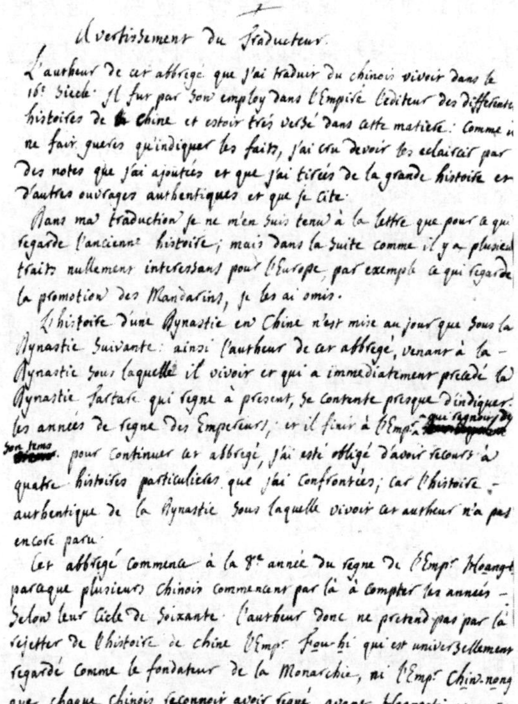
Avertissement du Traducteur.
L'auteur de cet abbregé que j'ai traduit du chinois vivoit dans le 16e siecle. Il fut par son employ dans l'Empire l'editeur des differentes histoires de la Chine et estoit très versé dans cette matiere. Comme il ne fait gueres qu'indiquer les faits, j'ai cru devoir les eclaircir par des notes que j'ai ajoutées et que j'ai tirées de la grande histoire et d'autres ouvrages authentiques et que je cite.
Dans ma traduction je ne m'en suis tenu à la lettre que pour ce qui regarde l'ancienne histoire; mais dans la suite comme il y a plusieurs traits nullement interessans pour l'Europe, par exemple ce qui regarde la promotion des Mandarins, je les ai omis.
L'histoire d'une Dynastie en Chine n'est mise au jour que sous la Dynastie suivante: ainsi l'auteur de cet abbregé, venant à la Dynastie sous laquelle il vivoit et qui a immediatement precedé la Dynastie Tartare qui regne à present, se contente presque d'indiquer les années de regne des Empereurs; et il finit à l'Empr. qui regnoit de son temps. pour continuer cet abbregé, j'ai esté obligé d'avoir recours à quatre histoires particulieres que j'ai confrontées; car l'histoire authentique de la Dynastie sous laquelle vivoit cet auteur n'a pas encore paru.
Cet abbregé commence à la 8e année du regne de l'Empr. Hoang-ti, parceque plusieurs Chinois commencent par là à compter les années selon leur cicle de soixante. l'auteur donc ne pretend pas par là rejetter de l'histoire de Chine l'Empr. Fou-hi qui est universellement regardé comme le fondateur de la Monarchie, ni l'Empr. Chin-nong que chaque Chinois reconnoit avoir regné avant Hoang-ti et après Fou-hi.

图 1－6 《甲子会纪》法译本手稿照片（笔者拍摄）

国内对薛应旂的研究主要集中于他的《宪章录》，没有学者专门研究他的《甲子会纪》一书。孙璋的法译本是未出版的手稿，藏在德国慕尼黑图书馆，几乎无人问津，曾经关注过孙璋其人其作的学者也未谈及他的这部译作。国外亦是如此。宋君荣是这部译著的最早读者，他评价说，在所有关于中国历史的书籍中，孙璋的这部译作称得上出色，他还曾把这部译著寄给弗莱雷。① 钟鸣旦（Nicolas Standaert）的专著《历史文本的跨文化交织：中国与欧洲故事中的帝喾与他的妻妾》中涉及《甲子会纪》一书，② 他简要介绍了《甲子会纪》和孙璋的译本。他提到，孙璋用了许多其他文献来说明《甲子会纪》原书中不够清晰的地方，这些补充内容都被孙璋放在了注释里，孙璋的译文和原书一样简短。钟鸣旦的书主要讨论帝喾故事在中西方历史叙述中的异同，所以这里他也引用了孙璋《甲子会纪》译本对帝喾的描述，但对此书就没有再另加笔墨了。这是笔者所能找到的所有对孙璋《甲子会纪》法文译本的评价，对这一译本的深入研究留待以后对其感兴趣的学者。

四 《孔夫子的诗经》

如绪论所述，国内外对《孔夫子的诗经》一书的专门研究并未展开。宋君荣是孙璋《诗经》译本的最早读者，也是这个译本出版之前的唯一读者。他对苏熙业神父说："我读了《诗经》，我把它和满语版的相对照，这个译本（指孙璋还未完成的译本）很好。"③ 他对弗莱雷说："孙璋神父终于答应给我抄一份他翻译的《诗经》了。译本很好，行文准确，能充分表达文义。我让他下定决心寄出他的翻译，他有些抗拒，但还是被说服了。"④ 宋君荣对孙璋的《诗经》译本评价很好，甚至高于孙璋自己对这一译本的评价。孙璋不愿寄出译本，可能是还想继续完善这个译本。

可惜孙璋的译本寄回法国之后，一直无人关注，没有读者，更没有出版，直到1830年，朱利斯·莫尔将这个译本编辑出版后，这部译作才有了新的读者。法国汉学家爱德华·毕欧⑤很快就注意到这部著作。他于1843

---

① Antoine Gaubil, *Correspondance de Pékin, 1722-1759*, p. 432.
② Nicolas Standaert, *The Intercultural Weaving of Historical Texts: Chinese and European Stories about Emperor Ku and His Concubines*, Leiden, Boston: Brill, 2016, pp. 139-141.
③ Antoine Gaubil, *Correspondance de Pékin, 1722-1759*, p. 381.
④ Antoine Gaubil, *Correspondance de Pékin, 1722-1759*, p. 496.
⑤ 有学者说毕欧曾经给孙璋的译本作注，并于1838年在巴黎出版过他加过注释的译本。不过这个说法并不可靠，凡是提及毕欧加注释的译本的学者，都没有给出这个版本的详细出版信息，笔者也未能在国内外图书馆找到这个1838年注释本。毕欧曾于1838年在《北方杂志》（*Revue du Nord*）上发表过一篇关于《诗经》的文章（"le Chi-king ou le Livre des Vers"），学者也许误以为毕欧在这一年出版了《诗经》译本。另外，毕欧在1843年发表于《亚洲学刊》的文章《基于〈诗经〉的中国古代风俗研究》中，提到自己正在等候《左传》等中国典籍翻译的出现，还说他自己当时正在翻译《周礼》。如果他真的给这篇文章所依据的最重要的材料做过注释并且出版，他不会在文章中一句不提。所以，毕欧的注释版《诗经》译本，应该只是讹传。

年在《亚洲学刊》（*Journal Asiatique*）上发表长文《基于〈诗经〉的中国古代风俗研究》（Recherches sur les Mœurs des Anciens Chinois, d'après le *Chi-king*），而他对《诗经》的了解就建立在孙璋的《诗经》拉丁文翻译基础上。在这篇文章的开头，毕欧便说，自己对《诗经》的调查研究受益于孙璋的拉丁文翻译。毕欧注意到孙璋在翻译过程中依赖《诗经》的满文译本："由于作者大量使用满文本作为底本，我们能在译本中发现一些不准确的地方。"① 他对孙璋给《诗经》加的注释十分赞许："这位博学的传教士为我们带来一系列从评注中提取出来的注释，这些注释对我们了解历史典故十分有用，同样也利于我们对文本中提到的动物和植物与我们已经熟知的（动物和植物）加以可信的识别。"② 理雅各在他 1871 年的《诗经》英译本中，完整翻译并引用了毕欧的这篇文章，并用注释的方式修改或指正了毕欧理解中的错误。

然而，孙璋的译本并未受到所有人的肯定。1853 年，意大利汉学家加略利出版了他的《礼记》法文译本，③ 这是《礼记》首次在西方公开出版。在译本前言中，加略利评价了孙璋的《诗经》译本，说："孙璋神父对同一部经典（指《诗经》）的翻译，可谓是最令人无法消化、最为枯燥的、汉学界应该为之脸红的作品。"④ 加略利的《礼记》译本出版后，受到了汉学界的不少批评、责难，他的译本也并未在汉学史上留下太多印记，但他批评孙璋的话，却因为理雅各的引用而流传甚广。理雅各在 1871 年的《诗经》译本前言中，引用了加略利对孙璋译本的评价，并称"这个翻译的确有很大缺陷，所附的注释不令人满意，而且太简略了"。⑤ 理雅各虽然承认孙璋付出了巨大努力："他在翻译、注释和绪论上不遗余力，为了尽

---

① Édouard Biot, "Recherches sur les Mœurs des Anciens Chinois, d'après le *Chi-king*," *Journal Asiatique*, quatrième série, tome II. , 1843, p. 309.
② Édouard Biot, "Recherches sur les Mœurs des Anciens Chinois, d'après le *Chi-king*," *Journal Asiatique*, 1843, p. 309.
③ *Li-Ki, ou Mémorial des Rites*, Turin: Imprimerie Royale, 1853.
④ 笔者未找到这一《礼记》译本，这句话引自谢海涛的博士学位论文附录""《礼记》译本前言"。参见谢海涛《加略利的外交与汉学研究生涯》，博士学位论文，复旦大学，2012，第 162 页。
⑤ James Legge, *The Chinese Classics Vol. IV, The She King or the Book of Poetry*, Taipei: SMC Publishing INC. , 2000, p. v. 下文中所引理雅各《诗经》译本皆为此版本，不再注明出版信息。

其所能让译本完美。"① 但他认为孙璋把力气用在了刀背上,南辕北辙,因为翻译那些枯燥的植物、动物名称只会"极大地耗费作者的劳动",却得不偿失,"让他的读者扫兴"。② 因为理雅各的译本流传很广,所以对孙璋译本的负面评价也随之流传开来。

　　费赖之认为,加略利的评价"有欠公允",③ 莫尔的评语才比较公正。孙璋的翻译的确有很多不足之处,但不可否认的是,很多后来的《诗经》翻译者通过孙璋译本看到这部中国经典的全貌,他们对孙璋的译本有批评,也有借鉴。阿连壁在1884年的文章《给英国读者的中国诗集》中,开头就引用了孙璋译本前言中的一段话,认为《诗经》还没得到应得的关注,这也是阿连壁重译《诗经》的原因之一。④ 而他1891年的《诗经》英文散译本前言中说:"我也偶尔引用孙璋的翻译。这个译本被加略利先生认为是'最令人无法消化、最为枯燥的、汉学界应该为之脸红的作品',这个评价太过严苛了,但孙璋译本最出色的地方也比不上晁德莅神父的译本,更别提理雅各的了。"⑤ 阿连壁对比了孙璋和其他人的译本,认为孙璋的译本落了下风,但是他却忽视了孙璋完整翻译《诗经》的开创之功。顾赛芬、沃德尔、庞德等人都或多或少地参考了孙璋的译文和注释,这才有了他们自己的《诗经》翻译。

　　除了《诗经》译者和传教士传记作者,西方很少有人关注孙璋的《诗经》拉丁文译本,几乎没有专门讨论这个译本的述评文章或著述。而国内的情况也基本相仿。国内较早注意到孙璋译本的是历史学家、天主教神父方豪,他在很多文章中提到了孙璋的名字。在《十七八世纪来华西人对我国经籍之研究》一文中,他写道:"孙璋为后期来华耶稣会神父之最精汉学者,所译拉丁文诗经,附有注解。欧洲学者范尚人(Callery)称其译笔令人生厌,而皮奥脱(Biot),雷傑(Legge)诸氏,则又盛加称许。皮奥脱谓其以一人之力,以拉丁文详为注疏。又称其人

---

① James Legge, *The Chinese Classics Vol. IV*, *The She King or the Book of Poetry*, p. v.
② James Legge, *The Chinese Classics Vol. IV*, *The She King or the Book of Poetry*, p. v.
③ 费赖之:《明清间在华耶稣会士列传(1552—1773)》,第882页。
④ Clement F. R. Allen, "The Chinese Book of the Odes for English Readers," *Journal of the Royal Asiatic Society of Great Britain and Ireland*, Vol. 4., 1884, pp. 453 – 478.
⑤ Clement F. R. Allen, *The Book of Chinese Poetry*, London: Kegan Paul, Trench, Trübner & Co., Ltd., 1891, p. xx.

极博学，精满汉文。"① 其实理雅各并未对孙璋译本有什么称许之词。方豪在《拉丁文传入中国考》②一文中，也提到了孙璋的《诗经》拉丁文译本，但并未详说。

方豪之后，一些介绍中国典籍外译、西传的专门著作在谈及《诗经》外译时，会提到孙璋的名字，但只是简单地介绍，还远远谈不上研究。部分研究者可能不熟悉传教士历史，所以出现了一二错误。宋柏年主编的《中国古典文学在国外》中，提到了这个译本："19 世纪，法国对中国诗歌研究仍然着重于《诗经》。前后有三种译本：第一种译本为 1838 年由沙尔穆神父（le père la charme）译的拉丁文译本，Ed. 比奥（Edouard Biot）作注，它是法国第一部《诗经》的译本。"③ 但如前注所说，1838 年译本应该只是讹传，而孙璋的译本 1830 年就已经在德国出版。另外，作者将孙璋称为沙尔穆神父，应为音译，而且作者没有注意到孙璋的拉丁文《诗经》翻译和出版之间隔了一个世纪。马祖毅、任荣珍在《汉籍外译史》中也简单地介绍了这部译本：

  法国耶稣会士孙璋（Alexander de la Charme④，1695－1767）精通中国古籍，译过《礼记》，还译有拉丁文本《诗经》，附有详细注解。《诗经》的翻译，始于 1733 年，直到 1830 年才由巴黎著名汉学家朱利斯·莫尔（Julius Molh）编辑，交德国斯图加特和蒂宾根出版社出版，书名《孔夫子的诗经》。这是刊行于欧洲的第一种《诗经》全译本。朱利斯·莫尔为此书写了序言，并编了两个索引。译本中的注释约占全书篇幅的三分之一，但后来的西方学者仍认为孙璋的注释过于简单。孙璋的全译本早于马若瑟的选译本，但先流行于西方的却是后者。⑤

在介绍法国《诗经》研究时，作者又说："法国是西方汉学研究的中坚，但《诗经》的翻译到 1838 年方始出现。第一部拉丁文本，译者是沙尔穆神父（lè père la Charme），由爱德华·毕欧（Edouard Biot，1803－1862）作注。"⑥ 这两种说法前后矛盾，第一条拼错了孙璋的原名，后一条所谓的

---

① 方豪：《十七八世纪来华西人对我国经籍之研究》，《中国天主教史论丛甲集》，第 94—95 页。
② 《拉丁文传入中国考》，《方豪六十自定稿》，台北：台湾学生书局，1969。
③ 宋柏年主编《中国古典文学在国外》，北京语言学院出版社，1994，第 26 页。
④ 书中将孙璋的名字拼错，应为 Alexandre de La Charme。
⑤ 马祖毅、任荣珍：《汉籍外译史》，湖北教育出版社，1997，第 49 页。
⑥ 马祖毅、任荣珍：《汉籍外译史》，第 51 页。

"沙尔穆神父"其实就是孙璋。

此外，一部分关于《诗经》西译的学术论文也注意到了孙璋。周发祥说孙璋的译本"在一百年后产生了不小的影响"，① 还说"译者撰序加注，精心迻译草木鸟兽虫鱼之名，学者们对这个译本却贬多于褒"。② 王丽娜在文章中说："西方学界认为孙璋的译著虽然过于简单晦涩，然而作为直接译自中文的最早西文译本，其开创之功，实不可没。"③ 西方学者认为孙璋译本简单、晦涩是真，但未有人承认其实不可没的开创之功，这应该是王丽娜对孙璋译本的定位。也有研究者指出了孙璋译本承上启下的功劳：刘琳娟说自己并没有找到毕欧为孙璋译本作注的相关记录，还承认孙璋译本"在文化交流史上的意义是不容忽视的"。④ 据沈岚的研究，庞德在翻译《诗经》之前曾读过孙璋的译本。⑤ 卢梦雅在论文中说，葛兰言曾受到毕欧的影响；⑥ 我们知道，毕欧的文章是根据孙璋的译本写的，所以更可以看出孙璋在国外诗经学史中的重要地位。山青在文章《〈诗经〉的西传与英译》中对孙璋《诗经》译本并未详加叙述，但对其在《诗经》西译史上的重要地位给予了充分肯定："西方公认的，同时也是现存最早的西译本，是法国传教士孙璋（Alexader dela Charme）的拉丁文本。……孙璋的拉丁文译本《诗经》是西方出现的第一部完整的《诗经》译本，是《诗经》传入西方史上一部重要的著作，首次为西方全面认识和研究《诗经》提供了原始资料，同时为以后《诗经》的其他欧洲语种的翻译提供了参考和借鉴。"⑦ 值得注意的是，北京外国语大学的李慧曾将孙璋的"欧洲译者前言"译为中文发表，⑧ 为研究者提供了认识孙璋译本的窗口。

---

① 周发祥：《〈诗经〉在西方的传播与研究》，《文学评论》1993年第6期，第71页。
② 周发祥：《〈诗经〉在西方的传播与研究》，《文学评论》1993年第6期，第71页。
③ 王丽娜：《西方诗经学的形成与发展》，《河北师院学报》（社会科学版）1996年第4期，第47页。
④ 刘琳娟：《视域选择与审美转向——18、19世纪〈诗经〉在法国的早期译本简述》，《2010年中国文学传播与接受国际学术研讨会论文汇编》（中国古代文学部分），2010，第257页。
⑤ 沈岚：《跨文化经典阐释：理雅各〈诗经〉译介研究》，博士学位论文，苏州大学，2013，第176页。
⑥ 卢梦雅：《葛兰言与法国〈诗经〉学史》，《国际汉学》2018年第2期，第58—65页。
⑦ 山青：《〈诗经〉的西传与英译》，《书城》1995年第2期，第25页。在论文中，作者拼错了孙璋的名字。
⑧ 李慧：《孙璋拉丁文〈诗经〉译本前言》，《拉丁语言文化研究》第4辑，商务印书馆，2016。

第二节　副文本研究

本节从副文本的角度对《孔夫子的诗经》（见图1-7）做出介绍。包括三部分内容：其一，孙璋用拉丁文翻译《诗经》的原因；其二，孙璋翻译《诗经》时使用的底本；其三，《孔夫子的诗经》的出版背景。

一　选择拉丁语为目标语言的原因

欧洲早在16世纪就开展了"俗语化"运动，教会鼓励传教士用民族语言布道，民族语言不断成熟。宗教改革最引人瞩目的成果之一就是出现了各民族语言版本的《圣经》，拉丁文版《圣经》不再是唯一的选择。民族语言的通行使得拉丁语不再占据主导地位，那么，孙璋为何要选择拉丁语作为翻译《诗经》的目标语言呢？

方豪在谈及康熙初年拉丁文翻译我国经籍时所说的一段话可以回答这

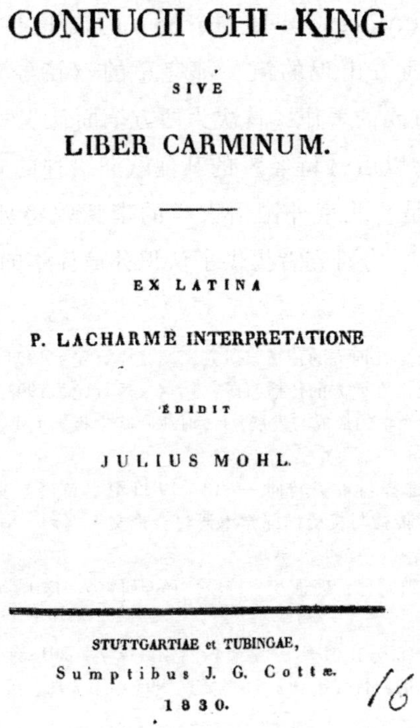

CONFUCII CHI-KING

SIVE

LIBER CARMINUM.

———

EX LATINA

P. LACHARME INTERPRETATIONE

EDIDIT

JULIUS MOHL.

STUTTGARTIAE et TUBINGAE,
Sumptibus J. G. Cottæ.
1830.

图1-7　《孔夫子的诗经》标题页（笔者拍摄）

个问题：

> 其时拉丁文在欧洲亦正如光日中天，盛极一时。拉丁为西欧文化之源，拉丁文法组织缜密，优美异常，以拉丁文译我国经籍，不特可以显其古雅，且拉丁文自经教会采用后，宗教道德之特有名词，亦至为完备，迻译时，绝不致有感困难；且拉丁文在当时，虽不能谓为家喻户晓，要为普通学人所共稔，以之译我国经籍，流行亦易。①

首先，当时欧洲民间虽然使用民族语言较多，但是天主教会内部使用拉丁语的频率还是极高的，而且拉丁语少有歧义。教会颁布教律教规，举行教内仪式，召开教会会议等，都使用拉丁语。当时来华传教士多为天主教教士，来自欧洲不同国家，他们日常交流、信件往来也多使用拉丁语。在孙璋看来，中国"五经"虽经秦火而残缺，但所载皆是"真道实义"。这"真道实义"当然要用教会一贯使用的拉丁文来翻译，这才能显示其亘古长存的特质。

其次，孙璋翻译《诗经》是为了介绍古代中国的习俗、礼仪等，他的目标读者是欧洲教会内部人士、学者、对中国文化感兴趣的人，这些人都受过系统的拉丁文训练，可以阅读拉丁文。如果将其翻译为民族语言，反而减少了受众。

再次，拉丁语比起民族语言更加准确，而谈及特定的宗教名词时，用拉丁文翻译也比较顺畅，便于体现文意。当时的中国经典大多用拉丁文翻译，罗明坚等人所作的包括"四书"翻译在内的《中国哲学家孔子》使用的就是拉丁文，雷孝思（Jean Baptiste Regis）的《易经》翻译、蒋友仁的《书经》翻译等用的都是拉丁文，《孝经》《三字经》等文本也都有拉丁文译本。直到19世纪，晁德莅的《中国文学教程》中的《诗经》仍然用拉丁文翻译，便于初学中文的西方读者学习。

最后，当时中国也有很多人学习、掌握了拉丁文。教会内部注重教授汉人信徒拉丁文，甚至专门选派汉人去西方学习拉丁文。教会外部，拉丁语是当时西方国家的外交官方语言，中俄外交事务多使用拉丁文，为方便处理外交事务，清廷专门开办了翻译馆，教授旗人子弟拉丁文，巴多明

---

① 方豪：《十七八世纪来华西人对我国经籍之研究》，《中国天主教史论丛甲集》，第190—191页。

（Dominique Parrenin）、宋君荣等人都曾先后主理翻译馆事务。用拉丁文翻译《诗经》，也能得到懂得拉丁文的中国人的帮助。

在这样的时代背景、宗教背景下，孙璋选择用拉丁文翻译《诗经》就不足为奇了。虽然孙璋的《孔夫子的诗经》在教堂沉寂了近一个世纪，但是19世纪出版后，德国、英国、法国的《诗经》译者都从他的拉丁文译本中得到过启发，这和他采用拉丁文译诗有很大关系。

二　底本探究

孙璋在译本前言中并未明确说明他翻译《诗经》时依据的是什么版本，也没有说明他注释《诗经》参考过哪些中国诗经学文献，但在前言中提到：

> 我依据的是著名的中国阐释者——宋代的朱熹的阐释，尽管我还读了其他人的阐释。我还聆听过中国十分有经验的、有学问的学者用通俗的语言讲解《诗经》。此外，因为我通晓满语，我还参考了《诗经》的满文译本。在顺治帝的命令下，满文译本由通晓满汉两种语言的学者翻译，他们将对诗歌的阐释从语言引向宗教。由于满语和欧洲语言在词汇和语法等方面差距不大，而且满语没有汉语因为不确定的声调和隐晦的语意而产生的模棱两可，懂得满语能帮助我把握中文原文的真正含义。①

孙璋称他主要依据朱熹的阐释，他翻译《诗经》正文时依据的原文版本很可能是《诗集传》。诗经宋学在清代前期仍然有着巨大的影响力，《诗集传》在清代流传范围很广，孙璋作为传教士，选择较易获得的版本不足为奇。孙璋所写的《诗经》注释中，大部分对诗意的阐释都和《诗集传》一

---

① Alexandre de La Charme, *Confucii Chi-king sive Liber Carminum*, pp. xiv - xv. 原文为 "Celeberrimum Tchou-hi qui dynastiae Song tempore florebat, interpretem Sinensem secutus sum, quanquam alios etiam interpretes legi. Peritum Sinam laureatum in libris versatissimum carmina Chi-king vulgari sermone exponentem audivi; praeterea linguae Tartaricae non ignarus librum Chi-king in linguam Tartaricam versum consului. Haec versio Tartarica imperatoris Chun-Tchi mandato facta est ab utriusque lingua peritissimis doctoribus, qui religioni duxerunt carmina de verbo interpretari; Cumque lingua Tartarica a linguarum Europaearum natura et ratione non multum abludat et linguae Sinensis ambagibus et vocum vago et incerto sensu careat, ejus linguae scientia magno mihi fuit adjumento ad textus Sinici genuinum sensum eruendum".

致，这能够证明《诗集传》是其翻译的底本之一。另外，雍正五年（1727），也就是孙璋来华的前一年，王鸿绪等人奉敕所编《钦定诗经传说汇纂》出版，此书"集朱学之大成"，[1] 也包括汉、宋、元、明等多朝多家对《诗经》的论述。笔者猜测，孙璋可能也以这一版本的《诗经》作为底本之一。

孙璋通晓满文，他翻译《诗经》正文时，不仅依据原文文本，还参考了满文译本。孙璋的满语水平应该要高于汉语水平。孙璋在前言中说，满文没有中文的模棱两可。宋君荣提到孙璋翻译《诗经》和《礼记》时，写到因为《礼记》没有被译为满文，所以孙璋译《礼记》将会遇到很多困难。可以想见，孙璋翻译《诗经》时更多依靠的是满文译本。顺治十一年（1654），最早的满文《诗经》译本[2]刻印出版，卷首有顺治帝的"御制诗经序"，还有集注，主要源自朱熹的《诗集传》。顺治十二年听松楼刊刻了满汉合璧本《诗经》，这个译本上半页是满文译文，下半页是中文原文，删除了顺治十一年本的集注。顺治的"御制诗经序"就是孙璋译本的"顺治帝满文诗经译本前言"所依据的原文。孙璋在前言的落款弄错了年份，将顺治十一年错写为1655年。因为两个年份不同，所以我们无法判断孙璋使用的满文底本到底是1654年的满文本，还是1655年的满汉对照本（见图1-8），这两个版本的满文正文是一样的。

三　出版背景

孙璋的《孔夫子的诗经》一书翻译完成后并未立即出版，最早寄到欧洲的手稿一直藏在法国巴黎天文台。我们现在可以在法国耶稣会档案馆找到这部书1824年的手抄本，这证明孙璋的译稿并非无人问津，在教会内部曾有人传抄、参考。

1830年，朱利斯·莫尔发现了孙璋的这部作品，将其出版。莫尔是德国东方学家，精通波斯语。他1800年出生在斯图加特，1823年去巴黎学习东方文字，1826—1833年担任图宾根大学的名誉教授。他在法国亚洲学会任职多年，曾担任该学会秘书，1867—1876年任法国亚洲学会主席。他虽然不懂中文，但对东方文化的各个方面都很感兴趣，不仅是孙璋《孔夫

---

[1] 洪湛侯：《诗经学史》，中华书局，2002，第477页。
[2] 对这一满文本的详细介绍参见徐莉《清代满文〈诗经〉译本及其流传》，《民族翻译》2009年第3期。

子的诗经》的编辑,还曾编辑出版法国耶稣会士雷孝思的《易经》拉丁文译本。翻开《孔夫子的诗经》,我们最先看到莫尔在扉页中写明将这本书题献给格拉菲斯·霍顿。① 霍顿(Graves Chamney Haughton)生于英国,和莫尔一样是一位东方学家,他精于梵语和孟加拉语,是英国皇家学会会员。

莫尔对《诗经》并不够了解,他在给译本写作的编者前言中,首先介绍孔子和中国的"六经"。他谈及《诗经》时这样讲述:"这些诗歌的内容多样,所以当时的私人或公共领域中,几乎没有这些诗歌不触及的东西。许多诗歌由帝王们创作,向我们展现他们的生活和感受、论辩和隐藏的灵魂;其他的诗歌由普通民众写成,展现民众的欢乐和悲伤,欲望和痛苦,家庭的和谐与分离,对领导者的赞扬和责怪。"② 这些对《诗经》的说明,在当时的很多汉学著作中都能看到,可见,莫尔并未深入阅读、了解《诗经》。莫尔大致梳理了《诗经》译介史,提到了孙璋之前的译者杜赫德(应该是马若瑟)、韩国英和布洛赛(Marie-Félicité Brosset)。最后,莫尔充分肯定了孙璋的工作:"然而,用最广博的学识和极大注意力将整本书用拉丁文翻译并评点的人是耶稣会的孙璋,他并不知名。这个十分有智慧的人精于汉语和满语,除了这部特别的著作,没有留下其他的生命印记。"③ 莫尔对孙璋和《诗经》都不够了解,但在他的努力下得以出版的《孔夫子的诗经》,为后来的学者提供了极大便利。

第三节 译本结构

本节从整体上介绍《孔夫子的诗经》一书的结构。第一,从三篇前言

---

① 原文为"Amicissimo et doctissimo Graves Chamney Haughton dicat, dedicat editor"。
② Alexandre de La Charme, *Confucii Chi-king sive Liber Carminum*, pp. vi – vii. 原文为"Ea carminum est varietas, ut nihil fere sit in rebus ilius temporis, seu privatis, seu publicis, quod non attingant. Multa ex eis ab imperatoribus scripta, ipsorum vitam et affectiones, consilia ac reconditos animi recessus nobis ostendunt; alia, a plebeis hominibus composita, populi gaudia ac moerores, cupiditates et negotia, familiarum concordiam et dissidia, principum laudes et vituperia exhibent"。
③ Alexandre de La Charme, *Confucii Chi-king sive Liber Carminum*, pp. vi – vii. 拉丁文原文为"Qui autem unus omnem librum summa cum eruditione et cura latine interpretatus et commentatus erat, P. Lacharme ex soc. Jesu, suorum incuria neglectus latuit. Vir doctissimus, Sinicae et Tartaricae linguae peritissimus nullum vitae vestigium reliquit, nisi hoc egregium opus"。

入手，分析此书是怎样向西方读者介绍《诗经》的；第二，具体分析孙璋对《诗经》的标题与分类的翻译和阐释。

一 三篇前言的时空张力

《孔夫子的诗经》一书包含三篇前言："编者前言"、"顺治帝满文诗经译本前言"和"欧洲译者前言"。这三篇前言的作者不同，产生的时代也不同。其中，"编者前言"由将此书编辑出版的莫尔写作于1829年；"顺治帝满文诗经译本前言"是1654年顺治帝给满文诗经译本所写的序言，孙璋将其译为拉丁文，放在译本开篇；"欧洲译者前言"由孙璋创作于1738年前后。这三篇前言横跨两个世纪，前后相隔175年。顺治帝是阅读汉人典籍的满族皇帝；孙璋是来自法国、在北京生活41年的传教士，也是《诗经》的翻译者；莫尔是编辑出版《孔夫子的诗经》、不懂得汉语的德国东方学者。三个时代背景不同的人对《诗经》的阐释同时呈现在读者面前，形成了独特的对话关系和时空张力。

"顺治帝满文诗经译本前言"是三篇前言中写作时间最早、篇幅最短的。顺治帝不是《诗经》学者，他认为《诗经》中的诗歌是人们为表达内心深处的本性和情感所作，这些诗歌能告诉我们"风俗的整体性"，诗能净化我们的灵魂，给我们展现行为规范，让我们关注理性。顺治帝引用孔子的"思无邪"，最后的落脚点却是"忠"和"孝"，他认为《诗经》讲述的就是忠、孝二字，他说："没有欲望的、诚实的人这样侍奉他的主人，他从不离开他命定的命运；他服从父母，这样他不会对父母不孝。所有事物的正确秩序和行为的准确范式就从这两件事情中来。"[1] 他认为《诗经》的价值也在于此："因为这本书产生了如此巨大的功用，我希望用它来滋养我的国家，并写了这篇序言。"[2] 顺治帝对《诗经》的关注主要在于"上以风化下"，他期待用《诗经》作为范例，教化民众懂得忠孝，而他对"忠孝"的体认，重在"服从"二字：服从命运，服从统治，服从父母。

---

[1] Alexandre de La Charme, *Confucii Chi-king sive Liber Carminum*, p. xii. 原文为"Vir autem rectus et libidinis expers ita domino suo servit, ut fidem debitam nunquam deserat, parentibus suis ita obsequitur, ut a pietate in parentes nunquam deflectat; ex his duobus verus rerum omnium ordo et recta agendi norma exsurgit"。

[2] Alexandre de La Charme, *Confucii Chi-king sive Liber Carminum*, p. xii. 原文为"Cum igitur ex hoc libro tanta utilitas exoriatur, cumdem volui encomiis exornare meis, et hanc praefationem scribere"。

孙璋的前言篇幅较长，分为五个部分。他在第一部分说明了他翻译《诗经》的原因：第一，《诗经》有助于了解中国习俗；第二，《诗经》体现了古代中国人对上帝的古老信仰。① 孙璋反复强调译诗之艰难，他同意柏应理的说法，认为《诗经》的风格艰深晦涩，语言简洁却又包含许多隐喻和谚语，这些造成了翻译的困难。他接着介绍了翻译《诗经》的方式。他称自己信任朱熹的阐释，根据汉、满两种语言的文本翻译。他尽量避免把阐释者的话与原文相混淆，原文中没有的内容他会在译文中加括号标记出来。他力图贴近原文，宁愿晦涩，也不愿不忠实，要将这部真实的、原初的、不加任何修饰的古代典籍献给欧洲。孙璋前言的第二部分是对《诗经》的简介。他分别介绍了"国风"、"小雅"、"大雅"和"颂"涉及的主要内容。他认为"国风"主要是民众吟唱的诗歌，被官员们收集整理；"小雅""大雅"称颂帝王、公侯等贵族，包括燕饮、祈福、农业等多方面内容；"颂"是在祭祀祖先的典礼上歌唱的颂诗。前言的第三部分是从后稷开始，至幽王结束的周王朝的天子年表；第四部分是对周朝历史的简单介绍；第五部分是对中国诗歌的简介。在这一部分，孙璋将《诗经》中的诗歌分为"赋""比""兴"三类，又介绍了中国诗歌的诗行、平仄和韵律等，但孙璋并不了解律诗、古诗、绝句的分类，所以他讲的平仄规则并不正确。

莫尔的"编者前言"最晚写作，是我们翻开译本最先看到的内容。在这篇前言中，莫尔将《诗经》置于"五经"序列当中，他认为"五经"是孔子为保存"古代不朽功业"、恢复"古代秩序"而结集成册的，并成为"最高权力的根基和标准"。② 而《诗经》与其他几部经典的不同之处在于，《诗经》保留的是古老的风俗。关于《诗经》中诗歌的来源，莫尔综合了采诗说、作诗说和献诗说。他提到周天子要求创作新的诗歌教育浸润民众，并且命令地方官进献民众喜爱的诗歌，以观察民情；孔子扬善弃恶，所以选诗、删诗，将原有的约3000首诗精简为300首左右。关于《诗

---

① Alexandre de La Charme, *Confucii Chi-king sive Liber Carminum*, p. xiv. 孙璋这样写道："cumque antiquorum Sinarum moribus dignoscendis liber Chi-king aptissimus sit, eum interpretari suscepi, ex cujus lectione colligetur, quo antiquior est gens quaevis, eo antiquiorem esse cultum Dei apud illam。"

② Alexandre de La Charme, *Confucii Chi-king sive Liber Carminum*, p. v. 原文为"imperii Sinensis fundamentum et norma"。

经》的作用，莫尔说统治者既要了解民众，又要教育民众，其实就是"上以风化下，下以风刺上"。关于《诗经》的内容，莫尔认为《诗经》内容多样而丰富，上至帝王言行举止，下至百姓悲欢离合，对私人和公共领域都有所触及。① 关于这些诗歌产生的时间，莫尔认为最早可以追溯到商代，最晚的也在公元前 7 世纪。莫尔不懂汉语，他对《诗经》的介绍主要来自他阅读的汉学家的介绍性著作以及孙璋的译文。

"忠孝""服从"是顺治帝所写序的主题。他写下这篇序时才 16 岁，对《诗经》这部经典其实没有特别深刻的认识，他乐于促成将《诗经》译为满文，是因为清军入关不久，调和满汉关系、巩固初入关的清王朝统治是他的重要任务。为了消除满汉畛域、化解满汉矛盾，顺治帝很早就公开表示对汉族传统文化的尊重，还曾经去敬拜孔子。他不仅通过阅读经典为自己打下较好的汉学基础，还倡导提高满族官员的文化素养。将《诗经》译为满文，就是促进满族人了解汉族文化的方式之一。顺治帝少年登基，统治并不稳固，他曾经编著《劝善要言》《御制人臣儆心录》《表忠录》等，宣扬忠孝节义，并将这些书赐给官员们阅读。"忠孝""服从"是他对官员、民众的期待和要求，而这个想法自然而然地体现在他所写的《诗经》序当中。

顺治帝对于《诗经》的体认，只有"风俗"这一点被孙璋继承。读过多种《诗经》注本的孙璋没有选择如《诗大序》等其他有名的诗经学的序言翻译成拉丁文，反而选择翻译了顺治帝这篇没有实际内容的序，这是为什么呢？其一，这体现了满文底本对孙璋翻译的重要作用。其二，用顺治帝所作的《诗经》序，也能表达孙璋对促进天主教在中国发展的顺治帝的敬意与怀念。顺治帝即位之初，清政府就颁布了保护天主教的命令，还采用了汤若望（Jean Adam Schall Von Bell）于明末制定的西洋新历"时宪历"，并任命汤若望为钦天监监正。顺治帝与汤若望之间的关系十分亲密，"顺治帝宠眷若望，迥异常格，与长谈时，乐闻其言……若望常献替忠言，帝亦从其言而待之若父，称之曰玛法，满洲语犹言父也"。② 顺治帝基于对汤若望的深厚感情，对天主教的态度也十分宽容，他曾经亲笔撰写天主堂碑记，还曾为北京的一座天主堂题写"钦崇天道"的匾额。汤开建在《顺

---

① Alexandre de La Charme, *Confucii Chi-king sive Liber Carminum*, pp. vi – vii.
② 费赖之：《在华耶稣会士列传及书目》，第 174 页。

治时期天主教在中国的传播与发展》一文中提到，"顺治帝对天主教的大力推崇与表彰，亦势必影响到各地官员对天主教传教的态度。顺治时期，全国各地对天主教传教的政策都表现十分优渥"。① 此文中还说："清顺治时期（1644—1661）……是天主教在我国发展最快的时期，也是天主教传入中国后唯一的一个没有发生过一次教难的时期。"② 顺治帝统治时期对天主教发展的促进可见一斑。

孙璋翻译《诗经》时，正值雍正帝禁教不久，此时的天主教基本失去了传教的许可，各地大规模驱逐传教士，乾隆帝继位以后情况并未得到改善。与孙璋同时期生活在北京的宋君荣曾说："在京，帝尚容天主教有若干自由，然满、汉人皆知帝恶天主教，不许外省有传教师，并不许官吏入教……教友之中，信心日弱，吾不信朝中尚有一人敢在帝前言西士为传教师。每次吾人试一为之，辄被拒绝。"③ 宋君荣、孙璋等人作为翻译才得以留居北京。两相对比，从顺治帝登基到孙璋译诗，不到100年的时间，天主教在中国的境况竟有天壤之别。孙璋作为天主教传教士，一定十分羡慕顺治帝对汤若望等人的优待，而顺治帝对天主教在中国传播起到的积极作用，也为孙璋所敬重。他怀念那个美好的时代，所以将这位中国少年皇帝所写的《诗经》序放在了自己译作的最前面。

孙璋翻译《诗经》时，西方诗经学还未发端，供孙璋参考的西文资料数量有限，他的前言中只提到了柏应理等人的《中国哲学家孔子》一书。莫尔与孙璋之间相隔近一个世纪，莫尔生活的时代关注《诗经》这部著作的西方学者明显增多，莫尔数次提及杜赫德的《中华帝国全志》中收录的《诗经》译文，他不知道杜赫德收录的译文出自马若瑟的译笔，他还多次提到韩国英、布洛赛等译者。但是这个阶段西方诗经学并未获得大的发展，马若瑟用索隐的方式翻译《诗经》，他的译作都取自"周颂"和"大雅"，他想通过这些诗证明中国也有上帝信仰的痕迹，所以宗教色彩浓厚。韩国英虽然选择了"国风""小雅""大雅"等多篇诗作翻译，但他将这些诗歌都放在"孝"的主题下，这与他的宗教价值观有关。他们对《诗

---

① 汤开建：《顺治时期天主教在中国的传播与发展》，《基督宗教研究》2001年第1期，第229页。

② 汤开建：《顺治时期天主教在中国的传播与发展》，《基督宗教研究》2001年第1期，第223页。

③ 费赖之：《在华耶稣会士列传及书目》，第690页。

经》的介绍都不全面，可以说，这个时期的西方诗经学还处于起步阶段。

有趣的是，三位前言的作者都不强调《诗经》的"诗歌"特质，有意或无意地忽视了《诗经》文学性的一面。顺治帝一味强调"忠孝"，把《诗经》当作教育官员、民众的教育读本。孙璋虽然提到《诗经》是诗歌，还试图介绍中国诗歌的韵律、平仄，但是其篇幅在前言中所占的比例很小，而且碍于他对中国诗歌的了解有限，常常出错，反倒让读者越看越糊涂。他的译文都是散体，几乎表现不出《诗经》作为"诗"的特质。莫尔不懂中文，他不能将《诗经》作为审美的文学作品欣赏，他出版《诗经》主要是为了向西方读者介绍中国古代风俗，或者说，他更看重《诗经》的内容，而非形式。在这一点上，他与百年前的孙璋达成了某种共识。

二　标题与分类

孙璋译本的标题为"Confucii Chi-King sive Liber Carminum"，正文第一页前两行所写的标题是"Chi-King sive Carminum Liber Classicus"，此书正式的标题中有"Confucii"（孔子的）字样，而正文中的标题多了"Classicus"（经典）字样，而且后来的雅、颂部分也都延续了这个"诗歌的经典之书"的称谓。我们可以对比其他译者对"诗经"这一书名的翻译，晁德莅的译本叫作"Liber Carminum"，顾赛芬只用拼音"Cheu King"作为标题，理雅各1876年的韵译本题为"The She King; or, the Book of Ancient Poetry"，韦利的译本题为"The Book of Songs"，詹宁斯的译本题为"The Shi King, the Old 'Poetry Classic' of the Chinese"。晁德莅、理雅各、韦利等人的标题都是"诗集"，强调《诗经》"诗"的特点，而孙璋的标题和詹宁斯的较为一致，都结合了音译与意译，孙璋在标题中强调"孔子的"，说明了他认为的此书来源。而且他不仅译出了"诗"，更十分强调此书"经"的特质。

孙璋的译本正文分为四个部分，即国风、小雅、大雅和颂。正文部分共有305首诗的译文，其中国风160首，按照原书的十五国风分为15章；小雅74首，按照原书的八什分为8章；大雅31首，按原书三什分为3章；颂40首，分为周颂、鲁颂和商颂共3章，周颂又按照原文的篇什分为3节，都按照原书的顺序排列。所有译诗都没有标题，只有"Ode 1""Ode 2"这样的顺序号。小雅中"有其义而无其辞"的6篇笙诗，在《毛诗》中附在《鱼丽》《南山有台》之后，没有正式列入小雅，而朱熹将这些笙诗重新排列，它们各有正式的篇名，成为小雅的一部分。孙璋将这些笙诗直接删去未录。《孔夫子的诗经》的分类和译法详见表 1-1。

表 1-1　孙璋译本的题名译法

Chi-King sive Carminum Liber Classicus	诗经或诗歌的经典之书
Pars I. Koue-Fong Dicta sive in Variis Sinae Regnis Decantatae Cantilenae	第 I 部分　国风或在中国不同地区吟唱的歌谣
Caput 1. Tcheou-Nan Dictum sive Cantilenae Regni Tcheou ad Austrum Positi	第 1 章　周南或周王朝南部的歌谣
Caput 2. Chao-Nan, sive Cantilenae Chao Regionis ad Austrum Positae	第 2 章　召南，或召地区南部的歌谣
Caput 3. Cantilenae in Regno Pii	第 3 章　邶国的歌谣
Caput 4. Cantilenae in Regno Yong	第 4 章　鄘国的歌谣
Caput 5. Cantilenae in Regno Ouei	第 5 章　卫国的歌谣
Caput 6. Cantilenae in Regno Quod Imperatori Proxime Subjacebat Decantatae	第 6 章　在靠近帝王的地区吟唱的歌谣
Caput 7. Cantilenae in Regno Tching	第 7 章　郑国的歌谣
Caput 8. Cantilenae in Regno Tsi	第 8 章　齐国的歌谣
Caput 9. Cantilenae in Regno Ouei	第 9 章　魏国的歌谣
Caput 10. Cantilenae in Regno Tang	第 10 章　唐国的歌谣
Caput 11. Cantilenae in Regno Tsin	第 11 章　秦国的歌谣
Caput 12. Cantilenae in Regno Tchin	第 12 章　陈国的歌谣
Caput 13. Cantilenae in Regno Houi	第 13 章　桧国的歌谣
Caput14. Cantilenae in Regno Tsao	第 14 章　曹国的歌谣
Caput 15. Cantilenae in Regno Pin	第 15 章　豳国的歌谣
Libri Classici Carminum Pars II. Dicta Siao-Ya, (Quod Rectum Est sed Inferiore Ordine)	诗歌的经典之书 第 II 部分，小雅（低等级的德行）
Caput 1...Caput 8.	第 1 章……第 8 章
Libri Classici Carminum Pars III. Dicta Ta-Ya, sive Magnum Rectum (Quod Rectum Est Superiore Ordine)	诗歌的经典之书 第 III 部分，大雅，或伟大的德行（高等级的德行）
Caput 1. ...Caput 3.	第 1 章……第 3 章
Libri Classici Carminum Pars IV. Dicta Song, sive Parentales Cantus	诗歌的经典之书 第 IV 部分，颂，或祭祀祖先典礼的歌

续表

Caput 1. Dictum Tcheou-Song sive Imperatorum Tcheou Parentales Cantus	第1章 周颂，周王朝祭祀祖先典礼的歌
Articulus I. …Articulus III.	第I节……第III节
Caput 2. Dictum Lou-Song, sive Parentales Cantus Regni Lou	第2章 鲁颂，鲁国祭祀祖先典礼的歌
Caput 3. Dictum Chang-Song, sive Parentales Cantus Dynastiae Chang	第3章 商颂，商朝祭祀祖先典礼的歌

孙璋完成《孔夫子的诗经》之前，西方对《诗经》的了解还很有限，对《诗经》的分类也很混乱。1736年，杜赫德编辑出版了《中华帝国全志》，此书第二卷有8首源自《诗经》的诗，这些诗由马若瑟译为法文。此外，杜赫德还在译诗前对《诗经》做了介绍，称《诗经》包括了颂诗、赞美歌以及描述周王朝风俗、准则的诗歌。我们无法判定这是否为对应"颂""雅""风"的翻译，因为在这篇介绍中，杜赫德又将《诗经》中的诗歌分成了5类：称颂人的颂诗、描述王国风俗的诗、比喻的诗（用比喻和对比解释所写内容的诗）、描写崇高事物的诗、可疑而被孔子认作伪经的诗。杜赫德的分类标准十分混乱，完全没有遵从《诗经》"风""雅""颂"的分类。

孙璋对"风""雅""颂"的了解比起同时代西方汉学家要更为完整。他对这三个概念的阐释分为两部分：一部分是前言中的简介，另一部分是翻译和注释。孙璋在"欧洲译者前言"的"《诗经》简介"一节这样介绍"风""雅""颂"：

> 这部书是由孔子完成的古代诗歌合集，包括四个部分。第一部分叫作国风（Koue-fong），是普通民众吟唱的小诗，天子命令诸侯在国内巡视的时候将其收集起来。这样，通过这些诗歌，他们就能了解不同诸侯国的不同风俗，纠正不正确的行为，赞颂好人的善行。每个诸侯国的领地上，到处都在吟唱这些诗歌，这些诗歌被交给天子，天子将经过挑选的诗歌交给他的掌管音乐的大臣，让他们检查和保存这些诗歌。这个习惯在平王开始执政的公元前711年时已经被遗忘了，孔子为了补救，用同样的方式收集诗歌，值得称颂的美好的语言和行为在这些诗歌中留存，通过阅读诗歌，扬善惩恶。在他收集到的古老歌谣中，他把那些不符合他的规范的诗歌删除了。

第二部分叫作小雅（Siao-ya），第三部分叫作大雅（Ta-ya），有的是来自周王朝的诗歌,有的称颂帝王,有的赞颂公侯,有的是大臣向帝王表示感谢,或者祈求福报,有的在祭祀祖先的典礼之后的宴会上歌唱,有的描绘对帝王和公共事务的反对,有的描写农业,有的对灾难表达悲伤,等等。

第四部分叫作颂(Song),这是祭祀死去祖先的诗,周朝天子、鲁国的统治者、商朝天子在为祖先举行祭典的时候歌唱。①

孙璋在介绍"国风"时结合了采诗观风说和孔子删诗说,却对这两者有所混淆。《诗经》中诗歌的来源,本就是个复杂的问题,孙璋从各家评注中选取了几个说法,用自己的逻辑综合在一起,可惜还是说不通。在前言中,孙璋介绍了《诗经》各部分诗歌的内容、吟诵和演唱的场合,但是他没有翻译这几个词,只给出了拼音。读者不能通过拼音看出"小雅"和"大雅"的联系和区别,更无法了解"风""雅""颂"不仅仅是《诗经》某一部分的名称,还是诗体的名称。

就"风""雅""颂"的翻译而言,孙璋的翻译方式是先列出拼音,再解释含义。他将"国风"解释为"in Variis Sinae Regnis Decantatae Cantilenae",也就是在中国不同地区吟唱的歌谣。"在中国不同地区吟唱的"就是

---

① Alexandre de La Charme, *Confucii Chi-king sive Liber Carminum*, pp. xv – xvi. 这部分引文的原文为 "De libro Chi-king in utraque praefatione in genere dictum est; jam de eodem sigillatim aliquid dicendum. Liber ille est collectio carminum antiquorum a Confucio facta, quae quatuor partibus constat. Prima pars Koue-fong dicta, sunt cantilenae, a vulgo decantata carmina, quae imperatores sibi tradi curabant, maxime cum imperium perlustrabant, ut ex iis dignoscerent varios variorum qui suo parebant imperio regnorum mores, ut pravos corrigerent, bonos autem laudarent. Regnorum singulorum singuli reges sive reguli, quae in sua ditione passim canebantur cantiones, eas imperatori offerre tenebantur, quas lectas imperator suo musicae praefecto tradebat examinandas et asservandas Imperante Pin-ouang, qui anno ante Christum 771 regnare coepit, jam hic mos obsoleverat, quem Confucius ut suppleret, ejusmodi carminum collectionem fecit, ea mente ut quae praeclare dicta aut facta his carminibus celebrantur, eorum lectione suos ad virtutem accenderet, quae autem mala referuntur, iis malos a malo deterreret: quae autem deprehendit antiqua carmina ad finem sibi propositum minus facientia, ea abjecit. Secunda pars Siao-ya dicta, tertia pars quae Ta-ya dicitur, alia sunt carmina quibus gentis Tcheou, unde dynastia Tcheou, alia quibus imperatorum, alia quibus regulorum et illustrium virorum laudes celebrantur; alia quibus reguli et magnates imperatori gratias agunt, aut fausta apprecantur; alia quae in convivio post peracta parentalia canebantur; alia contra imperatorem et publicae rei ad ministrationem scribuntur; in aliis agricultura commendatur, in aliis regendi documenta dantur, in aliis calamitates pubicae deflentur etc. Quarta pars Song dicta, sunt parentalia carmina, quae, dum imperatores dynastiae Tcheou et reguli in regno Lou regnantes, et dynastiae Chang imperatores avis suis parentarent, canebantur".

"国","歌谣"即"风"。译文中"cantilenae"一词就是"cantilena"的复数形式,可以解释为歌谣、短诗。孙璋用"cantilena"来翻译"风"十分巧妙,他的理解源自朱熹。朱熹认为:"风者,民俗歌谣之诗也。"[①] 他强调的是"风"的风土乐调之意。而对"风"的另一种源远流长的解释出自《诗大序》:"风,风也,教也;风以动之,教以化之……上以风化下,下以风刺上,主文而谲谏,言之者无罪,闻之者足以戒,故曰风。"[②] 这里强调"讽"的意义向度,而"cantilena"就同时还含有讽刺文字的意思。孙璋的翻译同时体现出了"风"的两种含义,很是难得。理雅各将"国风"译为"lessons from the states",[③] 强调"教以化之"的"教"的含义;韦利将"国风"译为"the airs of the states",[④] 更偏向表现"风"的本义;詹宁斯将"国风"解释为"characteristics of the states",[⑤] 说的是特色、特质,并没有完全译出"风"的含义。比较之下,笔者认为孙璋的译文更加准确,意义也更丰富。

再看"雅"的翻译。孙璋在正文中给出的"小雅"译文是"Siao-Ya,(Quod Rectum Est sed Inferiore Ordine)","大雅"的译文是"Ta-Ya, sive Magnum Rectum(Quod Rectum Est Superiore Ordine)"与后面的"大雅"译文对照,可以看出"小雅"的译文是残缺的,我们可以用孙璋后面的注释来补足,加上"parvum rectum"[⑥] 两词,与"大雅"的"magnum rectum"相对应。"parvum"和"magnum"即小与大,而"rectum"可以译为德行、美德、正义、正确。孙璋解释"小雅"为小的德行,并且加了括号再次说明,也就是低等级的德行;而"大雅"与之相对,是大的德行,高等级的德行。单看两个拉丁文标题,丝毫看不出这与诗或乐有何关系。但对比朱熹对雅的解释——"雅者,正也",[⑦] 我们就很容易看出,孙璋的译文完全是根据朱熹的解释而来。"rectum"也就是"正"的字面意义,孙璋用直译的方式,将"正"体现了出来,但美中不足之处是掩盖了朱熹

---

① 朱熹:《诗集传》,中华书局,2017,第1页。
② 李学勤主编《毛诗正义》,北京大学出版社,1999,第6、13页。
③ James Legge, *The Chinese Classics Vol. IV, The She King or the Book of Poetry*, p. 1.
④ Arthur Waley, *The Book of Songs*, New York: Grove Press, 1996, p. 1.
⑤ William Jennings, *The Shi King, the Old "Poetry Classic" of the Chinese a Close Metrical Translation with Annotations*, London: George Routledge and Sons, Ltd., 1891, p. 23.
⑥ Alexandre de La Charme, *Confucii Chi-king sive Liber Carminum*, p. 275.
⑦ 朱熹:《诗集传》,第155页。

"正乐之歌也……正小雅,燕飨之乐也。正大雅,会朝之乐,受釐陈戒之辞也"① 中乐调之"正"的含义。那么,括号中的解释"高等级或低等级的德行",又是从何而来呢?孙璋在注释中再次做出解释:"小雅,用拉丁语来说就是小的德行,因为这部分描述的德行,是那些一定程度上改变了的德行。"② 可见,孙璋误将大雅和小雅的区别,理解为"风雅之变"中"正雅"和"变雅"的区别了。孙璋又说:"小雅中的诗歌主要在天子举办的宴会上演奏。"③ 而大雅中的诗歌"在集会和祭礼上演唱"。④ 我们今天知道,"大雅"和"小雅"的区分主要在于配诗音乐的乐调。即便是按照正雅、变雅来区别,"小雅"中也有正有变,并不是说"小雅"中都是"变雅"。晁德莅对"小雅"和"大雅"的翻译和孙璋类似,他的译文是 "humile decorum" 和 "summum decorum",⑤ 也就是低的合宜和高的合宜。孙璋和晁德莅的译文虽然都不准确,但都尝试解释"雅"的意义。而很多英译本干脆在题目的翻译中回避了对"雅"的解释。例如,理雅各的译文是 "minor odes of the kingdom"⑥ 和 "greater odes of the kingdom";⑦ 韦利的译法更加简单——"the minor odes"⑧ 和 "the major odes"。⑨ 这两种译文只翻译出了小大之别,却没有体现"雅"的含义。詹宁斯的译文稍微复杂一些——"the minor festal odes"⑩ 和 "the greater festal odes",⑪ 但是对"雅"的解释也不够准确。

孙璋将"颂"译为 "Parentales Cantus",其中,"cantus" 有歌、诗

---

① 朱熹:《诗集传》,第 155 页。
② Alexandre de La Charme, *Confucii Chi-king sive Liber Carminum*, p. 275. 原文为 "Siao-ya latine parvum rectum, quia in hac parte mores describuntur recti illi quidem; qui tamen nonnihil a recto deflectunt"。
③ Alexandre de La Charme, *Confucii Chi-king sive Liber Carminum*, p. 275. 原文为 "Carmina Siao-ya ut praecipua in conviviis quae imperator celebrabat canebantur"。
④ Alexandre de La Charme, *Confucii Chi-king sive Liber Carminum*, p. 275. 原文为 "Carmina Ta-ya partis III (magnum rectum) in comitiis et sacrificiis canebantur"。
⑤ Angelo Zottoli, *Cursus Litteraturae Sinicae*, Vol. 3, Chang-hai: Ex Typographia Missionis Catholicae in Orphanotrophio Tou-Sè-Vè (Tou-chan-wan), 1880, p. 125; p. 227.
⑥ James Legge, *The Chinese Classics Vol. IV*, *The She King or the Book of Poetry*, p. 245.
⑦ James Legge, *The Chinese Classics Vol. IV*, *The She King or the Book of Poetry*, p. 427.
⑧ Arthur Waley, *The Book of Songs*, p. 129.
⑨ Arthur Waley, *The Book of Songs*, p. 223.
⑩ William Jennings, *The Shi King, the Old "Poetry Classic" of the Chinese*, p. 28.
⑪ William Jennings, *The Shi King, the Old "Poetry Classic" of the Chinese*, p. 30.

歌、旋律、预言、咒语等含义。孙璋没有继续使用"carmen"一词，特意选择了不同的词语将"颂"与之前的诗歌区分开来；"parentales"是祭祀祖先的典礼。《诗大序》说："颂者，美盛德之形容，以其成功告于神明者也。"① 孙璋没有采用这个说法，翻译中并未体现"称颂"之意。孙璋的译法仍然采用朱熹的解释，即"颂者，宗庙之乐歌"。② 晁德莅用了另一个拉丁词语表示"颂"——praeconia，③ 就是赞赏、称颂的意思，晁德莅用了"颂"的字面意义。理雅各的译法是"odes of the temple and the altar"，理雅各用的也是朱熹的解释，但他对"周颂"、"鲁颂"和"商颂"的翻译又有明显区分，他将"周颂"和"商颂"都译为"sacrificial odes"，却将"鲁颂"译为"praise odes"。④ 鲁颂是称颂鲁僖公的诗，并非天子，所以理雅各做此区分。韦利将"颂"简单译为"the hymns"，⑤ 詹宁斯的译文是"festal hymns and songs"，⑥ 后者没能区分"雅"和"颂"。相对而言，孙璋的翻译还算准确，不过只强调了"祭祀乐歌"这个含义，没有说出"称颂"的意思。

孙璋《诗经》译本的后 1/3 都是他写的注释，共 102 页，除了《邶风·静女》等 14 首诗⑦未加注释，其他的 291 首都有各自的注释。每首诗的注释长短不一，多则两三页，少则两三词。在"国风"注释部分，孙璋为"周南""邶风"等每个标题都加有单独注释，介绍这一地区是清代的哪些地区，诗歌产生于什么时代，作者大概有谁等；"小雅"部分，孙璋专门解释了"小雅"和"大雅"的含义，诗歌的作者和产生的时间等。"大雅"和"颂"没有整体性的注释，只有对每一首诗的解释。理雅各、顾赛芬等人的译本，每首诗的注释紧随其后，阅读方便；孙璋的注释全部放在译诗正文之后，阅读注释不太便捷，这是孙璋译本排版上的一个缺点。

---

① 李学勤主编《毛诗正义》，第 18 页。
② 朱熹：《诗集传》，第 337 页。
③ Angelo Zottoli, *Cursus Litteraturae Sinicae*, Vol. 3, p. 293.
④ James Legge, *The Chinese Classics Vol. IV, The She King or the Book of Poetry*, p. 569; p. 611; p. 631.
⑤ Arthur Waley, *The Book of Songs*, p. 287.
⑥ William Jennings, *The Shi King, the Old "Poetry Classic" of the Chinese*, p. 31.
⑦ 这 14 首诗都出自国风部分，分别是《邶风·静女》、《卫风·木瓜》、《王风·丘中有麻》、《郑风·遵大路》、《郑风·女曰鸡鸣》、《郑风·萚兮》、《郑风·狡童》、《郑风·褰裳》、《郑风·丰》、《郑风·子衿》、《郑风·野有蔓草》、《齐风·东方之日》、《陈风·东门之杨》和《陈风·月出》。

第二章 《诗经》西传史中的孙璋译本

本章主要通过译本对比，来凸显《孔夫子的诗经》一书的译文特色。孙璋在翻译中看重"忠实"原则，本章力图分析他在多大程度上做到了"忠实"，并以之回应汉学家们对孙璋译本"枯燥乏味"的评价。孙璋结合直译与音译，忠实地还原了《诗经》的内容。同时，因为他对复沓、对答唱和等民歌形式的削减，使得译文"诗味"不够。但文学旨趣的不足并非孙璋能力所限，而是因为他更重视传递《诗经》中的文化因素。他对名物的翻译、阐释和对中国文化习俗的呈现开启了后来的《诗经》文化人类学和民俗学研究。

第一节 忠实的翻译准则

孙璋在前言中说："迄今为止，那些将汉语书籍翻译成欧洲古典语言的人，常将中国阐释者的话与这些典籍的原文混淆，我希望能避免这种情况……我忠实于文本本身，所以，我宁可阐释较为晦涩难懂，也不愿译文不忠实。因此，我将《诗经》这部真实而原初的古老不朽之作，不加任何修饰地带入欧洲。"[①] 孙璋认为，忠实是翻译中最重要的原则。在第一章最

[①] Alexandre de La Charme, *Confucii Chi-king sive Liber Carminum*, p. xv. 原文为 "Hactenus qui libros Sinenses patrio idiomate reddiderunt, nonnulli verba interpretis Sinensis propria ipso textu confundentes, interpretationem minus sinceram scripserunt, quod ego vitare studui…ego enim ita texui adhaesi ut maluerim esse insuavis et obscurus, quam minus fidelis interpres：itaque librum Chi-king, illud antiquitatis monumentum, genuinum et nativum, nullo fuco illitum, in Europam transmitto"。

后一节,我们已经分析了孙璋对风、雅、颂的阐释,所以本节选择"四始"——《周南·关雎》《小雅·鹿鸣》《大雅·文王》《周颂·清庙》作为例诗,通过对比不同译本,来看孙璋翻译风、雅、颂的不同方式和他的译文特色。

孔子说《关雎》"乐而不淫,哀而不伤",朱熹认为此诗性情之正、声气之和足以为后世诗人典范。孙璋译诗如下:

(Epithalamium)

Aves Tsu-kiou in aquaticis terris mas et foemina ambae vices agunt suas cantando. Plenam majestatis, oris splendore et eximia virtute puellam vir sapiens matrimonio jungere gaudet.

Inaequali altitudine plantam King-tsai dictam, modo ad dextram, modo ad sinistram usque ferri videmus, quo aqua in qua adcrevit, ipsam impellit. Puellam nostram vigilando, dormiendo exoptant, cumque hanc sibi velint in uxorem, necdum obtimuerint, ipsam vel inter quiescendum, sive vigilent, sive dormiant, usque cogitant; et in lecto versant corpus in omnes partes, modo supini modo in faciem jacentes.

Plantae nostrae hinc, inde fit delectus. Plena majestatis est, oris splendore, et eximia virtute puella. Kin et Che fit concentus musicus.

Planta nostra hinc inde decerpta suscipitur. Plena majestatis est, oris splendore et eximia virtute puella. Campanae et tympani sonis musicis aures recreantur.①

孙璋译本出版之前,西方没有《关雎》的译文,所以我们只能选用《孔夫子的诗经》出版后的译本做比较,以下是晁德莅和理雅各的译诗。

晁德莅译文:

i. Compari concinens Casarca insidit fluminis insula: secessu segregata frugi adolescentula sapienti viro belle copulabitur. ii. Inaequali altitudine est villarsia; sinixtrorsum et dextrorsum prosequor illam: secessu segregatam frugi adolescentulam, vigilans dormiens conquiro illam; conquisitam nec obtentam, cogito et recogito, diu quidem, proh quam diu! et obvertens

---

① Alexandre de La Charme, *Confucii Chi-king sive Liber Carminum*, pp. 1 – 2.

me converto, et revertens me obliquo. iii. Inaequali altitudine est villarsia, sinixtrorsum et dextrorsum illam lego: secretam praestantem adolescentulam, ad lyram et cytharam diligo illam. Inaequali altitudine villarsiam, hinc inde apparo illam: secretam praestantem adolescentulam, cum campanis et tympanis exhilaro illam. ①

理雅各 1871 年译文：

> Kwan-kwan go the ospreys,
> On the islet in the river.
> The modest, retiring, virtuous, young lady: —
> For our prince a good mate she.
> Here long, there short, is the duckweed,
> To the left, to the right, borne about by the current.
> The modest, retiring, virtuous, young lady: —
> Waking and sleeping, he sought her.
> He sought her and found her not,
> And waking and sleeping he thought about her.
> Long he thought; oh! long and anxiously;
> On his side, on his back, he turned, and back again.
> Here long, there short, is the duckweed;
> On the left, on the right, we gather it.
> The modest, retiring, virtuous, young lady: —
> With lutes, small and large, let us give her friendly welcome.
> Here long, there short, is the duck weed;
> On the left, on the right, we cook and present it.
> The modest, retiring, virtuous young lady: —
> With bells and drums let us show our delight in her. ②

《关雎》的译文在《孔夫子的诗经》一书中比较特别。孙璋在标题之后，特别注明此诗为"Epithalamium"，即祝婚诗，也就是在婚礼上演唱的歌，

---

① Angelo Zottoli, *Cursus Litteraturae Sinicae*, Vol. 3, p. 5.
② James Legge, *The Chinese Classics Vol. IV, The She King or the Book of Poetry*, pp. 1 – 4.

而其他诗歌都没有标题之后的说明。孙璋在这首诗的注释中称此诗是文王娶太姒为妻的婚礼上所演唱的歌。原诗分为三章，孙璋将其分为四段，①而晁德莅和理雅各的分章与原诗一致。孙璋用散文译诗，后来的晁德莅也使用了这种方式。

孙璋的译诗篇幅长，晁德莅和理雅各的译文更加简洁明快。孙璋的译诗中出现了很多拼音，他将雎鸠译为"Aves Tsu-kiou"，将荇菜译为"plantam King-tsai dictam"，而琴瑟也用注音的方式写出，这些拼音出现在诗中，读起来十分生涩拗口，而晁德莅、理雅各都直接将这些名词译出。"Casarca"或者"ospreys"都无法涵盖"雎鸠"的意思，而"雎鸠"究竟为何，中国的阐释者也没有确定的解释，孙璋为了追求他看重的"忠实"原则，选择在译诗中使用拼音，注释中再详细阐释的方式。

三首译诗的叙述者都不相同。孙璋的译诗，叙述者是"我们"，也就是新娘太姒的亲友，叙述者将诗中的"窈窕淑女"称作"我们的女孩"（puellam nostram），而这首歌的听众也就是前来迎娶太姒的文王和他的亲友了，而"寤寐求之"的发起者是"他们"，也就是君子们。晁德莅的译诗以第一人称来写，采摘荇菜、辗转反侧的都是"我"。理雅各的诗中叙述者是文王这边的，叙述者将"君子"称为"our prince"，寤寐求之、辗转反侧的是"他"，而琴瑟友之、钟鼓乐之的是"我们"。对叙述者选择的不同，意味着三人对这首诗的理解不同。孙璋的译诗与他给出的标题一致，既然是祝婚诗，唱诗的人就要百般夸奖新娘，说我们的新娘美丽而高贵，是君子的良配。

朱熹认为，此诗全篇都用"兴"的手法，"参差荇菜，左右流/采/芼之"都是为了引出后面的诗句，而采摘荇菜的人，未必是诗中的主人公。孙璋的译诗为了体现"兴"，便未曾写出发起采摘荇菜动作的人，他用表示被动的动词"fit delectus"和"suscipitur"巧妙地回避了人称问题。而晁德莅认为"我"就是采摘荇菜的人，理雅各说"我们"采摘荇菜。对比看来，孙璋的译法更加贴近诗意。

当然，孙璋的译文也有不足，他将"琴瑟友之"和"钟鼓乐之"分别译为"Kin et Che fit concentus musicus"和"Campanae et tympani sonis musi-

---

① 《孔夫子的诗经》中译诗的分段大部分与朱熹的分章一致，只有此诗和《颂》中的一部分与朱熹的分章不同。

cis aures recreantur", 只写出了琴瑟、钟鼓齐鸣的场景, 但掩盖了 "友之" 和 "乐之" 的目的。晁德莅和理雅各对这两句诗的翻译更加准确。

下面我们来看《鹿鸣》, 这是一首燕飨宾客的诗, 原诗三章, 重章叠唱, 全诗欢欣和悦。孙璋、晁德莅和理雅各将本诗第一章翻译如下。

孙璋译文:

> Temperata voce clamat cervus, et herba odorifera rure pascitur; praeclarum hospitem apud me excepi, canitur fidibus Che dictis, canitur instrumento dicto Cheng, canitur instrumento Cheng; et lamina instrumenti foramini opposita (aëre tremulo) agitatur. Capsa (sericis plena) prae minibus tenetur, et hospiti honoris causa offertur. Quos amicitiae vinculis nobis devinximus, ii virtutis excolendae regiam viam mihi ostendunt. [1]

晁德莅译文:

> Concordi voce cervi rudunt, et comedunt planitiae herbam. Ego habeo optimos hospites, pulsetur cithara inflentur fistulae, inflentur fistulae agitentur ligulae, et oblatio cistae inde peragatur. Viri amant me, indicabunt mihi magnam viam. [2]

理雅各 1871 年译文:

> With pleased sounds the deer call to one another,
> Eating the celery of the fields.
> I have here admirable guests;
> The lutes are struck, and the organ is blown (for them); —
> The organ is blown till its tongues are all moving.
> The baskets of offerings (also) are presented to them.
> The men love me,
> And will show me the prefect path. [3]

孙璋的这首译诗并不好读, 没有晁德莅和理雅各的译诗流畅、准确。

---

[1] Alexandre de La Charme, *Confucii Chi-king sive Liber Carminum*, p. 72.
[2] Angelo Zottoli, *Cursus Litteraturae Sinicae*, Vol. 3, p. 125.
[3] James Legge, *The Chinese Classics Vol. IV, The She King or the Book of Poetry*, p. 245.

孙璋将鹿和嘉宾都译为单数，并不符合诗意。他用拼音表示各种乐器的做法和《关雎》一样，让译诗变得滞涩。最后一句"人之好我，示我周行"，是主人对宾客所说的敬辞，表达希望宾客示我以大道的愿望。晁德莅用"indicabunt"，理雅各用"will show"，都是未来时；而孙璋却用"ostendunt"，这是现在时动词，失却了希望、祝祷的含义。不过孙璋的译诗选词比较准确，例如"呦呦鹿鸣"，"呦呦"是鹿的叫声，朱熹将"呦呦"解释为"声之和也"。孙璋用"temperata"一词形容鹿鸣声，晁德莅用"concordi"，理雅各用"pleased"。孙璋的选词重在平和、温和，与燕乐的氛围更加适宜。而"示我周行"中的"周行"本意为大道，引申为至道、至善的道理，也有人将此解释为周代所奉行的道。晁德莅将其译为"magnam viam"，理雅各译为"the prefect path"，孙璋译为"virtutis excolendae regiam viam"，包含了"周行"的几种含义，将这个词准确地表现了出来。孙璋在《性理真诠》中，还曾用这个词表示至高智慧："上主特立真教，又为示我周行，不使有歧路之失。"① 可见，孙璋对这个词的内涵把握很精准。

孙璋翻译《关雎》《鹿鸣》时，译诗的风格没有太大差异。他在翻译《大雅》中的诗歌时，是否有不同的手法呢？因为篇幅所限，本节选取《文王》第一章展开分析。

孙璋译诗：

> Ouen-ouang ille jam sedes superas incolit. O quantam gloriam, quantum splendorem obtinet in coelis! Familia Tcheou jam diu licet regium principatum obtinuerit, recens est, quod adhuc a coelo sic jubente, obtinet beneficium. Tcheou gens illa inclyta nunquid est in obscuro? Nunquid minus favent maximi domini et dominatoris verenda decreta? Ouen-ouang sive ascendat, sive descendat, semper adest ad maximi domini et dominatoris dexstram et sinistram. ②

在《孔夫子的诗经》出版之前，韩国英在《中国论集》中也翻译了《文王》这首诗，以下是韩国英翻译的本诗第一章：

---

① 孙璋：《性理真诠》，第 728 页。
② Alexandre de La Charme, *Confucii Chi-king sive Liber Carminum*, p. 141.

Ouen-ouang est au Ciel. Que les rayons dont brille sa gloire sont resplendissans! Quelque lustre que donne aux *Tcheou* leur ancien titre de Princes, l'eclat de leur nouvelle destinée l'efface. Comment la contempler sans en être ebloui? Le *Chang-ti* a mis le comble à ses bienfaits. *Ouen-ouang* est sans cette ou à sa gauche ou à sa droite. ①

同样对照晁德莅和理雅各的译文。

晁德莅译文:

Wen rex tenens alta, quam splendet in coelo! et Tcheou licet antiquus principatus, ejus delegatio nonnisi nova. Ipsa Tcheou nonne claret, et Altissimi mandatum nonne opportunum? Wen rex ascendens descendens, adest Altissimi laeva dextraque. ②

理雅各译文:

King Wăn is on high;
Oh! bright is he in heaven.
Although Chow was an old country,
The (favouring) appointment lighted on it recently.
Illustrious was the House of Chow,
And the appointment of God came at the proper season.
King Wăn ascends and descends,
On the left and the right of God. ③

孙璋的译文十分顺畅,他用感叹句和两个反问句增强诗歌气势。译文选词准确,做到了他自己所看重的忠实。例如,"文王在上"中的"上",他译为"sedes superas"(the upper residence),而韩国英译为"Ciel"(天/天堂),晁德莅译为"alta",理雅各译为"high",他们的选择与孙璋基本一致。再如"周虽旧邦,其命维新"一句,这句诗说的是周虽然自后稷时

---

① Pierre-Martial Cibot, *Mémoires concernant l'histoire, les sciences, les arts, les moeurs, les usages, &c. des Chinois: par les missionnaires de Pekin*, Tome quatrieme, A Paris, Chez Nyon, Libraire, rue S. Jean-de-Beauvais, vis-à-vis le College, 1779, p. 175.
② Angelo Zottoli, *Cursus Litteraturae Sinicae*, Vol. 3, p. 227.
③ James Legge, *The Chinese Classics Vol. IV, The She King or the Book of Poetry*, pp. 427 - 428.

即受封，年代久远，但受天命代商是新近的事。这句诗曾被《大学》引用，《中国哲学家孔子》中将其译为"familiae Cheu tametsi antiquissimum fuerit Regulorum Regnum, ei tamen à coelo collatum deinde Imperium merè novum erat"。① 对比来看，孙璋的译文略显啰唆，但点出了"命"（beneficium）即"天命"（beneficium a coelo），"beneficium"一词也说出了天命眷顾之意。而晁德莅选用的"delegatio"一词则不具有上天之命的神圣感，也减少了上天对周施以恩惠的积极态度。韩国英将"其命维新"翻译为"l'eclat de leur nouvelle destinée l'efface"，也就是由新的天命而来的光芒将周代之前的光芒擦除了，这显然曲解了这句诗的含义。孙璋用"recens"翻译"新"，理雅各也用意义相近的"recent"来译，这两个词都表示时间上的新近；而《中国哲学家孔子》用"novum"，晁德莅选用"nova"，韩国英用"nouvelle"，这几个词都表示"新"，但不强调时间上的"新"：孙璋和理雅各的译法更加贴合原诗的含义。在本诗的句式翻译上，孙璋也尽量做到与原诗一致。"有周不显，帝命不时"中的"不显""不时"是岂不显、岂不时的意思，孙璋便将其翻译为两个反问句。韩国英用了一个问句和一个陈述句，理雅各都用陈述语气，晁德莅的译文与孙璋一样，都用反问增加诗句的感慨、赞叹色彩。总的来说，孙璋的译文比韩国英的更为准确，与理雅各、晁德莅的译文相比，也并不逊色。

最后来看《清庙》一诗。《清庙》是周代祭祀文王等祖先的乐歌，全诗不叶韵，《乐记》说："《清庙》之瑟，朱弦而疏越，壹倡而三叹，有遗音者矣。"在配乐演奏时，声浊而迟，有庄严肃穆之感。孙璋等译者的译文如下。

孙璋译文：

> O quam recondita, quam munda sunt haec penetralia avorum nostrorum memoriae sacra! qui hic adsunt fungendis caerimoniis adjutores quantam diligentiam, quantum inter se animorum consensum prae se ferunt! quam multi, quam frequentes convenere sapientes! id agunt ut principis Ouen-ouang virtutes eximias in se repraesentent. In coelum ubi est (Ouen-

---

① Prosperi Intorcetta, Christiani Herdtrich, Francisci Rougemont, Philippi Couplet, *Confucius Sinarum Philosophus, sive Scentia Sinensis Latine Exposita*, Paris: Danielem Horthemels, via Jacobaea, sub Maecenate, 1687, p. 8.

ouang) fixum habent animum, dum in hac parentalium aula discurrunt. (Principis Ouen-ouang virtutes) Nunquid obscurae sunt? Quis ipsius comitatem nescit? Nemini unquam fastidium peperit, sed omnium sibi devinxit animos. ①

晁德莅译文：

Quam reconditum purum delubrum! Reverentes et compositi conspicui adjutores, magnoque numero tot administri, possident Perhumani vitutes; communicantes cum habitatore coeli, veloci gradu excurrunt in delubro. Nonne claret, nonne perseverat? nunquam fastiditur ab aliquo. ②

理雅各 1871 年译文：

Ah! solemn is the ancestral temple in its pure stillness.

Reverent and harmonious were the distinguished assistants;

Great was the number of the officers: —

(All) assiduous followers of the virtue of (king) Wăn.

In response to him in heaven,

Grandly they hurried about in the temple.

Distinguished is he and honoured,

And will never be wearied of among men. ③

《清庙》是祭祀文王的乐歌，孙璋抓住了这个主题，在译诗中不断点出文王，"秉文之德" 即继承了文王的德行，而晁德莅的译文中只说他们有完美的德行（Perhumani vitutes），却未点出这是承自文王的德行。此诗的最后两句 "不显不承，无射于人斯"，"不显不承" 意为，文王之德难道不显耀，难道没有被继承吗？孙璋的译文用括号点出了这句所说的是文王之德，但他对 "不承" 的翻译是 "Quis ipsius comitatem nescit"，即 "谁不知道他的善良恩惠呢？" 孙璋将不传承理解为不承情，这是一个比较明显的错误。而晁德莅的译文没有点明这句说的是文王之德，所以读起来不知

---

① Alexandre de La Charme, *Confucii Chi-king sive Liber Carminum*, p. 193.
② Angelo Zottoli, *Cursus Litteraturae Sinicae*, Vol. 3, p. 293.
③ James Legge, *The Chinese Classics Vol. IV*, *The She King or the Book of Poetry*, p. 569.

所指。理雅各干脆回避了"不承"一词，没有译出。而"无射于人斯"历来有不同的解释：朱熹说此句是"信乎其（文王之德）无有厌斁于人也"，① 也就是文王之德一直传承，不会让人厌倦；《礼记》将"射"写作"斁"，解释为祭祀者不倦息；也有学者理解为神于人不厌倦，或将"射"释为"厌"，"无射"即不厌足。孙璋的译文不够简洁，还增加了他自己理解的内容：（文王）从不让人感到厌烦，他团结了所有人的心。晁德莅和理雅各对这句的翻译更为准确。

同为拉丁文译诗，孙璋的译诗篇幅长于晁德莅的。但孙璋此诗译出了庄严肃穆的风格。连用三个感叹句，接下来又用两个问句，全诗很有气势。感叹句的频繁使用让此首译诗风格与《国风》《小雅》中的诗形成了鲜明的对比，和《文王》的风格相近，这与我们阅读原诗的感受是一致的。相较而言，晁德莅和理雅各的译文显得稍平，情绪的波动很小，很难与《国风》《小雅》等译文风格区别开来。

阿连壁认为孙璋的译文无法与晁德莅的相比，这种观点有失公允。通过对"四始"译诗的分析，可以看到，孙璋的译文虽然比晁德莅的繁复，但在诗意的传达和用词的选择上都很准确。② 孙璋在翻译过程中，从选择译词和诗意传达，到风格的变化和呈现，都在努力践行他为自己设定的"忠实"原则。每个译本都有失误，孙璋最早翻译整本《诗经》，已在最大程度上传达出了原诗的含义。而且，孙璋在翻译风、雅、颂时，还尝试用不同句式来复现原诗的风格，这一点尤其值得肯定。

第二节　削弱《诗经》民歌特点的增译与减译

通过本章第一节的分析可以发现，孙璋在翻译中十分强调忠实。然而，每个译本都不是原文的复刻，孙璋在翻译中也会有所取舍。《诗经》是一部诗歌总集，不管是献诗、作诗，还是采诗，不可否认的是，其中的大部分诗歌，尤其是《国风》《小雅》中的诗歌，都具有突出的民歌特点。然而，《孔夫子的诗经》却通过翻译中的增与减，冲淡了《诗经》的民歌特点。

---

① 朱熹：《诗集传》，第338页。
② 孙璋译诗也有错漏之处，但他的译文总体上是忠实的。除去孙璋翻译中产生的错误，《孔夫子的诗经》中还有一些排版、印刷导致的错误，这些错漏可参见附录二《孔夫子的诗经》错漏表。

一 复沓的减译与增译

重章叠句的复沓是《诗经》最明显的艺术手法。洪湛侯说:"《诗经》章法最突出的特点是复沓。《诗经》本是入乐歌唱的乐歌,复沓的章法,正是围绕同一旋律反复咏唱的,复沓不仅有助于记忆而且有一唱三叹回环跌宕的艺术效果……在《诗经》中,具有复沓章法的诗,以《国风》、《小雅》中为多。"① 复沓的形式很好翻译,只要重复句子或句式就能把复沓的效果呈现出来。理雅各在英译本中,就很忠实地这样做了。但是孙璋并未采用这种方式,复沓在他的译本中体现为以下几种形式。

第一种是直接省略,孙璋在译文中加入"(etc. ut supra)",将原来的诗句省去不译。例如《周南·汉广》一诗的最后一章,"翘翘错薪,言刈其蒌。之子于归,言秣其驹。汉之广矣,不可泳思。江之永矣,不可方思",孙璋的译文是:

> Ex virgultorum variis fasciculis herbas silvestres avellere satagunt. Puellae matrimonio collocantur, et quaerunt unde pascant pullos equinos. Amnis Han latus fluvius, hujus alveus (etc. ut supra) .②

孙璋将章句复沓"汉之广矣,不可泳思。江之永矣,不可方思"用"如上"代替。重复,是各国诗歌中都有的一种表现手法,在民谣乐曲中更是常见。这种直接省略的方式不仅表现不出原诗重章叠句的特点,还使得译诗失却了诗味。用"如上"来代替复沓的方式全部出现在《国风》当中:《周南·汉广》《召南·羔羊》《召南·殷其雷》《召南·摽有梅》《邶风·柏舟》《鄘风·桑中》《卫风·淇奥》《卫风·芄兰》《王风·黍离》《王风·扬之水》《郑风·褰裳》《郑风·丰》《郑风·溱洧》《唐风·杕杜》《唐风·葛生》《秦风·晨风》《秦风·权舆》《陈风·宛丘》《陈风·东门之杨》《曹风·下泉》等共20首诗中出现了这种代替方式。其中,大部分是完全相同句子的代替,如《汉广》《柏舟》等。一部分是字词顺序变换句子的代替,如《羔羊》中的"退食自公"和"自公退食",《丰》中的"衣锦褧衣,裳锦褧裳"和"裳锦褧裳,衣锦褧衣",《葛生》中的

---

① 洪湛侯:《诗经学史》,第695页。
② Alexandre de La Charme, *Confucii Chi-king sive Liber Carminum*, p. 5.

"夏之日,冬之夜"和"冬之夜,夏之日",《下泉》中的"念彼周京"和"念彼京周"等。一部分是相似含义句子的代替,如《殷其雷》中的"莫敢遑息"和"莫或遑处",《丰》中的"驾予与行"和"驾予与归",《葛生》中的"归于其居"和"归于其室",《宛丘》中的"值其鹭羽"和"值其鹭翿",《东门之杨》中的"其叶牂牂。昏以为期,明星煌煌"和"其叶肺肺。昏以为期,明星晢晢"等。另外,还有不同含义句子的代替,如《摽有梅》中的"迨其吉兮"和"迨其今兮"。这种代替实属错译,从"吉"到"今"的变化,体现了诗中主人公求嫁的迫切程度的变化,孙璋直接省略,就把这种心情的变化忽略了。

第二种是将原诗中相同句子用不同的句式和语气译出。这种做法有时可以丰富译诗的层次感。对比《王风·采葛》的译文和原文:

> Ibi colligit plantam Ko, et si unâ die conspectu ejus caruerit, illa una dies est pro tribus mensibus.
>
> Ibi colligit plantam Siao; si unâ die conspectu ejus caruerit, illa una dies est pro tribus autumnis.
>
> Ibi colligit herbam artemisiam; sin autem vel unâ die conspectu ejus fraudetur, haec una dies est pro tribus annis. [①]

> 彼采葛兮,一日不见,如三月兮。
> 彼采萧兮,一日不见,如三秋兮。
> 彼采艾兮,一日不见,如三岁兮。

以理雅各的译文为参考:

> There he is gathering the dolichos!
> A day without seeing him
> Is like three months!
> There he is gathering theoxtail-southernwood!
> A day without seeing him
> Is like three seasons!
> There he is gathering the mugwort!
> A day without seeing him

[①] Alexandre de La Charme, *Confucii Chi-king sive Liber Carminum*, p. 32.

>   Is like three years!①

理雅各的译文形式和原文很像，诗句中只有"葛、萧、艾"和"月、秋、年"是变动的因素，这三章的句型、句式都和原诗一样是一致的。而孙璋译本有所变化，三章的前后两句，孙璋采用的都是同样句式，而这首诗中三次出现的"一日不见"，孙璋的译文并不相同，译文中些微的差别中含有语气的递进，尤其是最后一句，加入了多个转折词——"sin""autem""vel"，这些有转折含义的词使这句诗读起来百转千回，而且表现出作者的九转愁肠。另外，孙璋最后一章译文的动词"fraudetur"（fraudo）是偷走、强夺、骗取之意，感情比前两句译文中的"caruerit"（careo）的失去、丢失的含义更加强烈，用动词的改变补充和丰富了原诗从"三月"到"三岁"的思念的递进。

再举一个例子，《小雅·采薇》中前三章出现的"曰归曰归"，理雅各都将其翻译为"When shall we return? When shall we return?"② 而孙璋分别译为：

>   Redire juvat, juvat redire.
>   Reditum cogitamus, reditum cogitamus.
>   Revertamur, revertamur. ③

第一句中，叙述者想，如果能回去就好了；第二句为"我们想着回去"；第三句则是"我们应该回去了"。译文的语气、句式、时态都发生了变化，这些变化让读者注意到时间的推进和叙述者想要回去的渴望的递增。

但是，这种译法并不一定可以表现出语气的递进。有时变化的语气或句型只是机械的变化。例如《豳风·东山》中4次出现的"我徂东山，慆慆不归"，理雅各的译文都是"We went to the hills of the east/and long were we there without returning"，④ 孙璋却用了4种不同译法：

>   Ad montes orientales iter fecimus, et diu est ex quo inde reverti non licuit;

---

① James Legge, *The Chinese Classics Vol. IV, The She King or the Book of Poetry*, p. 120.
② James Legge, *The Chinese Classics Vol. IV, The She King or the Book of Poetry*, pp. 258 – 259.
③ Alexandre de La Charme, *Confucii Chi-king sive Liber Carminum*, pp. 77 – 78.
④ James Legge, *The Chinese Classics Vol. IV, The She King or the Book of Poetry*, pp. 235 – 237.

Ad montes orientales iter fuit nostrum, et inde redire jam diu non licet;

Ad montes orientales profecti inde redire jamdiu non potuimus;

Ex montibus ad orientem positis, quo profecti sumus, redire jam diu non potuimus.①

这样的译法只是为了变化而变化，失却了原诗重章叠句的复沓手法，而且也没能用语气或句式的变化补充原诗的复沓手法带来的层次感。这种译法还不如以与原诗相同的句式和语气翻译。

第三种是将原诗中字句略有变化但句式相同的句子用不同句式译出。例如，《郑风·缁衣》中每一章的第一句都是"缁衣之×兮"，但孙璋译文的句式并不相同，译文分别是：

Nigram vestem induunt quam accommodate;（缁衣之宜兮）
Nigram vestem induisse decet;（缁衣之好兮）
Nigra vestis, vestis splendida.②（缁衣之席兮）

再对比理雅各的译文：

How well do the black robes befit you!
How good on you are the black robes!
How easy sit the black robes on you!③

理雅各的译文中虽然每个句子的结构有变化，但都是感叹句，并在一定程度上还原了重章叠句的特色。而孙璋译文从第一句的感叹句，转变为第二句的叙述句，而第三句省略了动词，这样的译文读起来有另一种节奏感。但这样的句型、句式变化，掩盖了原诗一唱三叹、回环往复的特点，忽略了《诗经》配乐歌唱的形态。

再如《小雅·隰桑》中的"隰桑有阿，其叶有难"、"隰桑有阿，其叶有沃"和"隰桑有阿，其叶有幽"，理雅各的译文为：

In the low, wet grounds, the mulberry trees are beautiful,

---

① Alexandre de La Charme, *Confucii Chi-king sive Liber Carminum*, pp. 69–70.
② Alexandre de La Charme, *Confucii Chi-king sive Liber Carminum*, p. 33.
③ James Legge, *The Chinese Classics Vol. IV*, *The She King or the Book of Poetry*, pp. 124–125.

And their leaves are luxuriant/glossy/dark. ①

译文与原诗的句型、句式都是一致的，只有形容词发生了变化。再看孙璋的译文：

In terris depressis consitae arbores mori pulchro sunt aspectu, densisque frondibus.

In terris depressis consitae arbores mori, quam jucundo sunt aspectu, arborum frondes quanto sunt splendore!

In humili solo consitae arbores mori aspectu placent, frondesque earum viriditate sua juvant. ②

第一句是陈述语气，第二句变为感叹语气，而第三句改变了很多词语，连"隰"的译法都变了，译文长短不一，没有韵律，完全看不出原诗三章第一句有相同的"隰桑有阿"，更不用说后面半句了。

孙璋翻译这样的句子时，偶尔会加入呼词、叹词等，用来使同样句式的译文产生变化。例如《小雅·渐渐之石》前两章的"渐渐之石，维其高矣"和"渐渐之石，维其卒矣"。孙璋分别译为：

Ardua rupes quam alta est!
Ardua rupes o quam praerupta! ③

原诗并不是感叹句，但译文改为感叹句；第二句比第一句多了感叹词"o"（Oh），少了动词"est"。再如《郑风·萚兮》一诗，译者大量使用感叹词：

Flans ventus tua, ô arbor, folia decidua concutit. O mi Chou-hi, ô mi Pe-hi, si mihi obsequaris, ego tibi morem geram.

Folia tua, ô arbor, cadere incipiunt, cadere incipiunt, et vento es ludibrio. Mi Chou-hi, mi Pe-hi, si mihi obsequaris, ego me tibi dedam. ④

萚兮萚兮，风其吹（女）汝。叔兮伯兮，倡予和女。

---

① James Legge, *The Chinese Classics Vol. IV, The She King or the Book of Poetry*, pp. 414 – 415.
② Alexandre de La Charme, *Confucii Chi-king sive Liber Carminum*, pp. 136 – 137.
③ Alexandre de La Charme, *Confucii Chi-king sive Liber Carminum*, p. 139.
④ Alexandre de La Charme, *Confucii Chi-king sive Liber Carminum*, p. 37.

蓁兮蓁兮，风其漂女。叔兮伯兮，倡予要女。

这首译诗中，两章感叹词的使用和句型、句式等都不相同，第二章中还重复了两遍"cadere incipiunt"，孙璋用情绪的变化代替了字词的变化，认为加入感叹词更能表现强烈的情绪。

第三种翻译复沓的方式是孙璋经常采用的方式之一。《周南·兔罝》中的"肃肃兔罝"，《召南·草虫》中的"亦既见止，亦既觏止，我心则降/说/夷"，《邶风·终风》中的"终风且暴/霾/曀"，《小雅·南山有台》中的"南山有台/桑/杞/栲/枸，北山有莱/杨/李/杻/楰"，《小雅·蓼萧》中的"蓼彼萧斯"，《小雅·湛露》中的"湛湛露斯"等都采用了这种变换句式和语气的翻译方法。

第四种是忠实地用相同的句式翻译原诗中的章句复沓。例如《周南·桃夭》，孙璋用"O quam micat arbor persica"① 翻译"桃之夭夭"，三章都是如此，虽然将原诗的陈述句改为感叹句，但保留了重章叠句的特点。再看《周南·芣苢》：

Colligimus herbam Feou-y; agite, colligamus. Colligimus herbam Feou-y, agite, quaeramus.

Colligimus herbam Feou-y; agite, humi repositam attollamus. Colligimus herbam Feou-y, agite, grana ex calice depromamus.

Colligimus herbam Feou-y; agite, in angulum vestis anterioris includamus. Colligimus herbam Feou-y, agite, angulum vestis interioris zonae nostrae adnectamus. ②

采采芣苢，薄言采之。采采芣苢，薄言有之。
采采芣苢，薄言掇之。采采芣苢，薄言捋之。
采采芣苢，薄言袺之。采采芣苢，薄言襭之。

虽然译者加入了"agite"这样的祈使词，和原诗有所不同，但是祈使语气和反复出现的 agite 代替了原诗的复沓，带有原诗劳动号子、民歌的感觉，更加贴切。这个祈使句贯穿始终，译诗句式统一，只有动词的变化，这一点和原诗相同。这种翻译方式在孙璋译文中也较为多见，《召南·草虫》

---

① Alexandre de La Charme, *Confucii Chi-king sive Liber Carminum*, pp. 3 – 4.
② Alexandre de La Charme, *Confucii Chi-king sive Liber Carminum*, p. 4.

中的"陟彼南山,言采其蕨/薇",《鄘风·相鼠》全诗,《郑风·将仲子》中的"将仲子兮",《豳风·狼跋》中的"狼跋其胡/疐其尾,载疐其尾/跋其胡",《小雅·鱼丽》中的"鱼丽于罶",《小雅·庭燎》中的"夜如何其"等,都在翻译中保留了复沓手法。

张西堂在《诗经的艺术表现》一文中说:"我们研究《诗经》的艺术表现,是应当特别地提出在《诗经》中的许多诗,是以重沓叠奏的方法一层一层的表达他们的思想感情的。……利用音乐的旋律,重叠的字句,来表达诗中的情感。所谓'一弹再三叹,慷慨有余哀',来引起读者的同情的。这也是民歌表现手法之一,这样的表现方法,能将一些简短的诗,变成更有趣味的诗,更富有感染力的诗。"① 孙璋的译诗中,对复沓有保留,也有省略或改变。总体来说,《孔夫子的诗经》减少了复沓这种艺术手法的使用。

二　人称的增译与误判

由于中文和拉丁文语法不同,人称是翻译诗歌时绕不过去的一个问题。《诗经》中的抒情主人公多种多样,囊括了各种抒情人称。那么,孙璋如何翻译不同抒情人称的诗歌呢?

《诗经》中有许多以第一人称写作的诗歌,"《诗经》第一人称的抒情方式,实际上正是诗人即抒情主体直接介入外在情境,并以自身的境遇作为情感抒写中心的一种方式"。② 这类诗中有"我""予"等明显的第一人称代词,大多数情况下,孙璋都直接按照原文翻译为"我"。以《周颂·维天之命》第二章"假以溢我,我其收之。骏惠我文王,曾孙笃之"为例,孙璋的译文为"Ah! si mihi faveret, ejus favor ad me pertineret, et (avum) meum Ouen-ouang secutus ego ejus virtutes et doctrinam reviviscere et florere curarem! atque ita longa esset nepotum series!"③ 孙璋给"曾孙笃之"的译文不够准确,这句话是说,我们,即文王的子孙后代,要顺应文王之道,厚行其德,而不是说子孙昌盛。不过,孙璋比较准确地翻译了"我"。

很多诗中,孙璋虽然将"我"译出,但又刻意加上"某某说"的字

---

① 张西堂:《诗经六论》,商务印书馆,1957,第57—58页。
② 潘啸龙:《〈诗经〉抒情人称研究》,《诗经研究丛刊》第3辑,学苑出版社,2002,第70页。
③ Alexandre de La Charme, *Confucii Chi-king sive Liber Carminum*, p. 194.

样，将诗人和抒情主人公分割开来。例如《邶风·柏舟》第一章"汎彼柏舟，亦汎其流。耿耿不寐，如有隐忧。微我无酒，以敖以游"，孙璋翻译为：

> Cupressina cymba aquarum arbitrio adhuc relinquitur. Satis patet quod illi quiescere non liceat; illam diceres intus dolere; ego, inquit, deambulo, ego iter facio, non quia vino careo.①

应注意"inquit"（她说）一词，此诗本就是第一人称自叙，表现一位妇人受到欺侮，但无人依靠、无处倾诉的忧愁、委屈的心情。孙璋加入了"inquit"一词，将妇人的自叙变为第三人称转述，有些画蛇添足。《召南·草虫》的译文也是如此：

> Suum Yao-yao susurrat locusta Tsao-tchong; subsultim graditur locusta Fou-tchong. Cum virum sapientem nondum rediisse cernant, animo sollicitantur et cor quasi subsiliens ex sede sua dimoveri videtur. Ad viri sapientis conspectum, cor meum, inquiunt, jam quietum sedi suae quasi redditur.②

> 喓喓草虫，趯趯阜螽。未见君子，忧心忡忡。亦既见止，亦既觏止，我心则降。

孙璋在译文中用"inquiunt"（他们说）将自叙变成他叙。这样，就将诗人和诗中的情感分割开来，隔了一层。

对"谁在说"的判断也往往代表着译者对诗歌艺术手法的理解。以《周南·卷耳》为例，有的阐释者认为，这首诗全是采卷耳、思远人的妇人自述；而另有阐释者认为，第一章中的"我"是思念远方丈夫的妇人，而后面几章的"我"是思妇想象中的丈夫。孙璋的译文如下：

> In canistro oblongo herbas dictas Kuen colligit (puella recens nupta, dum apud parentes versatur) nec dum impleto canistro, ecce, inquit, mihi venit in mentem aliquis, cujus desiderio teneor; hoc dicto in viam regiam projicit canistrum.
>
> Rupem illam conscendit; equus meus defatigatus est, inquit. Interim

---

① Alexandre de La Charme, *Confucii Chi-king sive Liber Carminum*, p. 10.
② Alexandre de La Charme, *Confucii Chi-king sive Liber Carminum*, p. 6.

bibam in lagena aurea, et curas immensas mero luere juvat.

　　Dorsum montis aggreditur; equus, quo vehor, fessus lento gradu incedit; interim ego bibam in cyatho ex cornu animalis See dicti, elaborato, si quo modo possim levare dolorem, quo sine fine crucior.

　　Montem illum superare conatur; at equus meus macer est, et amici mei aegrotant. Heu mihi! inquit suspirans. ①

采采卷耳，不盈顷筐。嗟我怀人，寘彼周行。

陟彼崔嵬，我马虺隤。我姑酌彼金罍，维以不永怀。

陟彼高冈，我马玄黄。我姑酌彼兕觥，维以不永伤。

陟彼砠矣，我马瘏矣。我仆痡矣，云何吁矣。

他放弃了原诗中的第一人称，采用第三人称，还给这个"我"加了注脚，认为"她"是新婚却住在父母家中的女孩。由于有了这个括号中的说明，读者自然认为后面几章当中的动作发起者也都是"她"了。如果孙璋按照原文，去掉诗中的"inquit"，全用第一人称叙述，便可以大大增加译诗的想象空间，给读者更多琢磨、思考的乐趣。

　　有时，孙璋译文改变了原文的第一人称"我"，但是这种改变并不影响读者对诗意的把握。例如《鄘风·鹑之奔奔》：

　　Coturnices nec non picae aves mas et foemina simul esse solent. Homo autem improbus nobis est pro fratre majore.

　　Picae et coturnices mas et faemina simul esse solent. Homo autem improbus nobis est pro domino. ②

鹑之奔奔，鹊之彊彊。人之无良，我以为兄。

鹊之彊彊，鹑之奔奔。人之无良，我以为君。

这首诗的主人公是"我"，孙璋译为"我们"，不过，这并不影响读者对诗意的理解，这首诗是一首怨刺诗，讽刺为兄者、为君者无德。《毛诗故训传》（简称《毛传》）认为，这首诗是讽刺卫宣姜的；姚际恒认为，这首诗是国君弟弟所作，用来讽刺卫宣公的；方玉润认为，这首诗是民众以卫公子的口吻，代其讽刺卫宣公的。不过，现代学者的普遍看法是，这首诗

---

① Alexandre de La Charme, *Confucii Chi-king sive Liber Carminum*, pp. 2 – 3.

② Alexandre de La Charme, *Confucii Chi-king sive Liber Carminum*, p. 21.

未必为国君的弟弟所作，也未必是代替卫公子所写，诗中的"我"应该泛指国人。如果这样理解这首诗的作者，那么译为"我们"也就可以说得通。

按照"对谁说"这一标准，以上的例子都是"我"说或写给自己的诗。还有一些诗歌是"我"写或唱给其他人的，"作为主要用以歌唱的《诗经》，其'第一人称'的抒情方式也包含了这一唱给谁听的对象关系，故在外在情境的构思中又有多种变化"。① 有些诗歌是由"我"所作，唱给"你"听的，这样的诗中不仅会出现"我"，还有"尔""女"等第二人称代词。例如《召南·行露》，在这首诗里，女子直接斥责诱拐她的男子，说就算你会让我卷入纠纷或者官司，我也不会由你。我们看第三章"谁谓鼠无牙？何以穿我墉。谁谓女无家？何以速我讼。虽速我讼，亦不女从！"的译文：

> Quis murem dicat carere dentibus？（sin minus）quomodo murum cubiculi mei permeasset？Quis te dicat sponsalia minus peregisse；（sin minus）quomodo me in judicium vocares；voces licet，ad te ire recuso. ②

这段译文准确地翻译出了主人公向"你"喊话时的愤怒和决心。

但在这一类型的诗中，孙璋有时并不能准确地翻译出人称，也就抹杀了诗中所表达的情绪。例如对《郑风·遵大路》的翻译：

> Magnam sequor viam eundo. Viri manicam vestis arripio，neque e manibus elabi patior. Noli a me averso esse animo et pristina noli negligere.
>
> Regiam sequor viam eundo，et viri manum arripio. Noli mihi infenso esse animo et amicitiam noli abjicere. ③

遵大路兮，掺执子之袪兮。无我恶兮，不寁故也。
遵大路兮，掺执子之手兮。无我魗兮，不寁好也。

主人公直接对倾诉对象"你"诉说："我在路上拉着你的衣服，拉着你的手，请你不要厌弃我，不要这么快抛弃你的旧相识。"而译者将"你"译为了第三人称"viri"，这样，后面的祈使语气所指的对象就不确定了。

---

① 潘啸龙：《〈诗经〉抒情人称研究》，《诗经研究丛刊》第3辑，第71页。
② Alexandre de La Charme, *Confucii Chi-king sive Liber Carminum*, p. 7.
③ Alexandre de La Charme, *Confucii Chi-king sive Liber Carminum*, p. 36.

译者对原文意思把握不准确，也会导致译文的人称出现差错。例如对《郑风·将仲子》第一章的翻译：

> O Tchong-tsee, quod te oro, ah! noli per pagum nostrum transire; vimina quae consevimus frangere abstine. Quomodo te amare ausim? parentes meos vereor. Sed tu, o Tchong-tsee, tecum cogita et vide. Parentum meorum verba certe vereri debeo. ①

> 将仲子兮，无踰我里，无折我树杞。岂敢爱之，畏我父母。仲可怀也，父母之言，亦可畏也。

这首诗写的是女主人公因为担心父母、兄弟、邻居的闲言碎语而拒绝心上人爬树翻墙和自己相会，译文的前几句都很准确。主人公对仲子说："哦，不要穿过我家里巷，不要折断树枝，我怎么敢爱你呢？我怕我的父母。"但是"仲可怀也"的译文是"你，仲子，你要好好想想，好好看看"，而原文的意思是"仲子你的确值得我惦念"，② 原文的"仲可怀也"，将主人公对仲子的感情展现出来，也表现了主人公内心想见仲子，但畏于父母之言，想见而不能见的纠结和痛心。孙璋的译文将这份纠结忽略了，全文都在指责仲子，没能表达出主人公辗转缠绵的心情。

再如《小雅·我行其野》，这首诗是一位远嫁却被抛弃的女子所作。她说对方"不思旧姻，求尔新特。成不以富，亦祇以异"，对方不考虑自己这位弃妇，只想着追求新妇，不是因为新妇家境殷实，只是因为对方喜新厌旧。③ 孙璋将其译为：

> Relicto priore matrimonio, novas nuptias meditamur, non eo quod quaeramus divitias, sed alia ducimur ratione. ④

原文是直接斥责对方，发起动作的人是"你"，而译文的动作发起者是

---

① Alexandre de La Charme, *Confucii Chi-king sive Liber Carminum*, p. 33.
② 理雅各给这一句的译文是"You, O Chung, are to be loved"，见 James Legge, *The Chinese Classics Vol. IV*, *The She King or the Book of Poetry*, p. 125。
③ 理雅各的译文是"You do not think of our old affinity, /And seek to please your new relative. / If indeed you are not influenced by her riches, /You still are so by the difference [between the new and the old]"，见 James Legge, *The Chinese Classics Vol. IV*, *The She King or the Book of Poetry*, p. 303。
④ Alexandre de La Charme, *Confucii Chi-king sive Liber Carminum*, p. 94.

"我们"，由此，这首诗的意思就发生了改变，成为对婚姻失败的自省，而不是被弃妇人的怨责。

在"我写给你"这一类型的诗歌中，有些诗中并未出现"我"等第一人称代词，而只出现了"你"。这样的诗歌"与对象的'距离'拉得更近，故情感也表现得更为强烈些"。①《小雅·天保》是臣子写给君王的祝颂诗，第一章译文和原文如下：

> Coelum tibi（o rex）adsit, precamur,（solium tuum）stabiliat et firmissimum esse velit, tua omnia fortunet, faxit ut omnem gratiam et cumulatam facilitatem in dies majorem habeas. Faxit ut innumera prospera tibi a coelo contingant, nihilque adversi prosperis tuis admixtum esse velit. ②

> 天保定尔，亦孔之固。俾尔单厚，何福不除？俾尔多益，以莫不庶。

原文中没有"我"或者"我们"，说的是上天会让你的王位安定、稳固，会赐予你丰厚的福气，会让你的物产丰庶。而译文中虽然加入了"precamur"（我们祝愿），增加了"我们"这个人称，但"precamur"是个插入语，既将本诗祝颂的情境表现出来，也没有影响诗歌原意。

《唐风·山有枢》是一首诗人劝对方及时行乐的诗，诗人对"你"说话，全诗只出现了"子"一个人称代词，但孙璋显然没能正确理解，他将"子"误认为是一位男子。第一章译文和原文如下：

> In montibus crescit arbor Kiu et in vallibus ulmus crescit. Homo quidam vestes habet, quas non induit, currus et equos quos non conscendit. Frustra vixerit ille, et ipsius mortui opibus alieni gaudebunt. ③

> 山有枢，隰有榆。子有衣裳，弗曳弗娄。子有车马，弗驰弗驱。宛其死也，他人是愉。

可以看到，孙璋将原文中的"你"，改为了"homo"（一个人），后文中还用"ille"（那人）指代，这样，作者和倾诉对象之间的关系拉得远了，原诗直接指斥对方的强烈情感就被译文中的第三人称叙述稀释了，也丢失了

---

① 潘啸龙：《〈诗经〉抒情人称研究》，《诗经研究丛刊》第3辑，第86页。
② Alexandre de La Charme, *Confucii Chi-king sive Liber Carminum*, p. 76.
③ Alexandre de La Charme, *Confucii Chi-king sive Liber Carminum*, p. 49.

原诗劝说的力度。

《诗经》中的更多诗歌没有出现人称代词，动作的发起者不言而喻，但由于语法原因，拉丁文译本必须要把动作发起者补充上，这需要译者对动作发起者有准确的判断。没有人称代词的诗分为以下几类。

第一类，诗句中虽然没有人称代词，但有其他表示自称含义的词。孙璋在这一类型的诗的翻译中常出错，将表示自称的词误以为是他人。例如《鄘风·载驰》第四章"陟彼阿丘，言采其蝱。女子善怀，亦各有行。许人尤之，众稚且狂"，孙璋的译文为：

> Monticulum conscendit illa et herbam Mang colligit. Puella secum multa volvit animo, sed nihil nisi rectum meditatur. Regni Hiu homines hoc ipsi crimini vertunt, sed imperiti sunt et temerarii. ①

这首诗的前后几章都写的是诗人自己，并且出现了"我"这个代词，只有这一章，诗人用"女子"代指自己。而译文的主语不再是前后文的"我"，突然转变为第三人称的"她"，这是因为译者对"女子善怀"的理解有误。"女子"是说我作为女子，或者说小女子，是自称。② 而孙璋这样翻译，译诗中突然多出了一个"她"，很容易让读者不知所云。《卫风·竹竿》的译文也出现了这个问题，孙璋在译文中把"女子有行"译为了"est fortasse ut puella nuptum eat"，③ 这导致整首译诗后面两章的主语混乱，一会儿是第三人称，一会儿是第一人称，让读者很困惑。

第二类，诗句中没有出现人称代词，而诗歌表达的是对客观外物或者其他人物的判断、态度和情感。翻译这类诗歌时，孙璋大多情况都能准确地依照原诗翻译。例如《周南·樛木》《郑风·山有扶苏》《小雅·庭燎》《小雅·鹤鸣》等。有时孙璋会在这类诗歌中加入人称代词，有的译诗在加入人称代词后，意思还是准确的。例如《陈风·衡门》第一章"衡门之下，可以栖迟。泌之洋洋，可以乐饥"，其译文为：

> Lignum transversum est mihi pro domi janua, domi tamen curis lib-

---

① Alexandre de La Charme, *Confucii Chi-king sive Liber Carminum*, p. 23.

② 理雅各的理解是正确的，他将"女子善怀"译为"I might, as a woman, have many thoughts"，见 James Legge, *The Chinese Classics Vol. IV, The She King or the Book of Poetry*, p. 88。

③ Alexandre de La Charme, *Confucii Chi-king sive Liber Carminum*, p. 27.

eram vitam duco. Ad fontis scaturientis conspectum, famem tolero.①

原文中没有人称代词，写的也不是某个人的事，诗人表达的其实是一个道理，译文中写的是"我"栖迟，"我"乐饥，虽然和原文有差别，但是并不影响诗歌意义的传达。② 有时，由于孙璋没能准确地判断诗中所写之人，加入的人称代词扭曲了诗歌的意义。例如《邶风·新台》，这首诗讽刺卫宣公强娶自己儿媳的恶行，讲齐女嫁到卫国，本想有个好姻缘，以为能嫁给公子伋，没想到落到如同癞蛤蟆一样丑恶的宣公手里。这首诗说的本来就是他人之事，但孙璋将本诗第三章"鱼网之设，鸿则离之。燕婉之求，得此戚施"译为：

Contra pisces retia tenduntur, et ecce tibi anser in retia decidit. Felices nuptiae, quam commode celebrantur! Quem sortior, hic incurvo est corpore nec sursum respicere valet.③

译诗中"得此戚施"的人不是齐女"她"，变成了"我"。诗人的身份变了，从旁观者变为齐女，诗的嘲讽之意也就大大减弱了。④

第三类，诗句中没有人称代词，但写的明显都是"我"或"我们"的所感、所思、所想。大多情况下，孙璋能够体察潜在的抒情主人公，准确将主语译为"我"或"我们"。例如《召南·小星》第一章：

Sidera in coelo jam luce dubia, tres aut quinque ad ortum stellae apparent. Caute incedimus nocte intempestivâ; a mane ad vesperam principi adstamus. Alia sumus vitae conditione, sorte alia.⑤

嘒彼小星，三五在东。肃肃宵征，夙夜在公，寔命不同。

译文的人称准确，表达的情感也很准确。如上文所述，有的诗中本来就有第一人称代词，孙璋也非要加入一个第三人称叙述者，将自叙变为他叙。

---

① Alexandre de La Charme, *Confucii Chi-king sive Liber Carminum*, p. 59.
② 理雅各和孙璋采用了同样的人称。见 James Legge, *The Chinese Classics Vol. IV, The She King or the Book of Poetry*, p. 207。
③ Alexandre de La Charme, *Confucii Chi-king sive Liber Carminum*, p. 18.
④ 理雅各对人称的判断是正确的，他的译文是"It was a fish net that was set, /And a goose has fallen into it. /A pleasant, genial mate she sought, /And she has got this hunchback"。见 James Legge, *The Chinese Classics Vol. IV, The She King or the Book of Poetry*, p. 70。
⑤ Alexandre de La Charme, *Confucii Chi-king sive Liber Carminum*, p. 8.

在这一类型的诗歌中，诗句中本就没有人称代词，孙璋便常常抛弃第一人称，习惯性地使用第三人称。例如对《周南·汝坟》的翻译：

> Juxta aggerem amni You oppositum videre est mulieres ligna caedentes aut ex ramis aut ex corpore arborum; cumque virum sapientem minus videant, intus habent famelicorum instar.
>
> Juxta aggerem amni Sou oppositum, ligna caedunt aut ex ramis quos resecant, aut ex teneris propaginibus quas amputant; ad viri sapientis adventum, jam ille inquiunt, procul a me non recedet.
>
> Piscis Fang subrubram gerit caudam. Regis aedes, ut ferrum candens, urere videantur: urere licet videantur, parens noster proxime hîc adest. ①

> 遵彼汝坟，伐其条枚。未见君子，惄如调饥。
> 遵彼汝坟，伐其条肄。既见君子，不我遐弃。
> 鲂鱼赪尾，王室如燬。虽则如燬，父母孔迩。

诗的第一章没有人称代词，但可以通过第二章的"我"判断，第一章的主人公同样是"我"，但孙璋执拗地将第一章的自叙改为他叙，未见君子的不再是"我"，而是在河边砍伐枝条的"她们"；第二章的原文中已经有"我"的存在，为了和前面统一，孙璋只好用上文中说的方法，加了"inquiunt"一词；而第三章翻译"父母孔迩"中的"父母"时，孙璋又直接写为"parens noster"（我们的父母），因为前后文不统一，所以读者会困惑于这个"noster"究竟说的是诗人的父母，还是前两章中砍伐枝条的"她们"的父母。

限于拉丁文语法，孙璋译诗时不得不加入人称代词。由于孙璋并非诗人，他在必须要加入人称代词的诗句之外，还往往自作主张，增加一些不必要的人称，这使得一部分诗歌人称错误或混乱，导致译诗的"诗味"减损。

三　对答唱和的减译与失味

对答唱和是民间歌谣常用的艺术表现形式，《诗经》中的许多诗歌使用了这一形式。但孙璋在译诗中往往删掉这些问答，将原诗的一问一答变为简单的陈述句。例如《召南·采蘩》译文：

> Colligendis herbis Fan dictis sunt lacus et stagna, parare autem res est

---

① Alexandre de La Charme, *Confucii Chi-king sive Liber Carminum*, p. 5.

principis Kong-heou.

  Herba Fan in vallibus decerpitur et in principis aedibus adhibetur. Ornato capite et concinnatis capillis venerandum in modum a mane ad vesperam in aula majorum degit. Ornato capite nihil properando revertitur.①

于以采蘩，于沼于沚。于以用之，公侯之事。
于以采蘩，于涧之中。于以用之，公侯之宫。
被之僮僮，夙夜在公。被之祁祁，薄言还归。

"连提几个问题"是这首诗的特点，这首诗被称为"设问修辞之祖"。② 诗的前两章一问一答，有唱有和，读起来很有节奏感。若是配乐演唱，就像民间对歌，一边问，一边答，此起彼伏，有趣味性。但孙璋的译文完全没有表现出这一特点，翻译前两章时，孙璋使用被动句，诗中的抒情主人公一直没有出现，译文第三章才出现"她"，他将前两章设问中的一问一答，全都译为陈述句，译诗很难将这首诗还原到当时的劳动场景中去，也难以让读者感受到其中的趣味性。

再看另一首用问答形式结构全篇的诗歌——《召南·采蘋》：

  Colligitur herba Ping juxta valles ad Austrum et herba Tsao juxta lacunas quae eluvione aquarum complentur.

  Haec herba in corbes et canistra congeritur et in ollis decoquitur.

  Herbae (coctae) collocantur solemniter in aulâ majorum, ad angulum aedium austrum versus et occidentem. Quis ibi parentando praeest? ibi adest venerabunda, neque aetate provecta mulier.③

于以采蘋？南涧之滨。于以采藻，于彼行潦。
于以盛之？维筐及筥。于以湘之，维锜及釜。
于以奠之？宗室牖下。谁其尸之，有齐季女。

《诗经注析》对这首诗的问答形式给予了极高的评价："此诗连用五个'于以'，一个'谁'，一问一答，气势壮阔，如黄河之水，盘涡毂转；群山万壑，奔赴荆门。至末二句笔锋陡转，忽然表出诗中人物。又如'万壑飞

---

① Alexandre de La Charme, *Confucii Chi-king sive Liber Carminum*, p. 6.
② 程俊英、蒋见元：《诗经注析》，中华书局，2017，第35页。
③ Alexandre de La Charme, *Confucii Chi-king sive Liber Carminum*, pp. 6 – 7.

流，突然一注'（戴君恩读风臆评）。"① 反观孙璋的译诗，他将前五个"于以"引领的一问一答都译为陈述句，只保留了最后一句"谁其尸之，有齐季女"的问答，原诗的气势、陡转都没能体现出来。

此外，以上两首译诗都由于省略了问答形式，破坏了原诗完整的结构。张西堂曾说，《诗经》作者对于篇章的布置煞费苦心，诗歌的篇章结构是个完整体，即便是短诗，也都有巧妙的安排："《诗经》中的小诗，只有两章或三章的，一般的诗用重叠、渐层或是顺序这样的手法将所要叙述的内容铺叙出来。但具有三章的诗篇，有一些是在末章变调。……这末章的变调更加强了诗篇的感染力。"② 再看这两首译诗，《采蘩》的章节安排翻译错误，将第二、第三章合并为一章，末章的"变调"就被掩盖住了。而《采蘋》虽然分章正确，但三章的句子数量相差很多，第一章是个长句，第二章变为短句，第三章则是一个长句和一个问答，完全没能体现出原诗工整的结构。

以上两首几乎全篇都以对答方式结构的诗中，孙璋没有译出一问一答。同样，诗中单独出现一句对答的时候，孙璋也往往没有翻译。例如《邶风·击鼓》的第三章："爰居爰处，爰丧其马。于以求之，于林之下。"最后一句是设问：在哪里可以找到走散的马呢？在山林之下。孙璋将其译为：

> Dum sedebam, amisi equum meum, quem cum quaererem eundo, perveni infra sylvam. ③

可以看到，译文中也删除了问句。以上三首诗的问句都由"于以"引领，有趣的是，理雅各、顾赛芬、晁德莅等人也都没有翻译出这三首诗的问答。他们对"于以"一词跟从了孙璋的理解。理雅各在《采蘩》一诗的注释中说，《毛传》中只解释了"于即於"，但没解释"于以"合用是什么意思，所以采用了王韬的说法，将"于以"理解为和"薄言"类似的无法翻译的发语词，④ 这解释了为何他没把"于以"开头的句子翻译为问句。但其实，《毛诗正义》中已经有了对"于以"开头的句子的解释。关于《采蘩》一诗，孔颖达正义云："言夫人往何处采此蘩菜乎？于沼池、于沚渚之

---

① 程俊英、蒋见元：《诗经注析》，第40页。
② 张西堂：《诗经六论》，第71页。
③ Alexandre de La Charme, *Confucii Chi-king sive Liber Carminum*, p. 13.
④ James Legge, *The Chinese Classics Vol. IV, The She King or the Book of Poetry*, p. 22.

傍采之也。既采之为菹，夫人往何处用之乎？与公侯之宫祭事，夫人当荐之也。"①《采蘋》中也有："言往何处采此蘋菜？……往何器盛之？……往何器烹煮之？……往何处设置之？"② 根据孔颖达的注疏，"于以"就是"在何处"的意思，是引领问句的。这些译者不可能都没有看到孔颖达的注疏，他们很可能都受到了孙璋等前代译者的影响，采用了同一种理解方式。

孙璋也并未完全删除诗中的问答，他有时只是削弱了这种形式。例如对《鄘风·桑中》的翻译：

Herbam Tang colligo in campis Moei; interea quem cogito? Venustam puellam Mong-kiang. Locum Tsang-tchong mihi dixit, mihi est obvia in loco Chang-Kong; et me comitatur usque ad locum Ki-chang.

Triticum ex aristâ depromo in campis Moei dictis ad partem borealem; interea quem cogito? Venustam puellam Mong-y. Mihi dixit locum Tsang-tchong; adest mihi in loco Chang-kong et me comitatur usque ad locum Ki-chang.

Plantam Fong colligo in campis Moei ad orientem; interea quem cogito? Venustam puellam Mong-yong. Mihi dixit（etc. ut supra）.③

爰采唐矣，沬之乡矣。云谁之思，美孟姜矣。期我乎桑中，要我乎上宫，送我乎淇之上矣。

爰采麦矣，沬之北矣。云谁之思，美孟弋矣。期我乎桑中，要我乎上宫，送我乎淇之上矣。

爰采葑矣，沬之东矣。云谁之思，美孟庸矣。期我乎桑中，要我乎上宫，送我乎淇之上矣。

《诗经注析》对这首诗的唱和形式给出了很好的分析："诗用一问一答的形式，表达诗人的深情；末用复唱，道出'期我'、'要我'、'送我'等不能忘怀的往事……是一首天籁自然、耐人寻味的好诗。"④ 我们可以想象这首诗配乐演唱的场景，两组人一问一答，最后合唱。孙璋的译诗中省略了"爰采唐/麦/葑矣"三个问句，只保留了"云谁之思"这三个相同的问句，而且将原来的

---

① 李学勤主编《毛诗正义》，第65页。
② 李学勤主编《毛诗正义》，第74页。
③ Alexandre de La Charme, *Confucii Chi-king sive Liber Carminum*, pp. 20 – 21.
④ 程俊英、蒋见元：《诗经注析》，第143页。

一问一答改为自问自答。这样,诗歌的戏剧性就没有了,变成了独角戏。最后一章中,孙璋还省略了复沓的诗句,更加削弱了这首诗的民歌特色。

《诗经》中的诗歌有多种唱和形式,以上所说的问答式是其中一种。还有一些诗歌是对唱式的,这种诗歌的民歌特色也很鲜明。例如《齐风·鸡鸣》:

"鸡既鸣矣,朝既盈矣。""匪鸡则鸣,苍蝇之声。"
"东方明矣,朝既昌矣。""匪东方则鸣,月出之光。"
"虫飞薨薨,甘与子同梦。""会且归矣,无庶予子憎。"

现在的学者普遍认为这是一首夫妻对唱的诗,但每一章的哪几句是夫妻中谁说的还没有定论。有的学者认为,第一章和第二章的前两句是妻子对丈夫说的话,后两句是丈夫的回答,而第三章的前两句是丈夫对妻子所说,后两句是妻子的回答。① 也有学者认为,第三章全是妻子对丈夫说的话。不论如何,大多数学者都认为这首诗是《诗经》中对唱形式的绝佳代表。我们来看孙璋的译文:

> Cantavit gallus; jam frequentes in regias aedes convenêre. Fallor, non cantavit gallus, sed muscarum fuit strepitus.
>
> Ad orientem apparet aurora et in regiis aedibus fit conventus hominum. Fallor; non aurorae, sed lumen est orientis lunae.
>
> Insecta volando jam suum Hong hong ingeminant. Tecum dormire juvat; sed prope est ut dimittatur conventus hominum, et tu propter me aliorum offensionem fortasse incurres. ②

孙璋的译文完全没能体现出这种对唱的形式。他将整首诗理解为主人公的自说自话,译文没有了原诗活泼的表现形式,抒情主人公从夫妻二人变为妻子一人,她先以为鸡鸣日出,后来很快否定了自己,安慰自己说那是苍蝇和月光,这样,催促丈夫早起的那种迫切就减少了,全诗变为妻子一人的内心独白。当然,孙璋的翻译也受限于当时诗经学的发展。可以对照理雅各的译文:

> "The cock has crowed;
> The court is full."

---

① 程俊英、蒋见元:《诗经注析》,第284—285页。
② Alexandre de La Charme, *Confucii Chi-king sive Liber Carminum*, p. 40.

> But it was not the cock that was crowing; —
> It was the sound of the blue flies.
> "The east is bright;
> The court is crowded."
> But it was not the east that was bright; —
> It was the light of the moon coming forth.
> "The insects are flying in buzzing crowds;
> It would be sweet to lie by you and dream,
> But the assembled officers will be going home. —
> Let them not hate both me and you."①

理雅各的译本中用引号标出了妻子的话，但也没意识到这是一首对唱的诗，他认为前两章的后两句是诗人的旁白。前两章的头两句和第三章在诗中直接引用妻子的话，已属于比较新颖的诗歌表现形式。理雅各在这首诗的注释中还说明，有的学者认为第三章是丈夫所说的推托之词。理雅各译诗之时，学者对《诗经》的文学性已有初步认识，他吸收了当时的成果，译出的诗自然比孙璋更为活泼一些。不过两人的译诗都少了对唱的民歌特色。

再看《郑风·女曰鸡鸣》：

> 女曰鸡鸣，士曰昧旦。子兴视夜，明星有烂。将翱将翔，弋凫与雁。
>
> 弋言加之，与子宜之。宜言饮酒，与子偕老。琴瑟在御，莫不静好。
>
> 知子之来之，杂佩以赠之。知子之顺之，杂佩以问之。知子之好之，杂佩以报之。

这是一首更加明显的联句对唱诗，诗人已经在首句用"女曰"和"士曰"提示了说话人是谁，此诗被称为"后人联句之祖"。② 这首诗更加活泼之处在于，全诗并非单纯的对话，还夹杂了诗人的旁白。张尔岐的话很有道理："琴瑟在御，莫不静好。此诗人凝想点缀之词，若作女子口中语，似觉少味，盖诗人一面叙述，一面点缀，大类后世弦索曲子。三百篇中述语

---

① James Legge, *The Chinese Classics Vol. IV*, *The She King or the Book of Poetry*, pp. 150 – 151.
② 程俊英、蒋见元：《诗经注析》，第 254 页。

叙景，错杂成文，如此类者甚多。"① 孙璋的译文如下：

> Gallus cantavit, ait mulier. Vir autem, adhuc, inquit, sunt tenebrae, necdum illuxit diès. Surge et ito coelum exploraturus. Jam ortus est Lucifer. Abeundi tempus instat, abeundi tempus instat; sed (abeundo) anseres et anates sagittis confodito.
>
> Sagittas tuas emisisti, nec frustraneo ictu, et res ex voto successit. Vinum bibamus et una simul agamus nostros vitae dies. Si fidium Kin et Che musica instrumenta concordant, nihil profecto dissoni, nihil quod auribus minus arrideat.
>
> Amicis tuis venientibus gemmas offerto, quas hinc inde zonae appensas gerant. Benevolis amicis tuis salutem da, eos ejusmodi gemmis excipiens. Intimis amicis tuis has gemmas offerens repende gratiam. ②

在讲人称的时候已经提到，孙璋很乐于在诗中加入"inquit"等提示谁在说话的动词，而在这首诗中，他只按照原文，将"女曰"和"士曰"翻译出来，但后文中究竟是谁说的话，他没有指出。这样读者会认为除了头两句是诗人转引夫妻二人的对话，剩下的都是诗人的旁白。而译诗中的"我们"和"你"指向何人就不明确了。另外，由于全诗都变成了诗人的旁白，诗歌活泼俏皮的一面就消失了。

这一节的分析证明，《孔夫子的诗经》除了人称等必须增加的因素，常常用减译的方式，将复沓、对答唱和等诗歌写作手法忽略。这便大大消减了《诗经》的民歌特色，这是理雅各等人认为其诗味不足的原因。

第三节　文化考量高于文学旨趣

通过前两节的分析可以看到，《孔夫子的诗经》虽然较为忠实地译出了诗歌的内容，但在形式上的确存在"诗味"不足的情况。然而我们不能因为这个译本文学旨趣不高，就对其全然否定。《诗经》本就不是单纯的诗集，更是承载商、周文化的文献。孙璋的译本显然更重视对

---

① 程俊英、蒋见元：《诗经注析》，第254页。
② Alexandre de La Charme, *Confucii Chi-king sive Liber Carminum*, p. 36.

《诗经》这一向度的呈现。孙璋写作的注释占此书 1/3 的篇幅，从中可以看到孙璋对文化的高度关注。

一 对名物阐释的重视

名物是文化的载体和符号。从前文出现的译诗中可以看到孙璋常用音译的方式来翻译器物、动植物等名称。孙璋的注释引人注目的一个特点就是，他用了大量篇幅来解释《诗经》中出现的鸟兽、草木、虫鱼、器物等名物。以《小雅·南山有台》为例。孙璋的译文和其诗原文为：

In monte australi crescit herba Taï et in monte boreali herba Lae. Vir sapiens illeque amantissimus est imperii columen：vir sapiens illeque amantissimus vivat, et in aeternum vivat.

Mons australis est moris consitus et borealis mons populeis arboribus gaudet. Vir sapiens et amantissimus est imperii lumen：vivat vir sapiens, et in aeternum vivat.

Mons australis fert arbores Ki dictas, et borealis prunos arbores. Vir sapiens et amantissimus est pater populi：viri sapientis et amantissimi omnibus numeris absoluta virtus.

Mons australis arboribus Kao, borealis arboribus Niou consitus est. Vir sapiens et amantissimus, atque, utinam quam portendunt ejus supercilia, longam vitam vivat. Vir sapiens et amantissimus, atque utinam ex sua virtute dignos fructus percipiat!

In monte australi est arbor Kiu et in boreali arbor Yu. Vir sapiens et amantissimus atque utinam ad summam senectutem vivat! et vultus ejus prae senio flavum colorem induant! vir sapiens et amantissime, atque utinam tibi post multos annos seniori adstent, qui senectutem tuam diligenter alant et foveant.[1]

南山有台，北山有莱。乐只君子，邦家之基。乐只君子，万寿无期。

南山有桑，北山有杨。乐只君子，邦家之光。乐只君子，万寿

---

[1] Alexandre de La Charme, *Confucii Chi-king sive Liber Carminum*, pp. 82–83.

无疆。

南山有杞，北山有李。乐只君子，民之父母。乐只君子，德音不已。

南山有栲，北山有杻。乐只君子，遐不眉寿。乐只君子，德音是茂。

南山有枸，北山有楰。乐只君子，遐不黄耇。乐只君子，保艾尔后。

他的注释是：

Herus hospitem suum laudat.

Taï：Vulgo Fou-siu aliter Hiang-fou-tsee. Herba Tai confertim crescit. Est colore subrubro, est repens, hujus semina Hiang-fou-tsee dicta mulierum morbis curandis idonea.

Plantae Lae folia edulia.

Ki arbor similis arbori Tang-li de qua vid. notas in I. 2. 5.

De arbore Nieou vulgo Ouen-soui-chou, vid. not. in I. 10. 2.

Kin①arbor vulgo Tchi-kiu alta et magna, albae populo similis；hujus fructus extremis ramis adnascitur, uno digito spissus, tribus fere pollicibus longus, sacchari dulcedinem habens, octava anni lunatione maturus. Vinum Sinense si in aedibus ex ligno ejus constructis asservetur, fit vappa：hujus tamen arboris fructus ad vinum defaecandum adhibetur.

De arbore Yu dicitur quod succus nutritius foliorum intimos canales permeans pulsum patiatur quemadmodum sanguis pulsum venae in homine patitur.②

---

① 应为 Kiu，见附录二。
② Alexandre de La Charme, *Confucii Chi-king sive Liber Carminum*, pp. 278–279. 这段注释意为"主人赞美他的宾客。台，俗称夫须或者香附子。台草丛生。红色，蔓生，种子叫作香附子，适合治疗女性疾病。植物莱的叶子可以食用。杞树类似棠棣树，关于棠棣树见 I. 2. 5 注释。关于杻树，俗称万岁树，见 I. 10. 2 注释。枸树，俗称枳枸，白色，高大，类似白杨树，外面的枝长果子，一个手指那么厚，大概三个拇指长，像糖一样甜，每年八月成熟。中国的酒，如果保存在用它的木材建造的屋里，就成为味道较淡的酒；这种树的果实被用来使酒变清。据说楰树的脉搏能让树叶的营养汁液流到内部的维管束中，就像人体内的血压让血液流动一样"。

孙璋在这首诗中用两种方式翻译植物名称：一种是属性+拼音的方式，如将"台"译为"herba Taï"；另一种是对译，如将"桑"译为"moris"（morus）。纵览整个译本，孙璋意译的名物很少，在欧洲比较常见、能直接对译过去的名物，孙璋采用意译的方式。例如《周南·桃夭》中的"桃"译为"arbor persica"，① 《召南·鹊巢》中的"鹊"译为"picarum"（pica）② 等。极少情况下，不能对译的名物，孙璋会在译文中将其意译出来。例如他将《卫风·伯兮》中的"谖草"译为"plantam obliviosam"，③ 即使人健忘的植物；将《小雅·鹿鸣》中的"苹"和"蒿"都翻译为"herba odorifera"，④ 即香草；将《小雅·采芑》中的"芑"译为"lactuca agrestis"，⑤ 即乡间的莴苣。而孙璋翻译动植物、器物等名称时，最常用的还是"属性+拼音"的方式。以《周南》为例，诗中出现的名物名称"关雎""荇菜""琴""瑟""葛""卷耳""兕""葛藟""螽斯""芣苢""麟"分别被译为"aves Tsu-kiou""Plantam King-tsai""Kin""Che""planta Ko""herbas dictas Kuen""animalis See""planta Ko-laei""papiliones dicti Tchong-see""herbam Feou-y""animal dictum Ki-ling"。⑥ 在注释中，孙璋会一一解释这些译为拼音的名物究竟为何物。看《南山有台》的注释，我们可以发现，关于诗旨，孙璋只说了一句"Herus hospitem suum laudat"，而接下来的注释全都是对"台""莱""杞""杻""枸""楰"等诗中涉及的植物名称的说明、解释。这首诗并非孤例，而是一个典型的代表。

以《周南》的注释为例，孙璋对名物的解释主要有三个来源。一是《诗集传》中对名物的解释。例如，孙璋对芣苢的解释，大部分照搬了《诗集传》——"芣苢，车前也……采之未详何用。或曰：其子治难产"。⑦ 对螽斯的解释也与《诗集传》相同："螽斯，蝗属，长而青，长角长股，能以股相切作声，一生九十九子。"⑧ 二是陆玑的《毛诗草木鸟兽虫

---

① Alexandre de La Charme, *Confucii Chi-king sive Liber Carminum*, p. 3.
② Alexandre de La Charme, *Confucii Chi-king sive Liber Carminum*, p. 5.
③ Alexandre de La Charme, *Confucii Chi-king sive Liber Carminum*, p. 28.
④ Alexandre de La Charme, *Confucii Chi-king sive Liber Carminum*, p. 72.
⑤ Alexandre de La Charme, *Confucii Chi-king sive Liber Carminum*, p. 86.
⑥ Alexandre de La Charme, *Confucii Chi-king sive Liber Carminum*, pp. 1 – 5.
⑦ 朱熹：《诗集传》，第 8 页。
⑧ 朱熹：《诗集传》，第 7 页。

鱼疏》。例如对麟的解释，大部分来自陆玑疏："麟，麇身，牛尾，马足，黄色，员蹄，一角，角端有肉。……不履生虫，不践生草，不群居，不侣行，不入陷阱，不罹罗网。"① 再如对《南山有台》中"枸"的解释，也与陆疏相符："枸树，山木……高大如白杨……子著枝端，大如指，长数寸，噉之甘美如饴，八九月熟……能令酒味薄，若以为屋柱，则一屋之酒皆薄。"② 三是孙璋自己对这一名物从书本到现实生活中的调查。例如他对矛、盾的解释，结合了《清文鉴》的记载；他对葛的解释，结合了他对百姓生活的调查；他对麒麟的解释，结合了他对清代时事的了解。他在《王风·中谷有蓷》的注释中称蓷就是益母，天坛就有许多这种植物。蓷即益母，朱熹等人的注疏中就有，但是天坛附近长着益母草，则是孙璋自己的发现。

我们还可以看到，孙璋用了注释中的绝大部分篇幅来解释《周南》中出现的天地山川、动植物、器物、人名等。那么，为什么孙璋会用这么多心力来解释《诗经》中的名物呢？这主要有以下几个原因。

第一，他受到中国传统诗经学的影响。"名物"一词源于《周礼》，其中《天官·庖人》中有"掌共六畜、六兽、六禽，辨其名物"的说法，《地官·大司徒》中也有"辨其山林、川泽、丘陵、坟衍、原隰之名物"等语。《诗经》的名物阐释是传统诗经学的重要组成部分。孔子曾说："小子何莫学夫《诗》？《诗》可以兴，可以观，可以群，可以怨。迩之事父，远之事君。多识于鸟兽草木之名。"可见，"多识于鸟兽草木之名"是学习《诗经》的重要方面。第一部从文本角度阐释《诗经》的著作是《尔雅》，《尔雅》是训释五经的作品，重在《诗经》和《尚书》。《文心雕龙》中说："《书》实记言，而训诂茫昧，通乎《尔雅》，则文意晓然。……《诗》主言志，诂训同《书》。"③ 又说"夫《尔雅》者，孔徒之所纂，而《诗》《书》之襟带也。"④《尔雅》中的《释宫》《释器》《释乐》等篇解释日用器物，《释天》《释地》《释丘》《释山》《释水》等篇解释天文地理，《释草》《释木》《释虫》《释鱼》《释鸟》《释兽》《释畜》等篇解释

---

① 丁晏：《毛诗草木鸟兽虫鱼疏校正》，《续修四库全书》第71册，上海古籍出版社，2002，第453页。
② 丁晏：《毛诗草木鸟兽虫鱼疏校正》，《续修四库全书》第71册，第453页。
③ 刘勰著，詹锳义证《文心雕龙义证》（上），上海古籍出版社，1989，第65—68页。
④ 刘勰著，詹锳义证《文心雕龙义证》（下），第1458页。

植物、动物。刘勰说:"及景纯注《雅》,动植必赞。"① 研究《诗经》的学者刘毓庆这样评价《尔雅》:"实际上是将《诗经》的语汇,根据其意义,构建起了以人为中心的世界结构秩序……反映了先秦儒家以人为本的哲学思想,同时也构成了最早的《诗经》诠释学的主要内容,奠定了《诗经》诠释学的基础。后世解《诗》者舍此无由入诗之堂奥。像自陆玑《毛诗草木鸟兽虫鱼疏》以降的大量《诗经》博物学著作,无不是在《尔雅》的基础上扩展规模的。"② 第一部从文本角度解释《诗经》的著作就是这样一部名物学著作,在这之后,更多的《诗经》名物学著作涌现,例如陆玑的《毛诗草木鸟兽虫鱼疏》、蔡卞的《毛诗名物解》、许谦的《诗集传名物抄》、顾栋高的《毛诗类释》等。

第二,孙璋受到时代风气的影响。清代诗经学复古考据之风日盛,治学"注重文字、音韵、训诂和名物、制度、考证,并且非常重视辨伪和辑佚",③ 以考据著称的乾嘉学派十分活跃。清代学者对《诗经》名物的研究遍及天文地理、名物制度等各个方面,出现了《毛诗天文考》《诗地理考》《诗传名物集览》《毛诗物名考》《陆氏草木鸟兽虫鱼疏疏》《诗名物证古》等一系列名物学著作。孙璋1728年来华,浸染在这样的学术风气中,必定会受到影响。有人可能质疑,孙璋来华较早,还处于清代前期,考据之风还未盛行。其实,从明代中晚期开始,考据学便初露苗头,并逐渐兴盛。专门从事考据的学者中,有人以《诗经》名物为主要研究对象。随着考据学的兴起,明代的诗经学著作中有了林兆珂的《毛诗多识编》、冯复京的《六家诗名物疏》、吴雨的《毛诗鸟兽草木考》、沈万钶的《诗经类考》、钟惺的《诗经图史合考》以及黄文焕的《诗经考》等一大批名物考据的著作。"他们广征博引,兼考得失,在资料收集之功上,远逸前人,为清儒的进一步研究,打下了基础。"④ 这股风气一直延续到清代,对清代诗经学产生了积极的影响。《诗经》名物研究在清代初期就形成了潮流,"清代前期数十年间,各类考证性专著就已多达二十余家,其间考证名物者亦有十

---

① 刘勰著,詹锳义证《文心雕龙义证》(上),第347页。
② 刘毓庆、郭万金:《从文学到经学——先秦两汉诗经学史论》,华东师范大学出版社,2009,第171页。
③ 洪湛侯:《诗经学史》,第493页。
④ 刘毓庆:《从经学到文学——明代〈诗经〉学史论》,商务印书馆,2001,第4页。

余种"。① 王夫之的《诗经稗疏》、毛奇龄的《续诗传鸟名》、姚炳的《诗识名解》、顾栋高的《毛诗类释》等名物学著作都产生于孙璋翻译《诗经》之前,孙璋也参考过这些作品。例如,孙璋说卷耳又称"鼠负来",在《毛诗正义》或《诗集传》中都没有这样的说法。而在《诗经稗疏》中,王夫之说卷耳"一名羊负来,以其实黏羊毛上",又说,"今野蔌有名鼠耳者"。② 孙璋可能混淆了这两个名称,才给卷耳安上"鼠负来"的名字。

第三,当时传教士普遍对博物学感兴趣。文艺复兴以来,西方的博物学十分兴盛。吴国盛将其归因于三点:"一是大翻译运动以及印刷术的发明……二是地理大发现以及商业的繁荣……三是医学教育中开始重视药用植物志,并且越来越把植物志(植物博物学)作为医学教育中必不可少的一部分。"③ 此外,自然神学的再度崛起也对博物学的发展产生了一定影响。"自然神学将'理性'与'自然'联系在一起。在中世纪,它是指不借助于《圣经》,而只用理性就能发现真理的领域。"④ 17—18 世纪,"能够展现上帝存在及其属性的自然神学,便在科学文化及道德开化方面更加重要起来"。⑤ 自然神学的发展促进了博物学的进步,虽然博物学并不是自然神学中最重要的领域,但是这个学科重在观察实践,很容易取得成果,所以大受欢迎。"在 17、18 世纪,运用理性在宇宙中寻找证据证明上帝的存在,博物学并非最好的方式。……与之相比,来自天文学的论证似乎更能令人信服。只是博物学具有自身的优势:只要认真观察,一个未受过正规科学教育的神学家也能推动学科发展。"⑥ 在这些因素的影响下,西方博物学日渐繁荣。不只神学家、博物学家致力于博物学,还有大批普通人从事博物学活动,他们收藏植物、动物标本,以展现自己的高雅品位。孙璋生活在那个时代,势必受到全社会博物热的影响,他虽不是专职的博物学家,不过他接受了教会的教育,知识储备本来就高于平常人。他一到中国,便开展了各种天文观测,对《诗经》中涉及的天文现象也多有论述。

---

① 洪湛侯:《诗经学史》,第 466 页。
② 王夫之:《船山全书》第 3 册,岳麓书社,2011,第 40 页。
③ 吴国盛:《西方近代博物学的兴衰》,《广西民族大学学报》(自然科学版) 2016 年第 1 期,第 18 页。
④ 李猛:《英国的博物学文化》,《中国图书评论》2013 年第 10 期,第 55—56 页。
⑤ 李猛:《英国的博物学文化》,《中国图书评论》2013 年第 10 期,第 56 页。
⑥ 李猛:《英国的博物学文化》,《中国图书评论》2013 年第 10 期,第 56 页。

他未离开欧洲时，法国以狄德罗为代表的百科全书派还未形成，博物学也还未成为独立的科学门类。那个阶段的博物学还处于由文艺复兴时期的业余水平向18世纪博物学大发展带来的专业化过渡的时期，"文学传说与科学事实交织在一起，而且未脱离道德教化功能"。① 孙璋对《诗经》中名物的解释，也带有这些特征。

孙璋是一名耶稣会士，博物学也是耶稣会士的传统兴趣方向。早在1656年，来自波兰的耶稣会士卜弥格（Michel Borm）就完成了《中国植物》一书，"列举中国的植物约二十种，奇异动物数种。附图二十三"。② 他还写过《中国动物学史》，但未出版。根据费赖之的记载，来自法国的耶稣会士刘应（Claude de Visdelou）曾翻译中国《本草》。③ 来华耶稣会士与法国科学研究院通信讲述他们在中国的博物学发现，与孙璋同时期在华的巴多明于1723年给科学院的信札称"言中国若干特产草根，尤偏重欧洲当时不甚认识之大黄，复次列举若干欧洲亦有之植物"。④ 在孙璋之后来华的汤执中（Pierre d'Incarville）曾将中国的翠菊、臭椿、木蓝、香椿、椒、丁香等植物种子或标本寄给欧洲的朋友，让他们在欧洲种植、培育。他还曾写有《北京植物及其他博物种子目录》，记录了北京附近的260种植物。⑤ 更晚一些的韩国英曾经选译过《诗经》，而他对博物学的兴趣显然更加浓厚，曾写过《野蚕说与养蚕法》、《说香椿》、《说木棉草棉》、《说竹之种植与功用》、《说若干种中国植物》、《说麝香》、《说蘑菇蕈、灵芝、白菜》、《说诸物》、《中国陶器》和《说中国毛帚》⑥ 等多部博物学作品。

受博物学风气的影响，孙璋对博物学也很感兴趣。他对《诗经》名物的解释不只来源于中国传统注疏，还包括大量他自己的调查研究。他在《王风·采葛》的注释中提到，中国人灸艾草治病，古代中国人用艾草代替棉花做衣服，而棉花是外来植物，不是本地生长的。⑦ 中国传统的诗经

---

① 吴国盛：《西方近代博物学的兴衰》，《广西民族大学学报》（自然科学版）2016年第1期，第21页。
② 费赖之：《在华耶稣会士列传及书目》，第278页。
③ 费赖之：《在华耶稣会士列传及书目》，第458页。
④ 费赖之：《在华耶稣会士列传及书目》，第523页。
⑤ 费赖之：《在华耶稣会士列传及书目》，第832页。
⑥ 费赖之：《在华耶稣会士列传及书目》，第942—947页。
⑦ Alexandre de La Charme, *Confucii Chi-king sive Liber Carminum*, p. 248. 注释原文为"Artemisiam comburunt supra caput aegroti curandis morbis. Antiqui Sinae artemisiam loco gossipii, quod fuit in Sinam aliunde allatum, in pannum conliciendis vestibus intromittebant"。

学著作中没有这些知识，这些是孙璋自己调查的结果。《唐风·椒聊》的注释中，孙璋说："椒（Tsiao），俗称白花椒（Hoa-tsiao），有刺，小叶，新鲜的叶子可食用，红色的果实，丛生，果实类似醋栗罗勒，可以保存下来做菜，被中国人叫作胡椒（piper）；印度的胡椒叫胡椒（Kou-tsiao），是从外地带到中国的。这种树在某些纬度不能生长，除非长很多年之后。这种树的果实有碍呼吸。"① 这证明孙璋不仅对中国植物学有所了解，还对植物的传播历史有调查发现。

有学者说："以卜弥格与韩国英为代表的17、18世纪的耶稣会士为中国植物知识的西传做出了很大的贡献。他们兼具汉学家与博物学家的双重身份，拥有介于中西治学之间的独特视野，将注意力从传统的中国历史文化转向博物研究，对中国的自然科学进行观察、记录与分析。他们对中国动植物的调查常常会借助中西语文学、地理学和历史学方面的研究，同时运用汉学家的学识加以分析、比较和诠释文献，因此开创出了传教士汉学研究的一个独特论述领域：汉学博物学。通过这种跨学科和跨文化的知识传译，进一步打开了欧洲人的眼界，成为当时和后来欧洲本土科学家探索远东自然科学知识的丰富源泉。"② 《孔夫子的诗经》包含了大量对中国天文、地理、植物、动物、器物的介绍，可被视为一部完备的博物学著作，可惜这个译本藏于教堂，晚出了几乎一个世纪，否则定会在博物学盛行的18世纪引起轰动。

二 启发《诗经》文化人类学与民俗学研究

在名物之外，孙璋还在注释中介绍了大量的中国文化知识，从历史故事到天文地理常识，从制度、礼仪到日常生活习惯，包罗万象。可以说，《孔夫子的诗经》就是一部中国文化大观。孙璋在介绍中国文化知识时不拘泥于前人的注疏，注重从自身的文化背景和他对中国清代现状的了解出发，多维

---

① Alexandre de La Charme, *Confucii Chi-king sive Liber Carminum*, p. 259. 注释原文为"Tsiao vulgo Hoa-tsiao alta, spinis instructa, parvis foliis quae recentia comeduntur, fructu rubro et in acervum crescente, ad grossulariae acinum similitudine accedit fructus ille, quo fercula condiuntur, et appellatur piper Sinense; nam piper Indicum Kou-tsiao quo etiam utuntur, in Sinam aliunde advehitur. Haec arbor ad certam altitudinem non crescit, nisi post multos annos. Hujus fructus respirationi nocet"。

② 李真：《传教士汉学研究中的博物学情结——以17、18世纪来华耶稣会士为中心》，《福建师范大学学报》（哲学社会科学版）2018年第2期，第105页。

度地介绍中国文化。《孔夫子的诗经》中对中国文化习俗的大量呈现，不仅是孙璋的阐释特点之一，也是这个译本的重要价值所在。本部分将分析《孔夫子的诗经》一书对西方《诗经》文化人类学和民俗学研究的启发。

孙璋的注释中有很多中国历史故事。在《王风》和《小雅·小弁》的注释里，孙璋详细讲述了周幽王宠爱褒姒，宜臼被褒姒和伯服陷害，不得幽王爱重，被废以后复仇的故事。在《小雅》的《彤弓之什》中，孙璋用连续几首诗的注释讲述了周宣王的故事：他派尹吉甫、方叔等人对抗蛮夷之人，恢复了和平。他乐于田猎，帮助国中无家可归的人回到家乡……在孙璋的注释里，周宣王的形象十分立体。孙璋在《唐风·无衣》里讲述了曲沃吞晋的故事，在《秦风·渭阳》中介绍了重耳避难于秦的历史，在《齐风》中的几首诗里讲了齐襄公与文姜的丑行，在《邶风·新台》和《邶风·二子乘舟》的注释中讲述了卫宣公的儿子寿与伋的悲剧。

如果一诗的诗旨有多种注疏，孙璋往往选择那个背后有历史故事的说法。例如《郑风·叔于田》，朱熹对诗旨提出了两种解释，一种是"段不义而得众，国人爱之，故作此诗"，[①] 另一种是"民间男女相说之词"。[②] 孙璋便采用了第一种说法，并用了较长篇幅讲述了共叔段的故事。《卫风·芄兰》，《诗序》认为此诗是刺惠公而作，朱熹对此存疑，孙璋采用了《诗序》的说法，认为此诗写的是卫国国君"年轻的时候虚度光阴"。[③]《唐风·绸缪》，《诗序》认为此诗"刺晋乱"，而朱熹说是"昏姻者相得而喜之词"，孙璋更偏向《诗序》，说唐国动荡导致女孩晚嫁。《小雅·鸿雁》，《诗序》说是"美宣王"之诗，朱熹认为时代并不可考，孙璋还是跟从了《诗序》的说法。《小雅·斯干》，《诗序》认为是"宣王考室也"，而朱熹认为是筑室既成之后的燕饮之歌，未必是宣王时代的诗，孙璋又采用了《诗序》的说法。可见，孙璋更倾向于将诗与历史联系起来，为了讲出这些历史事件，他宁愿舍弃朱熹的看法，转而跟从《诗序》。

当然，孙璋也不忘满足欧洲人猎奇的心理。在《周南·麟之趾》的注释中，孙璋不仅介绍了传说中对麒麟的描述，还提到了雍正年间山东巨野

---

① 朱熹：《诗集传》，第 76 页。
② 朱熹：《诗集传》，第 76 页。
③ Alexandre de La Charme, *Confucii Chi-king sive Liber Carminum*, p. 245. 孙璋引用了《诗序》的说法："Sunt qui dicant hac ode carpi regni Ouei regulum de quo in I. 4. 6. , qui juvenis nugas sectabatur。"

县发现麒麟，山东巡抚岳浚上书的事情。《齐风·卢令》是一首短诗，《诗序》和《诗集传》都视其为"刺荒"诗，《诗序》这样说："卢令，刺荒也。襄公好田猎毕弋，而不修民事，百姓苦之，故陈古以风焉。"① 朱熹的《诗序辨说》中认为这首诗虽是"刺荒"，但讲的是国君好田猎，"国人化之，遂成风俗。习于田猎谓之贤，闲于驰逐谓之好焉"。② 现代学者普遍认为这是一首称颂猎人的诗。但是在这首诗的注释里，孙璋却说了一个与此诗内容没有关系的事情，他提到了一个常为外国人注意的中国饮食习惯，说中国自古以来就有吃狗肉的习俗，古代的帝王也会吃狗肉，但是现在很少有人吃了。③ 孙璋在介绍这种猎奇的事情时，还保持着较为客观的态度，他说古代的帝王吃狗肉，应当是他在《礼记》中看到的，《礼记》中确实有多处提到天子吃狗肉，例如《礼记·月令》："是月也，天子乃以犬尝稻，先荐寝庙。"④ 他说现在很少有人吃狗肉，应当是从他在中国对周围人的观察中得出的结论。

孙璋时而用西方文化作为参照来介绍中国传统文化知识。翻译《小雅·正月》中"哀今之人，胡为虺蜴"时，孙璋罕见地没有逐字逐句翻译，而是引用了西塞罗的名句"O tempora! O mores!"⑤ 在接触到异质文化时，人们的第一反应常常是通过与自身文化对比，来认识和吸收异质文化。在向欧洲人介绍《诗经》和中国文化时，孙璋也会自然而然地拿西方的同类型事物加以对比，以便让欧洲人更快了解《诗经》中提到的古老的习俗、制度、器物等。介绍一些中国特有的物品时，孙璋会用西方类似的物品作为比较，这样能便于读者想象。在《周南·关雎》的注释中，解释中国传统乐器琴和瑟的时候，孙璋说，琴就是里拉琴，而里拉琴的原型就是阿波罗琴。⑥《齐风·甫田》的注释中，孙璋解释"突而弁兮"中的"弁"时，简单介绍了中国男子的冠礼。孙璋没有专门介绍"弁"的样式，但说中国

---

① 李学勤主编《毛诗正义》，第 348 页。
② 朱熹：《诗集传》，第 32—33 页。
③ Alexandre de La Charme, *Confucii Chi-king sive Liber Carminum*, p. 253. 孙璋给此诗的注释是 "Ab omni aevo Sinae canina carne vesci soliti sunt, quamquam nunc temporis hac vesci apud illos rarius est. Sed antiquitus imperator ipse hac vescebatur"。
④《礼记》，胡平生、张萌译注，中华书局，2017，第 342 页。
⑤ Alexandre de La Charme, *Confucii Chi-king sive Liber Carminum*, p. 100.
⑥ Alexandre de La Charme, *Confucii Chi-king sive Liber Carminum*, p. 221. 原文为"Kin est lyra, quae lyrae Apollinis speciem quamdam prae se fert"。

的"弁"与罗马人的编织帽子很像。① 《小雅·鼓钟》的注释中，孙璋用法国的直角角尺来比喻磬的形状。② 《大雅·韩奕》中，解释"维笋及蒲"时，孙璋说中国的竹笋吃起来味道就像欧洲的洋蓟。③

孙璋的这种文化比较，大多都是无心而为。《邶风·简兮》是一首描写古代跳起万舞的舞者的诗，孙璋在注释中写道，舞蹈会从一个地区传播到另一个地区，而鞑靼人的舞蹈与我们西方人的舞蹈差别不大。④ 诗中有"有力如虎"一句，所以孙璋在注释中提到一个细节，西方人常常将勇敢的人比作狮子，而中国人习惯将勇敢者比作老虎。这样细心、有趣的发现，可以让读者进行更深的思考，可惜孙璋没能进一步研究这样的现象。孙璋在《召南·野有死麕》的注释中说起鹿："他们这样说鹿，一千年以后鹿是黑色，一千五百年后是白色，两千年以后又是黑色。他们认为白鹿是吉兆，也是君子仍会在位的象征。长寿的鹿在欧洲象征什么，大家都知道，在法国历史上写到一头鹿，在查理九世统治时期，这头鹿被一位猎人发现，脖子上写着关于凯撒·奥古斯都的事情。"⑤ 孙璋把中国和西方的民间传说很自然地放到一起，但是没能进一步解释其背后的文化内涵。

虽然《孔夫子的诗经》主要是简单地介绍和对比中国文化习俗，却意外地开启了欧洲的《诗经》民俗学和文化人类学研究。法国汉学家爱德华·毕欧在文章《基于〈诗经〉的中国古代风俗研究》中，对孙璋给《诗经》加

---

① Alexandre de La Charme, *Confucii Chi-king sive Liber Carminum*, p. 253. 原文为 "Sic pileus apud Sinas quemadmodum praetexta apud Romanos"。

② Alexandre de La Charme, *Confucii Chi-king sive Liber Carminum*, p. 291. 孙璋这样介绍磬："King ex lapide, quadrae gallice esquerre simile est, appenditur et sic bacillo pulsatur"。

③ Alexandre de La Charme, *Confucii Chi-king sive Liber Carminum*, p. 307. 孙璋说竹笋 "cibum etiam praestat hominibus arundo illa, cujus tenera propago a cinara Europaea non multum quoad saporem abludit"。

④ Alexandre de La Charme, *Confucii Chi-king sive Liber Carminum*, p. 237. 孙璋给《简兮》的注释为 "Saltatio hodierna Sinensis fere non sita est, nisi in levi pedum, brachiorum et capitis motu modulato, quin saltans ex loco in locum progrediatur; secus autem Tartarorum saltatio, quae a nostra non multum abludit...Quemadmodum fortis viri animum cum leone conferimus, ita Sinae cum tigride eum comparant"。

⑤ Alexandre de La Charme, *Confucii Chi-king sive Liber Carminum*, p. 230. 原文为 "Narrant de cervo, quod post mille annos nigrum induat colorem, post mille et quingentos album et post bis mille nigrum denuo induat. Cervum album habent pro fausto omine et pro signo quod sapiens sedeat in throno（应为 threno，见附录二）. Quod vivax sit cervus in Europa notum est, in historia Gallica legitur de cerva, quae regnante Carolo IX. a venatoribus deprehensa est collare gerens ubi scriptum erat eam ad Caesarem Augustum pertinuisse"。

的注释十分赞许,认为孙璋的注释便于西方人了解中国的历史典故和动植物。毕欧的文章根据《孔夫子的诗经》一书写成,他在文中将中国古代风俗分为以下几类:中国人的体质、服饰、建筑和住宅、打猎、钓鱼、农牧、食物及其准备、金属的使用、制作技艺、武器和战争、政府的组成、宗教、抽签与占卜、早期天文学、庆典与宗教崇拜、婚姻形式、家庭习俗和奴隶制、惩罚、习语和偏见、史实。

毕欧是汉学家,他曾翻译《周礼》,对中国文化习俗的了解还源自其他中国典籍,那么他的文章到底在多大程度上依赖孙璋的研究成果呢?笔者认为《孔夫子的诗经》被毕欧全盘接受,《孔夫子的诗经》中的注释是毕欧写作此文所依据的重要材料。

在"中国人的体质"一节,毕欧将《卫风·硕人》一诗称为"l'épithalame de la princesse de Thsi",[1] 也就是齐侯之女的祝婚诗歌。这个说法仅见于孙璋的《孔夫子的诗经》,他在《硕人》一诗的序号下面给此诗题名为"Epithalamium",在注释中也强调此诗是一首祝婚诗。[2] 而无论是孙璋依据的《诗集传》还是满文版《诗经》,都没有这一说法。在"服饰"一节中,毕欧说中国人夏天穿葛布制成的鞋子,冬天穿皮革制成的鞋子,[3] 这个说法出现在孙璋《小雅·天保》的注释中。在"农牧"一节,毕欧根据孙璋提供的地理信息确定了中国灌溉耕作的地区,根据孙璋的翻译确定了粮食作物的种类;在"抽签与占卜"一节,毕欧介绍了用蓍草和龟背占卜的方式,内容几乎都出自孙璋写给《卫风·氓》的注释。毕欧甚至还全盘接受了孙璋对《诗经》的错误翻译。在"庆典与宗教崇拜"一节,毕欧写道,夏至日举行的秋天的庆典叫作烝,秋分时的冬季庆典叫作尝。可以发现这个说法是反的。毕欧犯错误的原因就是他无条件地相信了《孔夫子的诗经》的说法。在宗教部分,毕欧说:"《诗经》将上帝呈现为一个完全正义的存在,他不憎恨任何人。"[4] 这是根据孙璋对《小雅·正月》中

---

[1] Édouard Biot, "Recherches sur les Mœurs des Anciens Chinois, d'après le *Chi-king*," *Journal Asiatique*, quatrième série, tome II. , 1843, p. 310.

[2] 《孔夫子的诗经》中只有两首诗有孙璋拟的标题,即《周南·关雎》和《卫风·硕人》,他将这两首诗都题为"祝婚诗"(Epithalamium)。

[3] Édouard Biot, "Recherches sur les Mœurs des Anciens Chinois, d'après le *Chi-king*," *Journal Asiatique*, quatrième série, tome II. , 1843, p. 314.

[4] Édouard Biot, "Recherches sur les Mœurs des Anciens Chinois, d'après le *Chi-king*," *Journal Asiatique*, quatrième série, tome II. , 1843, p. 346.

"伊谁云憎"的译文而来的。在原诗中,"伊谁云憎"是诗人的感慨,他想知道上帝到底憎恶谁,才会降下灾祸。而孙璋故意将此句译为上帝谁都不恨。这些例子不是为了给毕欧或孙璋挑错,① 而是要证明毕欧对《孔夫子的诗经》一书极其依赖,这部书是他认识古代中国文化习俗的最重要资料。

毕欧的文章引起了法国及整个欧洲汉学界的关注,他从文化人类学角度关注《诗经》,注重事实、实例,这和孙璋所关注的角度是一致的。虽然孙璋没有意识到,但他对《诗经》中名物的解释说明、对文化现象的阐释分析其实就是一种文化人类学和民俗学的方法。孙璋的阐释让毕欧受益良多,而毕欧"为后人提供了一种新的方法论,这种近似于社会人类学的思考范式为西方研究《诗经》开拓了一条新路,其重视传统注释中能够反映社会制度和风俗的史实的洞见,可视为葛兰言汉学之先声"。② 毕欧在文章开头和结尾一再向读者推荐孙璋的这部译著,通过分析孙璋对毕欧的影响,可以清晰勾勒出《诗经》文化人类学和民俗学研究中孙璋—毕欧—葛兰言这一传承脉络,更好地认识《孔夫子的诗经》在西方诗经学史中的重要地位。

《孔夫子的诗经》虽然"诗"味不足,但总体上是一个完备而忠实的《诗经》译本,他的译文虽然有时略显烦冗,但绝不是加略利所认为的枯燥难读。孙璋精于满汉文,与其前代或同时代的《诗经》翻译相比,《孔夫子的诗经》对诗歌内容和旨意的判断十分忠实于原诗,这是《诗经》西译史上很大的进步。孙璋译诗也确有不足之处,其中有些不足,例如人称,是无法避免的;而他对复沓、对答唱和等写作手法的忽视,则显示出了他对中国诗歌认知的不足。《孔夫子的诗经》是西方《诗经》全译本从无到全盛的转折点,没有这部全译本的问世,就没有欧洲紧随其后涌现的多种语言《诗经》译本。孙璋对《诗经》中文化习俗、礼仪规范、名物制度等方面的关注,开启了西方后来的《诗经》文化人类学和民俗学研究,而这些研究成果又传回中国,对现代诗经学产生了深刻影响。概而言之,孙璋的译诗独具魅力,但《孔夫子的诗经》一书文化考量要远远高于其文学旨趣。

---

① 理雅各在翻译毕欧的文章时,已经加了注释,说明了毕欧文中所犯的错误。
② 卢梦雅:《葛兰言与法国〈诗经〉学史》,《国际汉学》2018年第2期,第63页。

第三章　经学大于诗学的阐释选择

《诗经》是诗歌，但"诗歌"这一维度对孙璋来说并不重要。在第二章第二节，我们已经看到孙璋的译诗减弱了《诗经》的民歌风味，本章通过分析《孔夫子的诗经》一书中对中国诗歌整体的介绍和阐释，来证明此书中"诗"与"诗学"的隐匿和经学特征的彰显。《诗经》是"经"，孙璋也不是诗人，他在翻译阐释《诗经》时，更加重视"经"这一维度的呈现，他对《诗经》经学特质的重视远远大于其诗学特质。孙璋的《诗经》阐释带有明显的汉宋兼采、注重考证等清初诗经学特质，他"以礼注诗"的尝试即便在中国诗经学谱系中也颇具特色。孙璋甚至还吸收了"诗教""美刺"等传统经学批评方式，从新视角提出了属于自己的《诗经》诠释。

第一节　"诗"在孙璋译本中的隐匿

一　孙璋笔下的中国"诗学"

孙璋在"欧洲译者前言"中专列"中国诗歌"一节，他这样介绍中国诗歌：

我们现在介绍中国诗歌和《诗经》中的中国诗歌。

《诗经》中的诗歌分为三类；一类叫作"兴"，一类叫作"比"，第三类叫作"赋"。在第一类中，进入主题之前，它们从涉及自然并且与主题相似的事物开始，这些事物与主题有着怎样的相似性往往并不太明显，中国的学者没少在寻找从诗歌开头引向主题的事物上花费心力。这需要从细节说明，需要学者考察写作所要说出的主旨。第二类中，他们通过比喻/寓言言说，而在第三类中，他们通过直白的话语言说，没有模棱两可。

诗歌中每个诗节包含相同数量的诗行，每个诗行的字数几乎相同：大多数诗行包含四个字，然而，有些诗行的字数多一些。同一个诗节中的诗行，有些押韵，有些不押韵。

一般来说，不同的朝代作诗的规则都不同。现在说明其中一些规则。我们都知道，在汉语中，任何词语或音节（中国的词都是单音节的）都分属五种声调中的一种，声调中持续而平稳的一种叫作"平"，其他四种组词的声调一般都称为"仄"。平声，或者说用这种声调发音的音节，与拉丁语中的长音类似。发仄声的音节，可以说与拉丁语中的短音相似，拉丁语中的短音之间没有区别，但是汉语根据不同的声调，尖锐或沉重，低或高，来区分不同的短音。

我们现在应该回到所讲的内容，现在的诗歌有这些规则：作诗的时候，第一个诗行以平声结尾，下一行是仄声，第三行是平声，然后第一行平声，接着平声，第三行仄声。接下来的四行平仄交替。这之后第一行仄声，然后平声，第三行仄声，以此类推。今天中国诗的音节可以用这些词涵盖：平仄平，平平仄，平仄平仄，仄平仄。其他时代的其他规则我就不赘述了。

关于不同诗行中字或音节的数量，不同的时代有不同的规则。当今这个时代喜爱奇数音节的诗行，它们包括五个或者七个音节。当今朝代之前的明朝，人们喜欢偶数音节的诗行，包括四个音节或六个音节。

然而，《诗经》有时遵守这些规则，有时遵守那些规则；有的诗行在中间有平声，有的在末尾是平声，有的在开头是平声。我们可以这样说：中国的博学之士自己都不那么了解古代的诗歌了。

此外，我还会讲讲今天的诗歌，因为最近我得知，以上的规则与其说适用于真正的诗歌，不如说适用于民间短诗，真正的诗歌规则如下：一首诗有八个诗行，每个诗行包括七个字，第一、第三、第五个字不限，然而第二、第四、第六个字在第一行中是平、仄、平，在第二行中是仄、平、仄，在第三行中和第二行相同，在第四行是平、仄、平，在第五行中与第四行相同，在第七行是仄、平、仄，在第八行是平、平、平。第一行与第二、第四、第六、第八行押韵。①

"欧洲译者前言"中的这一节是孙璋为数不多从"诗"的角度来阐释《诗经》的内容。孙璋主要从诗体、押韵、平仄这三个方面介绍了中国诗歌。显然，孙璋对中国诗歌并不了解，他在第三段讲《诗经》中的诗章、诗句，这部分太过简略。孙璋认为《诗经》以四言为主，有些句中字数更多

---

① Alexandre de La Charme, *Confucii Chi-king sive Liber Carminum*, pp. xx - xxii. 原文为"Jam de poësi Sinica et de illa in qua liber carminum Chi-king versatur disserendum. Libri Chi-king carmina sunt odae, quarum tria sunt genera; unum dicitur Hing, alterum Pi, tertium Fou. In primo antequam ad propositum argumentum veniant, exordiuntur a materia quae ex rerum natura petitur et proposito argumento aliquid vicina sit; et saepe in quo vicina sit non ita patet, nec parum laborant litterati Sinenses in inveniendo quid illa materia, unde exordium odae, ad odae argumentum faciat. Hoc proponitur enucleandum, estque ad examen venientibus litteratis pro themate orationis scribendae. In secundo per allegoriam, in tertio autem directo sermone, sine ambagibus loquuntur. Odarum stropha quaelibet pari numero versuum constat; et quilibet versus fere pari numero verborum definitur: Versus plerique quatuor, nonnulli tamen pluribus verbis constant. Versus illi in eadem stropha, alii in eumdem rhythmicum sonum desinunt; alii non. Versus condendi leges variae pro variis dynastiis fere fuerunt; Ut earum aliqua notitia aperiatur, sciendum est in Sinensi lingua quamlibet vocem sive syllabam (voces enim Sinicae sunt monosyllabae) uno ex quinque tonis distingui; inter quos tonos unus continuus, aequabilis sonus Ping appellatur; quatuor alii toni in versu condendo omnes promiscue de nomine Tche dicuntur. Tonus Ping, sive syllaba hoc tono pronuntiata, ad syllabam latinam quantitate longam fere recidit. Syllabae tonis Tche pronuntiatae ad brevem recidere dici possunt; lingua latina inter breves nihil habet discriminis; sed lingua Sinica varias breves pro vario tono aut acuto aut gravi, aut imo, aut summo distinguit. Jam ut ad rem veniamus, hodierna poësis has habet regulas, ut versibus condendis, primus in tonum Ping finiatur, alter in tonum Tche, tertius in tonum Ping; postea primus in tonum Ping, alter in tonum Ping, tertius in tonum Tche. Quatuor sequentes in tonum Ping et in tonum Tche alternatim; deinceps primus in tonum Tche, alter in tonum Ping, tertius in tonum Tche et sic de caeteris; Sinarumque prosodia his hodie verbis fere continetur Ping, tche, ping. Ping, ping, tche. Ping, tche, ping, tche. Tche, ping, tche. Aliis aliorum temporum regulis nihil immoror. Quoad numerum verborum sive syllabarum in quolibet versu, aliae etiam aliis temporibus fuerunt regulae. Nunc temporis versus impari numero gaudent et quinque aut septem vocibus constant. Tempore dynastiae Ming quae hanc proxime praecessit, versus pari numero gaudebant, et quatuor aut sex vocibus constatbant. Liber autem Chi-king modo has, modo illas regulas sequitur; alii versus tonum Ping habent in medio, alii in fine, alii initio versus; et hoc dixisse satis erit: ipsi sinae litterati poësin antiquam non bene norunt. De poësi hodierna dicam praeterea, quod nuper accepi regulas supra dictas magis esse pro cantilenis quam pro vera poësi, cujus hae sunt regulae. Cantus est octo versuum, quilibet versus septem verbis constat, primum, tertium, quintum est ad libitum; secundum autem, quartum et sextum in primo versu sunt ping, tche, ping, in secundo tche, ping, tche; in tertio ut in secundo; in quarto ping, tche, ping; in quinto ut in quarto; in septimo tche, ping, tche; in octavo ping, ping, ping primus versus cum secundo versu, cum quarto, sexto et octavo in eundem sonum rythmicum definit".

一些，这是正确的。但他忽略了《诗经》中其实有二言，如《周颂·维清》"肇禋"；有三言，如《鲁颂·有駜》"振振鹭，鹭于下。鼓咽咽，醉言舞"。之后，孙璋用了大量篇幅谈论中国诗歌的平仄问题，但唐代之前的诗歌在平仄上是没有定规的，所以他对《诗经》平仄的讨论并不准确。此外，他在第五段所讲的似乎是词律而非诗律，第六段所说的明代流行四六言诗是错误的，最后一段，孙璋要谈的是七言律诗的格律，但他对这一问题的解释也不正确。可以说，孙璋对中国诗歌的发展史和格律几乎毫无所知，他将"中国诗歌"这一节排在"欧洲译者前言"的最后，也能证明他对《诗经》"诗"的一面并不关心。

除却前言，孙璋极少在翻译和阐释《诗经》时提及诗歌的文学特点和艺术手法等，仅有几处例外：在《王风·兔爰》的注释中，他说诗歌用兔子比喻邪恶的人，用雉鸟比喻诚实的人，[1] 这是孙璋在讲完"赋、比、兴"之后，唯一一次在讲述具体诗歌时提到比喻的修辞手法。《小雅·采芑》中有"其车三千"一句，孙璋经过计算，认为诗人采用了夸张的手法，[2] 这也是对修辞手法的说明。在有些情况下，孙璋出于宗教目的解释诗中的"诗学手法"。例如《唐风·鸨羽》，其中有"悠悠苍天"一句，孙璋加了文中注，说这句是呼格，也是一种诗歌意义上的用法。[3] 《大雅·思齐》"神罔时怨，神罔时恫"一句，孙璋在注释中认为这句为诗化的说法。[4] 在涉及宗教问题时，孙璋常强调诗中抱怨"神""天"等的诗句是诗化的表达，这与他传教士的身份有关，他要强调古代中国人是信神的，所以在这些诗歌的注释中，他尤为强调常被忽略的《诗经》"诗"的一面。孙璋谈论鲁颂，提及有学者认为鲁颂中的诗在风格上要低于周颂。这是孙璋唯一一次提及诗歌风格，我们不知道他说的具体是哪位学者。孔颖达说，"此虽借名为颂，而实体国风，非告神之歌，故有章句也"。[5] 朱熹也认为鲁颂

---

[1] Alexandre de La Charme, *Confucii Chi-king sive Liber Carminum*, p. 248. 原文为"Per lepores improbi, per phasianos probi significantur"。

[2] Alexandre de La Charme, *Confucii Chi-king sive Liber Carminum*, p. 280. 孙璋说："sic interpretes conjicinnt（应为 conjiciunt，见附录二）poetam per emphasin dixisse。"

[3] Alexandre de La Charme, *Confucii Chi-king sive Liber Carminum*, p. 51. 这个文中注为"Coelos caeruleos compellando, id poetice et quemadmodum nos per figuram apostropham; secus autem quando coelum augustum inclamant; distinguunt enim Tsang-tien et Hao-tien"。

[4] Alexandre de La Charme, *Confucii Chi-king sive Liber Carminum*, p. 300. 原文为"Hoc videtur poëtice dictum"。

[5] 程俊英、蒋见元：《诗经注析》，第1064页。

"其体固列国之风"。① 现代学者认为,《闷宫》《泮水》"风格似雅",《駉》《有駜》"体裁类风"。② 不论孙璋借鉴了何人的观点,他的这个说法是较为准确的。

二 "赋、比、兴"的阐释

在中国诗经学中,"赋、比、兴"向来与"风、雅、颂"并列,称为"诗六义"。《孔夫子的诗经》一书出版之前,西方汉学界对"诗六义"并不了解,对"赋、比、兴"更是未尝涉足。1687年,殷铎泽、恩理格、鲁日满和柏应理四人用拉丁文合译的《中国哲学家孔子》出版,这部书在西方学界产生了广泛的影响。此书前言中有对《诗经》的简要介绍。作者认为《诗经》的风格艰深而晦涩,而这种晦涩由其语言的简洁、大量的隐喻和古老的谚语导致。③ 这些译者并未介绍《诗经》的结构、分类等,从他们简短的介绍中,可以看出他们对《诗经》并不太了解。这部书包含《论语》的拉丁文全译,其中这样翻译《阳货》中的"诗可以兴":"Etenim si humi repimus, si jacemus inutiles atque inglorii, per odarum documenta, possumus erigi quodammodo, & assurgere ad verum decus."④(假如我们在地上匍匐着,或是倒下了,无助且无人知晓,通过诗歌的教诲,我们便能以某种方式站起来,达到真正的荣耀)译者对"兴"的理解停留在字面意思,并未与"诗"相联系,也未曾加注解释"兴"是"诗六义"中的一个概念。在《中华帝国全志》中,杜赫德将《诗经》中的诗歌分成了五类:称颂人的颂诗、描述王国风俗的诗、比喻的诗(用比喻和对比解释所写内容的诗)、描写崇高事物的诗、可疑而被孔子认作伪经的诗。杜赫德的分类标准十分混乱,完全没有遵从"风""雅""颂"的分类,也只提到了"比",忽视了"赋"和"兴"。1776年,韩国英在《中国论集》第一卷的《论中国古代文化》一文中介绍了《诗经》,并在《中国论集》第四卷中翻译了11首源自《诗经》的诗。相对来说,韩国英对《诗经》较为了解,

---

① 朱熹:《诗集传》,第361页。
② 程俊英、蒋见元:《诗经注析》,第1064页。
③ Prosperi Intorcetta, Christiani Herdtrich, Francisci Rougemont, Philippi Couplet, *Confucius Sinarum Philosophus, sive Scientia Sinensis Latine Exposita*, p. xviij.
④ Prosperi Intorcetta, Christiani Herdtrich, Francisci Rougemont, Philippi Couplet, *Confucius Sinarum Philosophus, sive Scientia Sinensis Latine Exposita*, p. 127.

他按照《诗经》本身的编排顺序详细地介绍了"风""雅""颂",可惜没提及"赋""比""兴"这组在《诗经》研究中同样重要的概念。

孙璋在汉学家中最早完整介绍"赋、比、兴"概念。他没有将"赋、比、兴"和"风、雅、颂"放在前言中的同一个小节,"赋""比""兴"出现在前文所引述的"欧洲译者前言"中"中国诗歌"一节。比起"风""雅""颂",孙璋在前言中对"赋""比""兴"着墨不多,也没有给出明确的译文,只做了拼音化处理。他重点介绍了"兴",一笔带过"比"和"赋"。孙璋对"赋""比""兴"的理解基于朱熹对这几个概念的阐释。朱熹在《诗集传》中给出这几个概念的定义:"兴者,先言他物以引起所咏之词也",① "比者,以彼物比此物也",② "赋者,赋陈其事而直言之者也"。③ 孙璋对这几个概念的解释,几乎是对朱熹说法的直译。但是,引文的第一句话"《诗经》中的诗歌分为三类"暴露出,孙璋对"赋""比""兴"的定位是错误的。按照他的理解,一首诗只能是"赋",或是"比",或是"兴",这三者不能共存于一首诗中。

值得注意的是,孙璋虽然最早向西方读者阐释"赋、比、兴",但是他并未将"赋、比、兴"与"风、雅、颂"放在一起讨论,而将它们放在不同的章节中介绍。在中国诗经学中,六者并列而出的说法最早来自《周礼·春官》,不过顺序和现在通行的顺序不同,"太师教六诗:曰风、曰赋、曰比、曰兴、曰雅、曰颂。以六德为之本,以六律为之音"。④ 汉代将六者称为"六义",时人普遍认为"六义"即《周礼》中的"六诗"。《诗大序》沿用了《周礼·春官》对六者的排列顺序:"故诗有六义焉:一曰风,二曰赋,三曰比,四曰兴,五曰雅,六曰颂。"⑤ 郑玄最早完整解释"诗六义":

> 风言贤圣治道之遗化;赋之言铺,直铺陈今之政教善恶。比,见今之失,不敢斥言,取比类以言之。兴,见今之美,嫌于媚谀,取善事以喻劝之。雅,正也,言今之正者,以为后世法。颂之言诵也、容

---

① 朱熹:《诗集传》,第 2 页。
② 朱熹:《诗集传》,第 7 页。
③ 朱熹:《诗集传》,第 4 页。
④ 郑玄注、贾公彦疏《周礼注疏》,中华书局,1980,第 796 页。
⑤ 李学勤主编《毛诗正义》,第 11 页。

也，诵今之德，广以美之。①

在郑玄的解释中，"风、雅、颂"更偏重内容，"赋、比、兴"更偏向写法，但他总体上还是把六者看成同一层次的概念，排序也和之前一样。后代的一些学者也认同"诗六义"是同一个层面的概念，包括宋代的程颐、王质，明代的朱载堉，清代的章炳麟等。从唐代孔颖达开始，"风、赋、比、兴、雅、颂"成为两个层面的概念，"然则风、雅、颂者，诗篇之异体；赋、比、兴者，诗文之异辞耳，大小不同，而得并为六义者，赋、比、兴是诗之所用，风、雅、颂是诗之成形，用彼三事，成此三事，是故同称为义，非别有篇卷也"。②孔颖达在阐释中虽然遵照原来的排序，但已将"风、雅、颂"和"赋、比、兴"归结为两个不同层面的问题了。成伯玙也认为六者属于两个不同层面："赋、比、兴是诗人制作之情，风、雅、颂是诗人所歌之用。"③朱熹认为："三经是赋、比、兴，是做诗底骨子，无诗不有，才无，则不成诗。盖不是赋，便是比；不是比，便是兴。如风、雅、颂却是里面横串底，都有赋、比、兴，故谓之'三纬。'"④不论是孔颖达的"三体"和"三用"，成伯玙的"三情"和"三用"，还是朱熹的"三经"和"三纬"，这种将"六义"分成两个层面概念的说法逐渐为后世所认可。孙璋的拉丁文《诗经》译本在清代前期完成，当时的《诗经》研究兼采汉宋，但主要以宋学为主，孙璋译诗时主要参照的就是朱熹的《诗集传》，他也自然认为"风、雅、颂"和"赋、比、兴"属于两个概念层次。他将"风、雅、颂"放在前言的"诗经简介"一节，而"赋、比、兴"放在"中国诗歌"一节，与平仄问题在同一小节，这可以证明，他认为"赋、比、兴"这三个概念可以用于阐释所有中国古代诗歌。换而言之，孙璋将"赋、比、兴"理解为文学性概念，而非经学性概念。但是，孙璋对"赋、比、兴"存在一些误读，他认为"赋""比""兴"是《诗经》中三类不同的诗，不同时存在于同一首诗中，这个问题上文已经提到。

此外，值得一提的是，孙璋的前言中，"兴"在先，然后是"比"和

---

① 郑玄注、贾公彦疏《周礼注疏》，第796页。
② 李学勤主编《毛诗正义》，第12—13页。
③ 成伯玙：《毛诗指说》，《通志堂经解》本，江苏广陵古籍刊印社，1996，第202页。
④ 《朱子语类》第6册，中华书局，1986，第2070页。

"赋",这和传统的"赋""比""兴"顺序不同。这种排序可能存在以下几个原因。第一,《毛诗故训传》中,虽然将"诗六义"同时列出,但却没有解释"赋、比、兴"的含义,只是标注出了"兴"。刘勰在《文心雕龙·比兴》中这样解释毛公的意思,"《诗》文弘奥,包韫六义,毛公述传,独标兴体,岂不以风通而赋同,比显而兴隐哉!"① "兴"的意思更难理解,所以要单独标注出来,重点解释。孙璋可能继承了《毛传》的这个传统。第二,在《诗集传》中,第一首《关雎》即为"兴",这是孙璋最先看到的一个概念。但如果按照《诗集传》的顺序,接下来应该是先"赋"后"比",所以我们无法用"赋、比、兴"出现在《诗集传》中的顺序来解释孙璋排列的顺序为何是先"比"后"赋"。第三,在孙璋之前,以"兴""比""赋"这个顺序论述《诗经》的学者只有姚际恒,他在《诗经通论》中这样说:

  兴、比、赋尤不可少者,以其可验其人之说《诗》也。古今说《诗》者多不同,人各一义,则各为其兴、比、赋。……诗旨失传,既无一定之解,则兴、比、赋亦为活物,安可不标之,使人详求说诗之是非乎?②

孙璋并未说明他译诗时参考了哪些材料,他很可能读过姚际恒的这部著作。当然,除却这些原因,这也许只是孙璋自己随意的安排,他对"赋""比""兴"的定位并不准确,对它们的排序可能也只是随性而为。

  《孔夫子的诗经》的正文并未像朱熹一样区分《诗经》中每一首诗每一章的写法。在孙璋给每首诗的注释中,没有出现具体分析"赋"和"兴"的内容,有三首诗的注释涉及了"比",孙璋在《王风·兔爰》的注释中谈道,"坏人被比作兔子,老实人被比作雉鸟"。③ 在《诗集传》中,朱熹这样解释这首诗:"比也。兔性阴狡。……雉性耿介。……周室衰微,诸侯背叛,君子不乐其生,而作此诗。言张罗本以取兔,今兔狡得脱,而雉以耿介,反罹于罗。以比小人致乱,而以巧计幸免;君子无辜,而以忠直受祸也。"④《魏风·硕鼠》注释中,孙璋说:"当时王国的官员

---

① 刘勰著,詹锳义证《文心雕龙义证》(下),第1333页。
② 姚际恒:《诗经通论》,中华书局,1958,第2页。
③ Alexandre de La Charme, *Confucii Chi-king sive Liber Carminum*, p. 248.
④ 朱熹:《诗集传》,第70页。

窃取民众的劳动果实,他们被比作老鼠。"① 朱熹的解释是"比也。……民困于贪残之政,故托言大鼠害己而去之也"。② 解释《商颂·长发》中的"苞有三蘖"时孙璋说:"夏代的最后一任天子桀王被比作树根,这个统治者的三个领主被比作三颗芽,他们为了桀王对抗成汤。"③ 朱熹对这一章的总体判断是"赋",但他也写道:"苞,本也。蘖,旁生萌蘖也。言一本生三蘖也。本则夏桀,蘖则韦也、顾也、昆吾也,皆桀之党也。"④ 也指出了这一句"比"的用法。

孙璋对"赋""比""兴"的直接解释说明很有限,但在具体的翻译实践中对三者的不同有所体现。以《唐风》中互相关联的《有杕之杜》和《杕杜》两首诗的译文为例。

先看《有杕之杜》一诗的译文:

  Viae adjacens arbor unica pyrus; ego compello sapientes illos viros, an me velint adire? illud vehementer cupio si quo modo possim ipsos potu et cibo excipere.

  In viae anfractu ego arbor Pyrus unica crevi, et ab illis sapientibus viris quaero, num velint ad me venire deambulatum; illud vehementer exopto, si quo modo possim ipsos potu et cibo excipere.⑤

朱熹认为此诗是"比":"此人好贤,而空不足以致之。故言此杕然之杜,生于道左,其荫不足以休息,如己之寡弱,不足恃赖,则彼君子者,亦安啃顾而适我哉?"⑥ 作者自比路旁独自生长的赤棠,用赤棠树因树荫不够而不能让路人停下休息,来比喻自己因能力不够而不足以让君子留在身边。"生于道左/周"的"有杕之杜"不一定是诗人眼中所见之景,但孙璋的译文将诗人脑中的比喻落成实景,把"比"翻译成了"赋"。

---

① Alexandre de La Charme, *Confucii Chi-king sive Liber Carminum*, p. 257. 孙璋给《硕鼠》的注释为"Per mures innuuntur tunc temporis Regini praefecti qui populorum opes diripiebant"。
② 朱熹:《诗集传》,第102页。
③ Alexandre de La Charme, *Confucii Chi-king sive Liber Carminum*, p. 321. 孙璋这样写这个比喻:"Per radicem innuitur imperator Kie-ouang dynastiae Hia ultimus, et per tria radicis germina innuuntur tres reguli quorum ditiones hic appellantur et qui contra Tching-tang principem pro Kie-ouang imperatore stabant."
④ 朱熹:《诗集传》,第374页。
⑤ Alexandre de La Charme, *Confucii Chi-king sive Liber Carminum*, p. 52.
⑥ 朱熹:《诗集传》,第110页。

再看《杕杜》一诗的译文：

> Ego pyrus, arbor pupilla, foliis quidem abundo, sed parentibus et fratribus orba ambulo, sed parentibus et fratribus orba ambulo; quid faciam ab omnibus derelicta? Non est qui mihi sit pro patre heu! quid est quod non sit viator, qui amice mecum agere velit? Qui est sine fratribus, quomodo adjutorem non habet?
>
> Ego pyrus, arbor pupilla, frondosa quidem sed parentibus et fratribus orba sum: Quid faciam ab omnibus derelicta? Non est qui mihi sit pro cognato heu! (etc. ut supra)①

朱熹认为此诗两章皆为"兴"。在他看来，《诗经》中有两种"兴"，一种有义理，一种无义理："兴，起也，引物以起吾意。如雎鸠是挚而有别之物，荇菜是洁净和柔之物，引此起兴，犹不甚远。其他亦有全不相类，只借他物而起吾意者，虽皆是兴，与《关雎》又略不同也。"② 此诗当属第一种：独自生长的赤棠树引发了诗人对自己身世的慨叹。但是孙璋的译文，将"兴"改为"比"——"我，杜梨树，孤儿般的树，虽然叶子茂盛，却没有父母兄弟"。这样的开头，把全诗变为了"我"，即"杜梨树"拟人化的自叙。

从以上两个简单的例子可以看出，孙璋虽然在前言中亦步亦趋地按照朱熹的《诗集传》来阐释"赋""比""兴"的含义，但是在翻译实践中并未完全遵照朱熹的理解，反而加入了很多自己的想法。当然，这也和他对"赋""比""兴"的定位有所关联。

在孙璋之后的译者中，詹宁斯、韦利等人都未曾提到"赋、比、兴"。晁德莅将"赋"译为"descriptio"，即"description"；将"兴"译为"analogia"，即"analogy"；将"比"译为"allegoria aut symbolus"，即"allegory or symbol"。③ 虽然晁德莅的翻译不甚准确，但是他将"赋、比、兴"理解为写诗的方法，而非诗歌分类，这种理解比孙璋更加准确。理雅各对"赋、比、兴"的阐释十分详尽。在1871年版的英译本中，他翻译了《诗大序》，将"赋"译为"descriptive pieces"，将"比"译为"meta-

---

① Alexandre de La Charme, *Confucii Chi-king sive Liber Carminum*, p. 50.
② 《朱子语类》第6册，第2069页。
③ Angelo Zottoli, *Cursus Litteraturae Sinicae*, Vol. 3, p. 1.

phorical pieces",将"兴"译为"allusive pieces"。① 理雅各不仅给出了翻译,还在注释中详细阐释了"赋、比、兴"的内涵,理雅各依从的也是朱熹的解释,不过比孙璋的阐释更加细致具体。除了对概念的翻译和阐释,他还像朱熹一样,注出了每一篇诗歌使用的手法。

总而言之,孙璋敏锐地意识到"赋、比、兴"三个概念在中国诗学中的重要地位,他认为"赋、比、兴"是文学性的、诗学的概念,而非经学的概念,他对这三个概念的阐释是《孔夫子的诗经》中为数不多的关于文学领域的表达。但他对"赋、比、兴"的解释相对简单,在翻译《诗经》时也没能译出其中的"赋、比、兴"手法。

三 异想天开的"叙事诗"

《诗经》中的诗以抒情为主,叙述为辅。然而,孙璋阐释《诗经》有一个独特之处,他常常赋予一些诗歌以连贯的叙事顺序,将几首不相关的诗歌串联起来,抒情诗也就转化成了叙事诗。

例如《周南》的前三首诗《关雎》、《葛覃》和《卷耳》,孙璋给《关雎》加了标题——Epithalamium,② 在注释中,孙璋说这是文王和太姒的祝婚诗。③ 在《葛覃》一诗的译文中,孙璋在翻译"言告师氏"时,加了一个原文中没有的主语——recens nupta(新娘),④ 在注释中,孙璋认为这首诗写新娘想念父母的家。⑤ 在《卷耳》中,孙璋也在译诗里加入了说明——puella recens nupta, dum apud parentes versatur(返回父母家居住的新婚女孩)。⑥ 由此,三首译诗就讲述了这样一个故事:一位君子追求女孩,与她结婚,女孩婚后思念娘家,她按照习俗归宁父母,住在父母家的时候,又想念远方的丈夫。按照孙璋的解释,三首诗是按照婚礼—归宁—思夫的逻辑顺序排列的。在注释中,孙璋也没有完全遵照《诗序》或《诗集传》的

---

① James Legge, *The Chinese Classics Vol. IV, The She King or the Book of Poetry*, p. 34.
② Alexandre de La Charme, *Confucii Chi-king sive Liber Carminum*, p. 1.
③ Alexandre de La Charme, *Confucii Chi-king sive Liber Carminum*, p. 220. 孙璋说此诗:"Odes argumentum conjicitur esse epithalamium principis puellae, quam Ouen-ouang filiam suscepit ab uxore sua regina Taï-see."
④ Alexandre de La Charme, *Confucii Chi-king sive Liber Carminum*, p. 2.
⑤ Alexandre de La Charme, *Confucii Chi-king sive Liber Carminum*, p. 221. 孙璋认为此诗的诗旨为"nupta puella domum paternam cogitat"。
⑥ Alexandre de La Charme, *Confucii Chi-king sive Liber Carminum*, p. 2.

阐释，而是赋予了诗歌以故事性和戏剧性。

同样，《王风》的前三首诗《黍离》《君子于役》《君子阳阳》也被孙璋赋予了故事性。他说，《黍离》写的是一位有大夫称号的大臣赴战场，当他经过位于西部的曾经的王的属地，见到这里已经荒芜，他十分悲伤，哀号他国家的命运。[1] 而《君子于役》是这位大夫的妻子因想念和担心他而写的诗。[2]《君子阳阳》写这位妻子因丈夫回来而喜悦。[3] 朱熹在《诗集传》中猜测《君子阳阳》和《君子于役》的作者是同一人，"此诗疑亦前篇妇人所作。盖其夫既归，不以行役为劳，而安于贫贱以自乐。其家人又识其意，而深叹美之。皆可谓贤矣。岂非先王之泽哉！"[4] 有学者认为朱熹这种强硬的关联不可取，方玉润就认为朱熹的猜测"鄙而稚"。[5] 但孙璋还是借鉴了朱熹的说法，将阐释简化，还扩大了范围，把这三首诗联系起来。三首诗也可关联为一个故事：在外行役的丈夫哀叹国家衰微的命运，在家中等待丈夫的妻子思念远行的丈夫，等到丈夫归来，二人一起歌舞，妻子欣喜地写下第三首诗。

再如《鄘风·干旄》和《鄘风·载驰》，孙璋在《载驰》的注释中说：

> 这首诗写一位正在倾诉的叫作许的小国的王后。许国位于河南归德府。这个女人的父亲是卫国的卫宣公，母亲是宣姜。她嫁到许国，听说了第六首诗（即《定之方中》）中提到的卫的灾难，感到悲伤，想去安慰她的父母。但是这个使者对她来说是个大人物，他让她回去，这就是上面第九首诗（即《干旄》）的主题。失去父母的新娘不能返回父亲的家，这是传统习俗，所以这个大人物被派出来，让她放

---

[1] Alexandre de La Charme, *Confucii Chi-king sive Liber Carminum*, p. 247. 孙璋认为《黍离》写"Magnas de titulo Taï-fou ad bellum pergens, cum sedis olim regiae, quae ad occidentem posita erat, regionem peragrat et hanc desertum esse videt, apud se dolet patriae suae sortem deflens"。

[2] Alexandre de La Charme, *Confucii Chi-king sive Liber Carminum*, p. 247. 孙璋认为《君子于役》写"Cum magnas Taï-fou diu domo absit, hujus uxor hunc sollicita cogitat"。

[3] Alexandre de La Charme, *Confucii Chi-king sive Liber Carminum*, p. 247. 孙璋认为《君子阳阳》写"Mulier eadem gaudet maritum reducem revisens"。

[4] 朱熹：《诗集传》，第67—68页。

[5] 方玉润：《诗经原始》，中华书局，1986，第194页。

弃旅程，掉头回去。①

孙璋对《干旄》的诗旨判断有误（《干旄》讲的是卫大夫乘车马、见贤者），而他判断错误的原因就在于，他希望能将这两首诗联系起来，编成一个有情节的故事。

孙璋将不相关的诗歌串联起来，以"叙事诗"的方式呈现给读者，可以说是他的一种诗学选择。这个选择也许并不明智，这和他对中国诗歌特质的误解有关。比起叙事，《诗经》中的诗歌更偏重于抒情。强行将抒情诗变为叙事诗，其实是一种不忠实的误读。但是，他的误读也值得我们今天从中西诗歌不同范式的角度继续展开深入研究。

通过以上的分析可以看到，孙璋对《诗经》的"文学"或者"诗学"特质并不重视。在《孔夫子的诗经》中，孙璋对中国诗歌、诗六义的阐释虽然比同时代其他译者更丰富，但他的理解常常出现偏差。"诗"与"诗学"在他的译释中隐藏了起来。但我们应该意识到，在中国诗经学史中，《诗经》研究从经学到文学的转变出现在20世纪。清初从文学角度研究《诗经》还不是主流，在时代的影响下，孙璋也自然更加重视《诗经》的经学特质。

第二节　孙璋《诗经》阐释中的经学特质

《诗经》最初名为《诗》或《诗三百》，至西汉时始有"诗经"之称，《史记·儒林列传》中有"申公独以诗经为训以教，无传，疑者则阙不传"②的记载。此后，"诗经"之名越来越普遍。《诗经》"既是'诗'，也是'经'。'诗'是她自身的素质，而'经'则是社会与历史赋予她的文化角色。在两千多年的中国历史乃至东方历史上，她的经学意义要远大于她的文学意义"，"如果我们仅仅认其为'文学'而否认其经学的研究意

---

① Alexandre de La Charme, *Confucii Chi-king sive Liber Carminum*, p. 242. 原文为"Regina parvi regni Hiu dicti ad occasum Kouei-te-fou, Ho-nan provincia, positi, inducitur loquens; haec regni Ouei regulo Suen-kong patre, matre Suen-Kiang nata, et regulo Hiu nupta, cladem, de qua ode 6, audiens et suorum vicem dolens parentes pergit solatura. Sed missus erat magnas ad illam ab itinere revocandam, ille est de quo ode 9 superiore. In more erat ut nupta mortuis parentibus in paternam domum redire non posset; sic magnas mittebatur, qui eam a suscepto itinere deterreret et ad regrediendum hortaretur."

② 《史记》，中华书局，2011，第2710页。

义,那么《诗经》的文化意义便会丧失殆尽"。① 对《诗经》的经学阐释持续了1000多年,有汉学、宋学、清学之分。本节将分析《孔夫子的诗经》一书中的经学特质。

一 汉宋兼采的经学立场

西汉立学官,设"五经"博士,《诗》成为官方认可的经书之一。两汉经学分为今文经学和古文经学,鲁、齐、韩三家诗都属于今文经学,后来逐渐散佚失传,尤其是鲁诗、齐诗,仅留下零星材料。毛诗属于古文经学,由毛亨、毛苌传授。三家诗衰亡之后,毛诗独盛于世,《毛诗故训传》是毛诗的基础文本。毛诗在流传过程中产生了《诗经》各篇的序,称为《诗序》或《毛诗序》。东汉郑玄融合今文经学和古文经学,为毛诗作笺,称为《毛诗传笺》。唐代的孔颖达作《毛诗正义》,吸收了汉魏以来的毛诗研究成果,是唐代官修的《五经正义》之一,以后又成为《十三经注疏》之一,是诗经汉学的集大成之作。《诗经》汉学的重要特点就是对"诗教"、"美刺之说"和以史证诗的重视。

从季札观乐开始,《诗》的评论就与政教相联系。《左传》记载:

> 吴公子札来聘……请观于周乐,使工为之歌《周南》、《召南》,曰:"美哉!始基之矣,犹未也,然勤而不怨矣。"……为之歌《小雅》,曰:"美哉!思而不贰,怨而不言,其周德之衰乎!犹有先王之遗民焉。"为之歌《大雅》,曰:"广哉!熙熙乎,曲而有体直,其文王之德乎!"为之歌《颂》,曰:"至矣哉!直而不倨,曲而不屈,迩而不逼,远而不携,迁而不淫,复而不厌,哀而不愁,乐而不荒,用而不匮,广而不宣,施而不费,取而不贪,处而不底,行而不流。五声和,八风平。节有度,守有序,盛德之所同也。"②

季札对《诗经》各部分的评论都与当时、当地的政治教化情况相联系,可以说季札观乐是"诗教"的开端。而后,孔子也注重《诗》的政治功能。《礼记·经解》中记载:

> 孔子曰:"入其国,其教可知也。其为人也,温柔、敦厚,《诗》

---

① 刘毓庆、郭万金:《从文学到经学——先秦两汉诗经学史论》,第1—2页。
② 《左传》,中华书局,2012,第1469—1470页。

教也；疏通、知远，《书》教也；广博、易良，《乐》教也；絜净、精微，《易》教也；恭俭、庄敬，《礼》教也；属词、比事，《春秋》教也。故《诗》之失，愚；《书》之失，诬；《乐》之失，奢；《易》之失，贼；《礼》之失，烦；《春秋》之失，乱。其为人也，温柔、敦厚而不愚，则深于《诗》者也；疏通、知远而不诬，则深于《书》者也；广博、易良而不奢，则深于《乐》者也；絜净、精微而不贼，则深于《易》者也；恭俭、庄敬而不烦，则深于《礼》者也；属词、比事而不乱，则深于《春秋》者也。"①

孔子认为，诗教的缺乏会让民众愚笨、鲁钝，而深于诗教的民众才会温柔、敦厚。洪湛侯认为，《礼记·经解》此段一出，"'六经'之名与数，至是而始完成，'经学'的形式，至此也基本上确定下来"。②不仅经学形式自是而定，"诗教"也由此明确。在这以后，《诗序》中的大序、小序更丰富和发展了诗教的内容。《诗大序》说："故正得失，动天地，感鬼神，莫近于诗。先王以是经夫妇，成孝敬，厚人伦，美教化，移风俗。"③诗经汉学的集大成之作《毛诗正义》再次阐发这句话，使《诗》与政教的联系更加密切："夫《诗》者，论功颂德之歌，止僻防邪之训，虽无为而自发，乃有益于生灵。……若政遇醇和，则欢娱被于朝野，时当惨黩，亦怨刺形于咏歌。作之者所以畅怀舒愤，闻之者足以塞违从正。……此乃《诗》之为用，其利大矣。"④在孔颖达等人看来，论功颂德、止僻防邪、塞违从正，这些是《诗》之大用。《小序》所体现的诗教内容则主要在于以史证诗和美刺之说。《小序》将史实融入对诗篇的阐释中，诗与诗之间产生了历史的关联，把时代背景呈现出来。郑玄走得更远，他依据《诗序》写了《诗谱》，按照他所认为的时间顺序将《诗经》各篇重新编排，他的《毛诗传笺》也体现了以史证诗的特点，郑笺"迂曲之处甚多，而'诗教'却得以发挥"。⑤美刺之说承《诗大序》中的正变之说而来。《诗大序》初步提出了"变风、变雅"："王道衰，礼义废，政教失，国异政，家殊俗，而

---

① 《礼记》，第951—952页。
② 洪湛侯：《诗经学史》，第105—106页。
③ 李学勤主编《毛诗正义》，第10页。
④ 李学勤主编《毛诗正义》，第10页。
⑤ 洪湛侯：《诗经学史》，第169页。

变风、变雅作矣。"① 变风变雅是"怨以怒"的"乱世之音"或"哀以思"的"亡国之音"。可以推想,"安以乐"的"治世之音"就是正风、正雅了。而《小序》以为可以将每首诗都与历史人物、事件相对应,便将每首诗的诗旨都确定为"美××"或"刺××"。郑玄则将"正风、正雅"确定下来:

> 文、武之德,光熙前绪,以集大命于厥身,遂为天下父母,使民有政有居。其时《诗》,风有《周南》、《召南》,雅有《鹿鸣》、《文王》之属。及成王,周公致大平,制礼作乐,而有颂声兴焉,盛之至也。本之由此风、雅而来,故皆录之,谓之《诗》之正经。……后王稍更陵迟,夷王始受谮亨齐哀公。夷身失礼之后,邶不尊贤。自是而下,厉也幽也,政教尤衰,周室大坏,《十月之交》、《民劳》、《板》、《荡》勃尔俱作。众国纷然,刺怨相寻。五霸之末,上无天子,下无方伯,善者谁赏?恶者谁罚?纪纲绝矣。故孔子录懿王、夷王时诗,讫于陈灵公淫乱之事,谓之变风、变雅。以为勤民恤功,昭事上帝,则受颂声,弘福如彼;若违而弗用,则被劫杀,大祸如此。吉凶之所由,忧娱之萌渐,昭昭在斯,足作后王之鉴,于是止矣。②

郑玄认为,风雅正变的区别在于诗歌产生的时代,产生于治世、盛世的诗歌,也就是《周南》、《召南》,《大雅》,《小雅》中《鹿鸣》等篇,就是正风、正雅;产生于懿王、夷王等乱世的诗歌,就是变风、变雅。而《诗经》中收录变风、变雅,是为了与正风、正雅相对照,以揭示赏善罚恶的规律,用来警戒后来的统治者。这样,正变就与美刺联系了起来。由汉至唐,诗经学者一直以《诗序》为尊,诗经汉学延续绵延,到了宋代才遇到挑战。

宋代,疑古疑经成为普遍的社会思潮,诗经学自然也受此影响,最明显的就是反《诗序》的学者逐渐增加。北宋欧阳修的《诗本义》是诗经学的革新之作,他指出了许多《诗序》的疏漏之处;苏辙的《诗经集传》也怀疑《诗序》,废弃了《诗序》首句之外的内容;郑樵更是声称《诗序》乃"村野妄人所作",对《毛传》《郑笺》大加贬斥。朱熹吸收了反序派

---

① 李学勤主编《毛诗正义》,第14页。
② 李学勤主编《毛诗正义》,第6—9页。

的观点,他在《诗序辨说》的《朱氏辨说》中这样评价《诗序》:

> 及至毛公引以入经,乃不缀篇后,而超冠篇端;不为注文,而直作经字;不为疑辞,而遂为决辞。其后三家之传又绝,而毛说孤行,则其牴牾之迹无复可见。故此序者,遂若诗人先所命题,而诗文反为因序以作。于是读者传相尊信,无敢拟议。至于有所不通,则必为之委屈迁就,穿凿而附合之。宁使经之本文缭戾破碎,不成文理,而终不忍明以小序为出于汉儒也。愚之病此久矣,然犹以其所从来也远,其间容或真有传授证验而不可废者,故既颇采以附《传》中,而复并为一编以还其旧,因以论其得失云。①

朱熹认为,读者奉《诗序》为尊,是本末倒置的做法,不敢对《诗序》提出怀疑,就会导致委屈迁就、穿凿附会之说。所以朱熹刨除了《诗序》的穿凿附会之说,不再将《诗序》置于每首诗之前,而是将自己拟定的诗旨附于每篇第一章之后。他的《诗集传》自成宗派,为诗经宋学奠定了基础。

孙璋在"欧洲译者前言"中写道:"尽管我也阅读了其他阐释,不过我仍然依从中国宋代著名的阐释者朱熹。"② 孙璋的《诗经》阐释主要依从《诗集传》,然而并未完全囿于《诗集传》,他对部分诗篇的解释,还吸收了诗经汉学的成果。可以说,孙璋站在了"汉宋兼采"的经学立场上。

对诗旨的判断最能体现孙璋"汉宋兼采"的经学立场。孙璋的注释往往第一句或者第一段就是对诗旨的阐释。在有专门注释的291首诗中,只有《周南·芣苢》等13首诗的注释中没有提到诗旨,③ 其他278首诗的注释里都有对诗旨的阐释,主要遵从朱熹的《诗集传》。《卫风·芄兰》等近10首诗,朱熹的说法和《诗序》不同,而孙璋遵从了《诗序》;还有《周南·关雎》等近40首诗,孙璋对诗旨做出了与《诗序》和《诗集传》都不一样的判断。

---

① 朱熹:《诗集传》,第13—14页。
② Alexandre de La Charme, *Confucii Chi-king sive Liber Carminum*, p. xiv. 原文为 "Celeberrimum Tchou-hi qui dynastiae Song tempore florebat, interpretem Sinensem secutus sum, quanquam alios etiam interpretes legi"。
③ 这些诗是《周南·芣苢》、《周南·麟之趾》、《卫风·考槃》、《王风·采葛》、《郑风·有女同车》、《郑风·山有扶苏》、《郑风·东门之墠》、《郑风·出其东门》、《齐风·卢令》、《陈风·东门之池》、《陈风·防有鹊巢》、《陈风·泽陂》和《大雅·思齐》。

孙璋在大多数诗歌中会原样照搬朱熹对诗旨的判断。例如，朱熹认为《周南·桃夭》写的是"文王之化，自家而国，男女以正，婚姻以时"。① 而孙璋的注释为："这里描述文王分封给儿子周公的地区的风俗，因为这个家庭以和平和秩序为主，所以他们被称颂。这里写周家族风俗有序，桃树开花，也是婚姻开始之时。"② 他几乎原样照搬了朱熹的话，只是改变了顺序。再如《小雅·天保》，朱熹说《天保》之前的5首诗是君主燕其臣的，而这一首是"臣受赐者，歌此诗以答其君"，③ 孙璋也遵从了朱熹的观点，在注释中说："天子用宴会接待他的大臣，还有他家族中的公子王孙，给了他们很多赏赐，大臣转而感谢天子。"④ 孙璋有时只截取一部分朱熹的说法放在注释当中。例如《周南·汉广》，孙璋说此诗"写一位女性的忠贞"，⑤ 而朱熹的阐释明显要更复杂一些："文王之化，自近而远，先及于江汉之间，而有以变其淫乱之俗。故其出游之女，人望见之，而知其端庄静一，非复前日之可求矣。"⑥ 孙璋将文王之德化于四方的过程省略了，只概括地给出了大致的诗旨。关于《邶风·柏舟》，朱熹说这首诗讲"妇人不得其夫，故以柏舟自比"，⑦ 孙璋的注释是："妇人为她的丈夫所厌恶，她抱怨丈夫。"⑧ 孙璋基本将诗旨说出，但没点出"比"的写作手法。孙璋有时对朱熹亦步亦趋到极端的境地。例如《小雅·鼓钟》，朱熹并不知道此诗含义，不过给出了王安石的说法以作参考，"此诗之义未详。王氏曰：'幽王鼓钟淮水之上，为流连之乐，久而忘反。闻者忧伤，而思古之君子，

---

① 朱熹：《诗集传》，第7页。
② Alexandre de La Charme, *Confucii Chi-king sive Liber Carminum*, pp. 222 – 223. 孙璋给此诗的注释为："Jam describuntur mores regionis quam princeps Ouen-ouang principi Tcheou-kong pater filio attribuit, laudanturque quod in familia quavis pax et ordo regnet. Hic dicitur imperante familia Tcheou in more positum fuisse, ut cum arbor persica florescere inciperet, tunc contraherentur nuptiae."
③ 朱熹：《诗集传》，第163页。
④ Alexandre de La Charme, *Confucii Chi-king sive Liber Carminum*, p. 276. 原文为 "Cum imperator magnates suos, et familiae suae regulos convivio exceperit, et variis munusculis donaverit, magnates vicissim imperatori agunt gratias"。
⑤ Alexandre de La Charme, *Confucii Chi-king sive Liber Carminum*, p. 224. 孙璋认为此诗主旨为 "Castitas mulierum commendatur"。
⑥ 朱熹：《诗集传》，第9页。
⑦ 朱熹：《诗集传》，第23页。
⑧ Alexandre de La Charme, *Confucii Chi-king sive Liber Carminum*, p. 232. 孙璋这样讲诗旨："Mulier de viro suo, cui invisa erat, conqueritur."

不能忘也.'"① 孙璋的注释是："不知道这首诗的主题。有人说这首诗写幽王，他沉溺于音乐享乐，不回自己的宫殿，像是流水，不回到自己的源泉。"② 孙璋所说的"有人"，就是王安石，他借鉴他人观点时也转引朱熹的注。更有甚者，朱熹讲《唐风·羔裘》《秦风·蒹葭》《小雅·鹤鸣》这三首诗时，都说不知诗旨为何，没有强解。而孙璋给这三首诗的解释也都是"阐释不明""不知这首诗写什么""不知这首诗的主题"。就连诗旨不明这样的话，也从朱熹那里照搬，可见他对《诗集传》的依赖程度有多高。

当朱熹对诗旨的判断与《诗序》不一致时，孙璋会首选朱熹的观点。例如《国风》中《邶风·雄雉》，《诗序》说此诗"刺卫宣公也。淫乱不恤国事，军旅数起，大夫久役，男女怨旷，国人患之而作是诗"。③ 而朱熹认为，《诗序》仅有"大夫久役，男女怨旷"一句说得对，此诗乃是"妇人以其君子从役于外"而作。④ 孙璋的阐释为"一位妇女想念她的丈夫"。⑤《小雅》中如《白驹》，《诗序》说此诗乃"大夫刺宣王"，⑥ 朱熹认为此诗时世难考，便解为"为此诗者，以贤者之去而不可留也，故托以其所乘之马食我场苗而縶维之"。⑦ 孙璋也依从朱熹，没有强辨时代或作者，仅说作者"试图把一位受尊重的客人留在家里"。⑧《大雅》中如《行苇》，《诗序》说此诗讲"忠厚也，周家忠厚，仁及草木"，⑨ 而朱熹将其解为"祭毕而燕父兄耆老之诗"，⑩ 孙璋的解释与朱熹一致——"祭祀之后，人们参加宴会"。⑪《颂》中如《周颂·昊天有成命》，《诗序》说此诗

---

① 朱熹：《诗集传》，第 236 页。
② Alexandre de La Charme, *Confucii Chi-king sive Liber Carminum*, p. 291. 原文为 "Non ita scitur hujus augumentum. Sunt qui dicant hac ode imperatorem Yeou-ouang carpi qui musicae deditus et genio indulgens ad se redire non noverat, quasi aqua fluens, quae ad fontem suum non revertitur".
③ 李学勤主编《毛诗正义》，第 135 页。
④ 朱熹：《诗集传》，第 30 页。
⑤ Alexandre de La Charme, *Confucii Chi-king sive Liber Carminum*, p. 234. 原文为 "Mulier mariti sui desiderio tenetur".
⑥ 李学勤主编《毛诗正义》，第 673 页。
⑦ 朱熹：《诗集传》，第 192 页。
⑧ Alexandre de La Charme, *Confucii Chi-king sive Liber Carminum*, p. 282. 原文为 "Amantissimum hospiem domi retinere conantur".
⑨ 李学勤主编《毛诗正义》，第 1079 页。
⑩ 朱熹：《诗集传》，第 294 页。
⑪ Alexandre de La Charme, *Confucii Chi-king sive Liber Carminum*, p. 303. 原文为 "Post peracta parentalia convivantur".

为"郊祀天地"①的乐歌，而朱熹认为此诗乃"祀成王"②之歌，孙璋也依从朱熹的看法，认为此诗是"祭祀天子成王的乐歌"。③

朱熹在阐释诗旨时，删掉了很多《诗序》中的美刺之说。《诗序》将《小雅》中的《楚茨》《信南山》《桑扈》《鸳鸯》等诗都解释为刺诗，而朱熹将前两首解释为祭祀诗，后两首解释为燕饮诗。类似的诗篇还有《小雅·瞻彼洛矣》《小雅·裳裳者华》《大雅·文王有声》《大雅·既醉》《周颂·维天之命》《商颂·烈祖》等。朱熹虽然删去了《诗序》中的部分美刺之说，但他自己并未完全摆脱美刺之说和政教附会。《诗序》说《周南·兔罝》写"后妃之化也。《关雎》之化行，则莫不好德，贤人众多也"。④朱熹对此提出反对意见，他认为《桃夭》和之后诸诗"皆言文王风化之盛，由家及国之事。而序者之失，皆以为后妃之所致，既非所以正男女之位，而于此诗又专以为不妒忌之功，则其意愈狭，而说愈疏矣"。⑤朱熹认为《诗序》之失不在于附会政教或者强加美刺之说，而在于对所美之人判断错误。他认为文王在德化中的作用远大于后妃，《诗序》仅说后妃不说文王，是对"男女之位"的败坏，他认为此诗真正要赞颂的人乃是文王，"化行俗美，贤才众多。虽置兔之野人，而其才之可用犹如此，故诗人因其所事以起兴而美之。而文王德化之盛，因可见矣"。⑥而孙璋从朱熹那里，又继承了一部分美刺之说，他对《兔罝》一诗的解释也落到了文王身上。朱熹的美刺之说和政教附会还体现在，《诗序》对有些诗篇附会政教，加以美刺之说，而朱熹虽然不同意《诗序》的说法，但自己加入了新的美刺之说。例如《秦风·终南》，《诗序》认为此诗是大夫戒劝秦襄公的诗，算是"刺诗"，而朱熹认为此诗乃"秦人美其君之词"，⑦是"美诗"；《曹风·鸤鸠》，《诗序》说此诗"刺不壹也。在位无君子，用心之不壹也"，⑧而朱熹认为此诗不是刺诗，而是美诗，"诗人美君子之用心均平专

---

① 李学勤主编《毛诗正义》，第1297页。
② 朱熹：《诗集传》，第341页。
③ Alexandre de La Charme, *Confucii Chi-king sive Liber Carminum*, p. 310. 原文为"Tching-ouang imperatori carmen parentale"。
④ 李学勤主编《毛诗正义》，第48页。
⑤ 朱熹：《诗集传》，第18页。
⑥ 朱熹：《诗集传》，第8页。
⑦ 朱熹：《诗集传》，第118页。
⑧ 李学勤主编《毛诗正义》，第475页。

一"。① 而孙璋同意朱熹的观点,对这些诗旨的阐释都来自《诗集传》。

孙璋对诗经汉学的继承同样能从一部分诗歌的诗旨判断中体现出来。有些诗歌,孙璋没有遵从朱熹的《诗集传》,而是往上回溯至《诗序》。例如,某些朱熹认为时世不可考的诗歌,孙璋依从《诗序》,将其落实为某个具体朝代的诗,讲述与之相关的历史故事。这样的诗有《卫风·芄兰》《秦风·车邻》《秦风·小戎》《小雅·鸿雁》《小雅·斯干》等。孙璋的注释有时部分取自《诗序》,部分来自朱熹,例如《小雅·鱼藻》,《诗序》认为这是"刺幽王"②的诗,而朱熹认为"此天子燕诸侯,而诸侯美天子之诗也",③孙璋的注释是"诸侯献给天子,天子用一个宴会接待他们。据说这是对天子的讽刺:诸侯武公用这样的方式,写给沉溺于饮酒的幽王"。④他不只引用了朱熹的说法,还说这诗作于幽王之时,而作于幽王之时乃出自《诗序》。《大雅·民劳》的注释中,孙璋列出了《诗序》和朱熹的两种说法:"有人说召穆公为厉王写了这首诗。然而其他人说,在这首诗里,大臣之间互相勉励,远离邪恶的东西,保护公共的和平,等等。"⑤《诗序》中说,这首诗乃"召穆公刺厉王",⑥朱熹认为此诗"未必专为刺王而发",⑦应当与《卷阿》一样,是召康公戒成王之诗,但是孙璋将朱熹"同列相戒之词耳"⑧的"同列"错误地理解成"共事的人"的意思了,所以他虽然借鉴了朱熹的观点,但在译文中看不出来。

在注释体例上,孙璋主要继承了《诗集传》。《诗集传》中,《国风》《小雅》《大雅》《颂》各部分前有对这一部分诗歌的总体说明,其中对《大雅》的解释附在《小雅》之后。此外,《周南》《召南》《邶风》等十五国风每部分之前还有对这一诸侯国或地区的说明,《鲁颂》《商颂》前有

---

① 朱熹:《诗集传》,第 137 页。
② 李学勤主编《毛诗正义》,第 894 页。
③ 朱熹:《诗集传》,第 254 页。
④ Alexandre de La Charme, *Confucii Chi-king sive Liber Carminum*, pp. 295–296. 原文为 "Reguli ad imperatorem qui illos convivio excipit. Prius diceres hanc esse satiram contra imperatorem; et regulus Ou-kong de quo modo dictum est, Yeou-ouang imperatorem vino deditum carpere dicitur".
⑤ Alexandre de La Charme, *Confucii Chi-king sive Liber Carminum*, p. 305. 原文为 "Sunt qui dicant principem Chao-mou-kong hac ode carpere imperatorem Li-ouang. Secus autem alii, qui aiunt hac ode praefectos imperii se invicem adhortari ad pravos fugiendos, pacem publicam tuendam etc".
⑥ 李学勤主编《毛诗正义》,第 1138 页。
⑦ 朱熹:《诗集传》,第 305 页。
⑧ 朱熹:《诗集传》,第 305 页。

专门的阐释,而对《周颂》的解释附在《颂》之后。孙璋的注释完全仿照了朱熹的排布,内容也基本来自《诗集传》。例如,《诗集传》在《邶风》部分写有这样一段话,用来解释地理:

> 邶、鄘、卫,三国名。在禹贡冀州,西阻太行,北逾衡漳,东南跨河,以及兖州桑土之野。及商之季,而纣都焉。武王克商,分自纣城朝歌而北谓之邶,南谓之鄘,东谓之卫,以封诸侯。邶、鄘不详其始封。卫则武王弟康叔之国也……①

孙璋对《邶风》的解释基本来自朱熹,还融入了当时的地理知识:

> 被武王杀死的纣王的属地位于河南,在今天的卫辉府。武王将这个王属地的领土分为三个国。他将北面的国命名为邶,也就是现在描述的这个;他叫东面的为卫;南面的叫鄘。这三个国当时都属于卫公。(所以这一篇的诗可以追溯到卫国,第四篇的诗也是如此)武王把卫国赐给他的弟弟康叔。鄘国和邶国给了谁,我们不知道。②

因为朱熹一并解释了邶、鄘、卫,所以他在《鄘风》后只写"说见上篇",在《卫风》后未附说明。孙璋的做法与之相似,在《鄘风》《卫风》也附了一句"见第三篇开头注释"。再如,孙璋对《商颂》的解释也与《诗集传》基本一致。《诗集传》写道:

> 契为舜司徒,而封于商。传十四世,而汤有天下。其后三宗迭兴。及纣无道,为武王所灭,封其庶兄微子启于宋,修其礼乐,以奉商后。……其后政衰,商之礼乐日以放失。七世至戴公时,大夫正考甫得商颂十二篇于周太师,归以祀其先王。至孔子编《诗》,而又亡其七篇。然其存者亦多阙文疑义,今不敢强通也。商都亳,宋都商

---

① 朱熹:《诗集传》,第 23 页。
② Alexandre de La Charme, *Confucii Chi-king sive Liber Carminum*, p. 231. 原文为 "Sedes regia imperatoris Tcheou-ouang quem Ou-ouang debellavit, posita erat in provinoia Ho-nan, in territorio hodiernae Ouei-houei-fou. Sedis hujus regiae territorium Ou-ouang divistit in tria regna. Quod erat ad boream appellavit Pii de quo nunc; quod ad ortum erat regnum appellavit Ouei, quod ad austrum Yong; quae tria regna ad regem Ouei deinde deveruerunt. (Sic odae hujus capitis ad regnum Ouei referuntur; idem dicendum de odis capitis 4) Imperator Ou-ouang dedit regnum Ouei fratri suo minori Kang-chou. Regna Yong et Pii, quibus primum data fuerint, nescitur".

丘，皆在今应天府亳州界。①

孙璋的注释为：

> 之前的诗歌最早为周代所作。以下这些是商代的诗歌，创作于周代之前，尽管数量少且不完整。
>
> 商，商代的商，是舜分封给契的诸侯国的名称，契在当时负责治理国家。公元前 1766 年，契的第十四代孙，成汤，打败了夏代的最后一任天子桀王，掌控了国家，成为商代的创立者；他之后的两任继任者把这个伟大的帝国变得更加强大和繁荣；但商代最糟糕的天子纣王被武王征服，他的王位被剥夺了。武王把宋国领土给了纣王的哥哥微子，或称微子启。宋国的诗歌，还保留着商代的音乐和礼仪。然而，那些古老的礼仪逐渐不再使用。而从公元前 799 年开始执政的宋国统治者戴公收集了商代的诗歌，包括 12 首祭祀祖先的乐歌。孔子后来找到其中的 5 首。这 5 首诗中有很多不确定或遗失的部分。尽管留下来的内容很少，但它们代表着对古典的爱重，十分宝贵。
>
> 商国和宋国位于今天的亳州边界，在江南省和河南省交界的地区。②

孙璋注释的大部分内容是对朱熹阐释的翻译。在注释部分，孙璋漏掉了对《颂》和《周颂》的解释，其他部分都继承了《诗集传》的体例和内容。

---

① 朱熹：《诗集传》，第 369 页。
② Alexandre de La Charme, *Confucii Chi-king sive Liber Carminum*, pp. 319 – 320. 原文为 "Quae hactenus fuere carmina ea omnia ad Tcheou dynastiam pertinent. Jam sunt dynastiae Chang, quae dynastiam Tcheou proxime antecessit, pauca licet, et mutila carmina. Chang autem unde dynastia Chang, est regni nomen quod Chun imperator imperii sui praefecto de nomine Sie attribuit; et hujus reguli 14 generatione nepos Tching-tang, anno ante Chr. 1766, debellato Kie-ouang dynastiae Hia ultimo imperatore, imperii potitus dynastiae Chang conditor fuit; cujus in imperium duo primi successores imperium magis magisque florens fecerunt; sed hujus dynastiae pessimus imperator Tcheou-ouang a principe Ou-ouang debellatus est et imperio privatus. Ou-ouang factus imperator victi imperatoris fratrem natu majorem de nomine Ouei-tsee sive Ouei-tsee-ki ditione donavit, et ipsum regni Song regulum salutavit. Regni Song, qui regnaverunt, reguli dynastiae Chang carmina, musicam et ritus retinuerunt; qui tamen ritus antiqui ibi paulatim in dies obsoleverunt; sed regni Song regulus Taï-kong qui anno ante Chr. 799 regnare incepit, dynastiae Chang carminum collectionem fecit duodecim odas sive carmina parentalia complectentem; ex qua collectione Confucius non nisi quinque odas invenire potuit; et in his quidem quinue odas invenire potuit; et in his quidem quinque odis multa adhuc dubia, multaque desiderantur. Quantulacumque sint residua illa, sunt tamen antiquitatis amantibus pretiosa. Regnum Chang et regnum Song posita erant in limitibus hodiernae Po-tcheou, quod territorium jam est in confiniis provinciarum Kiang-nan et Ho-nan".

对诗经汉学中的"诗教"、"以史证诗"和"美刺之说"等特点，孙璋也多有承继。孙璋明确表示支持"诗教"的观点。他的译本开头就是顺治帝为满文《诗经》译本所写的序言，他将顺治帝的序言放在自己的序言之前，说明他认可顺治帝将《诗经》的重要意义落实在"忠"和"孝"之上的观点，而这是后世对"诗教"的敷衍附会之说。在孙璋自己所作的"欧洲译者前言"中，他如此谈论"风"：

  通过这些诗歌，他们就能了解不同诸侯国的不同风俗，纠正不正确的行为，赞颂好人的善行……孔子为了补救，用同样的方式收集诗歌，值得称颂的美好的语言和行为在这些诗歌中留存，通过阅读诗歌，扬善惩恶。在他收集到的古老歌谣中，他把那些不符合他的规范的诗歌删除了。①

孙璋将采诗说和孔子删诗说合在一起，表达了自己对《诗经》称功颂德、止僻防邪、塞违从正功能的认可。

对《小序》的以史证诗，孙璋也表示认同。在"欧洲译者前言"中，孙璋就声明"整本《诗经》都关于周王朝和周家族"，② 还因此特别列出了周王朝的家谱。诗歌主旨涉及历史，而朱熹不同意《诗序》的说法时，孙璋往往弃朱取序；当朱熹对《诗序》的说法表示怀疑，但在《诗集传》中列出《诗序》的说法时，他往往直接译出《诗序》的判断，忽略朱熹的犹疑。例如，《邶风·新台》和《邶风·二子乘舟》，朱熹引用了《诗序》的说法，称之为"旧说"，但是指出"凡宣姜事首末，见《春秋传》。然于《诗》，则皆未有考也。诸篇放此"。③ 而孙璋详细讲述了卫宣公、宣姜、伋和寿的故事，忽略了朱熹对年代的怀疑。再如，《诗序》说《小雅·黄鸟》是"刺宣王"之诗，而朱熹认为未必是宣王时期的作品，但孙璋直接采用了《诗序》的观点，肯定此诗作于"宣王统治末期"。④ 此外，关于《鄘风·墙有茨》《小雅·斯干》《小雅·小弁》《大雅·公刘》等诗，朱熹都认为《诗序》所说的年代、人物无法考证，只能姑且列出旧说，而孙璋都直接采用了

---

① Alexandre de La Charme, *Confucii Chi-king sive Liber Carminum*, pp. xi – xvi.
② Alexandre de La Charme, *Confucii Chi-king sive Liber Carminum*, p. xvii. 原文为 "liber Chi-king fere totus sit in rebus dynastiae et familiae Tcheou"。
③ 朱熹：《诗集传》，第 40 页。
④ Alexandre de La Charme, *Confucii Chi-king sive Liber Carminum*, p. 282. 孙璋在《黄鸟》注释中这样写："Sub finem imperii Suen-ouang, qui imperatori attributam regionem incolebant, miseram vitam viventes, solum verterunt et in Regulorum ditiones migraverunt"。

《诗序》的说法，未加分辨。而对于《大雅》《周颂》《商颂》中很多朱熹也同意《诗序》之说的诗作，如《大雅·桑柔》《大雅·云汉》《周颂·清庙》《周颂·思文》等，孙璋更是毫不犹豫地继承了他们对诗旨的判断。

孙璋对诗经汉学的继承更多地体现在他对美刺之说的继承。虽然方玉润等清代学者已经对风雅正变有了新的阐释，但孙璋仍然采用了较为传统的说法。在《邶风》开篇的注释中，孙璋特别加入了一行小字："以上是最好的风俗，以下描写败坏的风俗。"① 也就是说，孙璋仍然认为《周南》《召南》是正风，其他的是变风。而孙璋对于正雅、变雅的判断不太明确。他在解释《小雅》和《大雅》时说《小雅》描写那些"一定程度上改变了的德行"。② 孙璋的说法比较模糊，似乎将《小雅》理解为变雅，《大雅》理解为正雅。不论如何，可以判断孙璋认可风雅正变之说。而对于《诗序》中的美刺之说，孙璋与朱熹一样，虽然没有篇篇讲美刺，但也将许多诗歌认定为美诗或刺诗。例如《召南·羔羊》，《诗序》认为此诗讲"召南之国，化文王之政，在位皆节俭正直"，③ 孙璋给出了同样的说法："赞颂文王之政，文王对他的臣子很好，不过他禁止他们浪费财物。"④ 类似的例子如下。《卫风·淇奥》《郑风·缁衣》《大雅·皇矣》《大雅·下武》等，孙璋认为这些为美诗；《齐风·东方未明》《陈风·东门之枌》《桧风·羔裘》《桧风·素冠》等，孙璋认为这些为刺诗。这些判断都与《诗序》一致。有时候孙璋在继承《诗序》美刺之说外，还会增添一些自己理解的内容，例如《召南·甘棠》，《诗序》说此诗"美召伯也。召伯之教，明于南国"，⑤ 朱熹也认同这样的说法，孙璋也表示赞同，还综合了其他诗篇中召伯的特征，说"这首诗称颂了民心所向的召公。据说他常坐在这棵树下，为他的民众断案，所以他们怀念自己最挚爱的首领，害怕伤害这棵树"。⑥ 再如《召南·行露》，《诗序》认

---

① Alexandre de La Charme, *Confucii Chi-king sive Liber Carminum*, p. 231. 这行注释的原文为"Hactenus mores optimi, nunc mores aliquantum depravati describuntur"。
② Alexandre de La Charme, *Confucii Chi-king sive Liber Carminum*, p. 275.
③ 李学勤主编《毛诗正义》，第 83 页。
④ Alexandre de La Charme, *Confucii Chi-king sive Liber Carminum*, p. 228. 原文为"Aula principis Ouen-ouang celebratur qui aulicos suos humane tractabat, nec tamen eos luxu diffluere sinebat"。
⑤ 李学勤主编《毛诗正义》，第 77 页。
⑥ Alexandre de La Charme, *Confucii Chi-king sive Liber Carminum*, p. 226. 原文为"Hac ode celebratur princeps Chao-kong qui suorum sibi animos devinxerat. Dicitur princeps ille sub arbore sedere solitus fuisse, et ibi suorum lites dijudicare; sic principis sui amantissimi meminerunt et hanc arborem laedere timebant"。

为此诗讲"召伯听讼",① 是赞颂召伯推行文王之化的美诗。孙璋的注释为"在文王和召公的努力下,风俗得以改良,婚姻有法可循,这首诗被认为是一个标志。因为纣王的恶劣榜样,风俗曾降到最低劣的境地"。② 在"美文王、召公"之外,还增添了"刺纣王"的内容。此外,孙璋对"美刺之说"还有自己的理解和应用,这一点我们会在后文中详细论述。

二 注重考证的治学方法

注重考证是经学——尤其是汉学和清学的重要特点之一。《孔夫子的诗经》一书就体现了孙璋注重考证的治学方法,而他注重考证的特点主要表现在两个方面:一是根据中国历史和文献考证,二是注重实证。

在上一章我们已经讲了孙璋重视名物阐释的注释特色,他在翻译阐释名物时,参考了许多中国传统经学的成果。朱熹的《诗集传》对词义、名物的阐释吸取了古注的成果,简明扼要又明白准确。孙璋在解释诗中名物,尤其是动植物时,总不忘参考《诗集传》。植物如《卫风·芄兰》中的芄兰,孙璋这样解释:"芄兰,俗称兰草,这种植物在地上蔓生,有牛奶般的汁液,味道甜美。"③ 这就是照搬《诗集传》的解释:"芄兰,草,一名萝藦,蔓生,断之有白汁,可啖。"④ 再如对《小雅·四月》中"栲"的解释,朱熹说:"栲,赤楝也,树叶细而岐锐,皮理错戾,好丛生山中,中为车辋。"⑤ 孙璋也几乎照搬了这种解释:"栲树,小而细长的叶子,两头尖,粗糙的树皮,山地的树,成群生长,车轮的圆圈是用此木材制成的。"⑥ 动物如《周南·螽斯》中的螽斯,孙璋说:"螽斯是一种蚂蚱,腿移动的时候发出声音,普通百姓称之为蝈蝈,一次可以产

---

① 李学勤主编《毛诗正义》,第 79 页。
② Alexandre de La Charme,*Confucii Chi-king sive Liber Carminum*,p. 227. 原文为"Hac ode innuitur mores opera pirncipum Ou-ouang et Chao-kong correctos fuisse et nuptiarum celebrandarum formam legitimam invectam fuisse;mores enim pessimo imperatoris Tcheou-ouang exemplo pessum iverant"。
③ Alexandre de La Charme,*Confucii Chi-king sive Liber Carminum*,p. 245. 原文为"Ouan-lan vulgo Lan-tsao,haec planta humi serpit,succum habet lacteum dulci sapore et suavi"。
④ 朱熹:《诗集传》,第 60 页。
⑤ 朱熹:《诗集传》,第 231 页。
⑥ Alexandre de La Charme,*Confucii Chi-king sive Liber Carminum*,p. 290. 原文为"Y arbor foliis parvis et gracilibus,bisuleis et acuminosis,cortice scabro,montana arbor,adunata et confertim crescens,ex cujus ligno rotarum orbitas conficiunt"。

99颗卵。"① 对博物学感兴趣的孙璋竟然如此肯定地说螽斯每次产99颗卵,其实他完全抄了朱熹的解释:"螽斯,蝗属,……能以股相切作声,一生九十九子。"② 再如《小雅·常棣》中的脊令,孙璋说:"脊令,水鸟,飞翔的时候唱歌,走路的时候摇晃头。"③ 这也源自朱熹的说法:"脊令,雝渠,水鸟也。……脊令飞则鸣,行则摇。"④ 孙璋对《周南·卷耳》中的卷耳、《召南·摽有梅》中的梅、《邶风·谷风》中的荼与菲、《鄘风·载驰》中的蝱、《王风·采葛》中的萧、《郑风·将仲子》中的檀、《郑风·有女同车》中的舜、《齐风·敝笱》中的鲂、《唐风·鸨羽》中的鸨羽、《秦风·终南》中的条、《小雅·采薇》中的鱼、《小雅·斯干》中的罴与虺、《小雅·小宛》中的桑扈、《小雅·何人斯》中的蜮等动植物的解释都全部或部分参考了《诗集传》的阐释。此外,作为天文学家的孙璋还曾在解释天文时参考过朱熹的说法,在《小雅·大东》一诗中有"东有启明,西有长庚"一句。朱熹说:"启明、长庚,皆金星也。以其先日而出,故谓之启明;以其后日而入,故谓之长庚。盖金、水二星,常附日行,而或先或后,但金大水小,故独以金星为言也。"⑤ 孙璋解释启明、长庚时,直接言明参考了朱熹的观点:"阐释者朱熹明确地说,长庚和启明是同一颗星,也就是金星,按照他的说法,这颗星和水星一样,从不远离太阳。"⑥ 孙璋在《性理真诠》一书中提到,"朱子之通天文,过程子远矣"。⑦ 也许是因为他对朱熹天文知识的信任,所以才在天文问题上也借鉴了朱熹的观点。

除历史和文献之外,孙璋注释时常常结合他在现实生活中的实践和观察。孙璋在中国生活了近40年,他在注释《诗经》时不会拘泥于介绍《诗

---

① Alexandre de La Charme, *Confucii Chi-king sive Liber Carminum*, p. 222. 孙璋注释为 "Tchong-see est species locustae quae cruribus ciet strepitum, Kouo-kouo vulgo appellatur, 99 ova uno partu gignit"。
② 朱熹:《诗集传》,第7页。
③ Alexandre de La Charme, *Confucii Chi-king sive Liber Carminum*, p. 276. 原文为 "Tsi-ling avis aquatica, quae volando cantat, et eundo capite nutat"。
④ 朱熹:《诗集传》,第160页。
⑤ 朱熹:《诗集传》,第229页。
⑥ Alexandre de La Charme, *Confucii Chi-king sive Liber Carminum*, p. 289. 原文为 "Interpres Tchou-tsee clare dicit vesperum et luciferum eumdem esse planetam scilicet Venerem, qui planeta cum Mercurio, uta it ille, a Sole nunquam longius abest"。
⑦ 孙璋:《性理真诠》,第818页。

经》时代的风俗习惯，不仅参考之前的诗经学著作，还从诗中提到的风俗、器物等引申出去，结合自己在现实生活中观察到的现象、事例，向西方读者介绍清代中国当时当地的文化，内容涉及衣、食、住、行各个方面。

孙璋在行文中能注意到风俗习惯的延续，指出那些从古代一直流传到他生活的清代的风俗习惯。例如《周南·关雎》，在解释钟与鼓的时候，孙璋特意提到，钟和鼓直到现在还作为乐器使用。① 他在《周南·葛覃》的注释中说，女孩结婚一段时间后，会返回自己的父母家里居住，这期间与丈夫分开，这个习俗现在也有。② 他在《邶风·谷风》的注释中介绍中国的婚姻法："自古以来中国的婚姻律法都很神圣。男性可以根据他自己的选择遗弃妾，但如果没有严重的原因，按照法律不能随意遗弃妻子。妻子却从来不能自己与丈夫离婚。"③ 根据《诗集传》，《魏风·葛屦》是一首"刺褊"的诗。孙璋在注释中说魏国地区的人直至清代还是俭啬褊急。④《鲁颂·泮水》写鲁国的泮宫，孙璋在注释中介绍天子听学的传统时提到乾隆帝："这个习俗到现在都很盛行，今天的天子乾隆帝根据习俗，带着绝对的天子的关切亲自参观北京的学校。"⑤

孙璋会在注释中讲述风俗习惯、礼仪制度等的变迁。《秦风·车邻》中提到"寺人"，孙璋顺势介绍了中国的宦官："还不确定天子和诸侯什么时候开始在朝堂上召集宦官。确定的是，中国曾经有一种惩罚有罪之人的刑罚——成年人被阉割。这种刑罚现在没有了。但是贫穷的家长会

---

① Alexandre de La Charme, *Confucii Chi-king sive Liber Carminum*, p. 221. 注释原文为 "Campana et tympanum etiamnum apud sinas inter musica instrumenta annumerantur, et in concentibus musicis adhibentur"。

② Alexandre de La Charme, *Confucii Chi-king sive Liber Carminum*, p. 221. 注释原文为 "Hic mos usque adhuc viguit, ut nupta post certum quoddam tempus in domum paternam redeat; ubi ad tempus manet seorsum a viro suo"。

③ Alexandre de La Charme, *Confucii Chi-king sive Liber Carminum*, pp. 234 – 235. 注释原文为 "Conjugum jura ab omni aevo sacra inter Sinenses fuerunt; vir potest pro arbitrio a se repudiare concubinas quidem, non vero legitimam uxorem sine gravissima causa a legibus praescripta. Uxor autem unquam potest cum viro facere per se divortium"。

④ Alexandre de La Charme, *Confucii Chi-king sive Liber Carminum*, p. 254. 注释原文为 "Hac ode carpuntur regionis hujus homines rusticis moribus et inculta nimiaque parsimonia accusandi, qui mores ibi etiamnum vigent"。

⑤ Alexandre de La Charme, *Confucii Chi-king sive Liber Carminum*, p. 316. 原文为 "Hic mos etiamnum viget, hodiernusque imperator Kien-long luctu absoluto collegium imperiale hic Pekini per se ipse de more invisit"。

把儿子变成宦官,把他卖给皇帝,或者卖给其他统治者。"① 《秦风·黄鸟》一诗哀叹为秦穆公殉葬的子车奄息、子车仲行、子车针虎三人,孙璋介绍了陪葬这个古老的恶习,不过他特意澄清了陪葬的习惯早已消失,并介绍了清代对陪葬的看法:

> 鞑靼人进入中国以后,几乎不再用这种野蛮的习俗了,他们在一起哀悼,因为没有阻止这一罪行的天子竟然没有受惩罚,从那时起他们开始了对天子弱点的讨论。因为这种习俗是由鞑靼人创立的,这可以成为今天这个朝代的话题。曾经,随着鞑靼人的天子死去,他们也被命令赴死,像他们说的,追随。然而,康熙帝和雍正帝死去的时候,没有听说这种做法。②

《桧风·素冠》的注释中,孙璋介绍了儿子为父母守孝的习俗:

> 直到现在,儿子也要为去世的父母守孝三年,但是,他们把这个时间缩短了几个月。在守孝期间,他们远离宾客、音乐、婚礼等,穿布衣,在特定的日期特定的时间哀悼;第一年,守孝的大臣不再履行他们的职责;等等。但是关于这些其他人已经写过了。③

从这个注释中可以看出,孙璋重视原创性,他在介绍这些风俗习惯时尽量讲述那些没人涉猎过的知识。

孙璋在介绍《诗经》产生时代的风俗习惯时,也不忽略他所生活的清代。他在《邶风·绿衣》的注释中根据《礼记》的记载,谈起中国历代都有

---

① Alexandre de La Charme, *Confucii Chi-king sive Liber Carminum*, pp. 262 – 263. 原文为"quandonam imperator et Reguli Eunuchos in palatio adhibere inceperint, non liquet. Quod certum est, unum ex suppliciis, quibus rei plecterentur, apud Sinas olim fuisse ut adi meretur virilitas. Nunc non ita. Sed parens pauper filiolum facit Eunuchum, quem vendit imperatori, aut Regulo cuivis"。

② Alexandre de La Charme, *Confucii Chi-king sive Liber Carminum*, p. 264. 原文为"hunc barbarum morem a Tartaris in Sinas tunc temporis invectum fuisse aegerrime ferunt et simul de imperatore conqueruntur, qui tale facinus neque inhibuerit, neque puniverit; unde imperatoris imbecillitatis argumenta sumunt. Quod hic mos a Tartaris oriatur, argumento hodierna dynastia potest esse. Mortuo enim imperatore Tartaro aliquando jussi sunt mori qui mortuum, ut aiunt, sequantur; quod tamen mortuis Kang-hi et Yong-tching actum fuisse non audivi"。

③ Alexandre de La Charme, *Confucii Chi-king sive Liber Carminum*, pp. 269 – 270. 原文为"Mortuis parentibus filii etiamnum trium annorum luctum induunt, quod tamen tempus paucis mensibus brevius faciunt; tempore luctûs a conviviis, musica, nuptiis celebrandis etc. abstinent, tela induntur et statos dies statas horas lugendo insumunt; primo anno luctûs praefecti muneris sui curam intermittunt etc. Sed de his alii jam scripsere"。

推崇的颜色:"不同的朝代选择不同的颜色作为这个朝代专有的颜色,现在是白色。"①《礼记》中只是说到夏商周三代的颜色:"夏后氏尚黑……殷人尚白……周人尚赤。"② 但孙璋没有拘泥于《礼记》的记载,特意点出清朝人喜爱的颜色。在《齐风·著》的注释中,孙璋不仅根据《诗序》《诗集传》等介绍了中国的婚俗,还介绍了作揖、拱手、叩头等各种中国式的问候方式。③ 这些注释能让读者了解到书本之外的现实世界。《绿衣》本就提到衣服颜色,《著》讲的是新郎是否亲迎的事情,所以这两首诗的注释与诗歌都有比较密切的关系。而孙璋的某些注释却有些发散,注释内容与诗歌没什么关联。例如《小雅·北山》的注释:"中国人起床之后马上洗脸,这似乎是一种古老的习俗。"④ 这样的注释虽然与诗歌本身关联不大,但体现出孙璋对现实生活的观察。

三 以礼注诗的礼学呈现

皮锡瑞在《经学历史》中说:"孔子删定六经,《书》与《礼》相通,《诗》与《乐》相通,而《礼》、《乐》又相通。"⑤ 六经本就相通,治经的学者往往不局限于一经,而是并治数经。孙璋阐释《诗经》多次引用其他典籍的内容,涉及《礼记》《易经》《尚书》《春秋》《论语》《孟子》等多部著作,其中引用《礼记》最多。孙璋在翻译《诗经》之前曾将《礼记》译为法文,所以《孔夫子的诗经》中常引用《礼记》的记载。⑥

---

① Alexandre de La Charme, *Confucii Chi-king sive Liber Carminum*, p. 232. 原文为 "Quaelibet dynastia suum eligit colorem, qui proprius sit dynastiae color; hodiernae est albus"。
② 《礼记》,第 105 页。
③ Alexandre de La Charme, *Confucii Chi-king sive Liber Carminum*, p. 252.
④ Alexandre de La Charme, *Confucii Chi-king sive Liber Carminum*, p. 290. 原文为 "Sinae, ubi e lecto surrexerunt, statim faciem lavant; qui mos videtur antiquus"。
⑤ 皮锡瑞:《经学历史》,中华书局,2008,第 43 页。
⑥ 孙璋引用《礼记》阐释《诗经》的篇目中,有一小部分沿用朱熹的说法。例如《豳风·七月》,朱熹在解释最后一章 "四之日其蚤,献羔祭韭" 时引用《礼记·月令》,"《月令》仲春'献羔开冰,先荐寝庙'是也"。(朱熹:《诗集传》,第 145 页)《礼记·月令》原文为 "是月(仲春之月)也,毋竭川泽,毋漉陂池,毋焚山林。天子乃鲜羔开冰,先荐寝庙"(《礼记》,第 303 页)。而孙璋在注释中也用了同一句,"《礼记》中的一篇叫作《月令》,这篇说有这样的风俗,仲春时,他们开始使用冰,在祖先的庙中用羊羔祭祀"。(Libri Li-ki caput, cui titulus est Yue-ling, dicit in more fuisse, ut medio vere cum glacie uti inciperent, tunc in aula majorum fieret agni oblatio. Alexandre de La Charme, *Confucii Chi-king sive Liber Carminum*, p. 273.)可以看出,孙璋的这句注释完全是对朱熹《诗集传》的翻译。但是大多数情况下,孙璋根据自己对《礼记》的了解而将其用于《诗经》的阐释。

孙璋引用《礼记》多是为了介绍《诗经》中出现的中国古代的典章礼仪、文物制度。他首次引用《礼记》是在《周南·兔罝》的注释中。《兔罝》是赞颂猎人的诗歌，朱熹认为这首诗表现了文王之化，而孙璋误以为此诗是直接赞颂文王田猎的，所以在注释中根据《礼记·王制》的记载，详细介绍了古代中国天子、诸侯"岁三田"的制度。再如《召南·甘棠》，此诗为纪念召伯而作，为了让读者更好地了解"伯"这个官职，孙璋写下大段的介绍文字：

> 召伯即召公，有"伯"这个称号。在天子领地之外，也就是帝国的九州中的一州之外，还有另外八州，以及很多属于诸侯的小邦国。这些诸侯有不同的称号：五国之上设一位首领，称为长。十国属于一个首领，称为帅。三十国一个统领，称为正。二百一十国形成一个省，叫作州，州的首领叫作伯。八个伯由一位叫作老的首领统治，老直接听命于天子。（《礼记》这样记载）然而周公和召公是在这个序列之外被尊称为伯的，所以这两位统治整个国家。①

《礼记·王制》记载：

> 千里之外设方伯。五国以为属，属有长；十国以为连，连有帅；三十国以为卒，卒有正；二百一十国以为州，州有伯。八州八伯，五十六正，百六十八帅，三百三十六长。八伯各以其属属于天子之老二人，分天下以为左、右，曰"二伯"。②

孙璋的注释就是对《王制》这一部分的解释。这样可以让读者更清楚召伯在国家中的重要地位，通过这首诗了解中国古代的官制。

---

① Alexandre de La Charme, *Confucii Chi-king sive Liber Carminum*, pp. 226 – 227. 原文为 "Chao-pe est princeps Chao-kong qui titulo Pe cohonestatus fuerat. Ultra aulae imperatoris territorium, quod unum erat ex novem Tcheou sive una ex novem provinciis imperii, errant octo alia Tcheou et varia parva regna suo quaeque Regulo subjacentia. Reguli illi alio titulo insigniti; quinque regna praeter cujusvis regni regulos peculiares regulum alium habebant et ducem communem titulo Tchang designatum. Decem regna sub uno duce communi, qui erat de titulo Choai triginta regna sub uno duce qui erat de titulo Tching. 210 regna unam provinciam conficiebant dictam Tcheou sub uno duce qui titulo Pe gaudebat. Octo Pe principes ab uno duce qui erat de titulo Lao pendebant et ille Lao ab imperatore proxime pendebat.（Ita liber Li-ki.）Principes autem Tcheou-kong et Chao-kong extra ordinem dignitate Pe fuerunt cohonestati; ita ut ambo regerent omnes regulos imperii".

② 《礼记》，第 245 页。

孙璋对《礼记》很熟悉，他的注释内容包括《礼记》的大部分篇章，虽然他没有指出对这些礼制的介绍具体源自《礼记》中的哪一部分，但是我们可以根据他的注释按图索骥。《召南·行露》中孙璋介绍了一部分《曲礼》《昏义》中婚礼的章程，《内则》中嫡庶有别的规定；《召南·羔羊》中介绍了天子、诸侯平日、祭礼和葬礼上不同的服制，这些多源自《玉藻》；《邶风·击鼓》中整合了《礼记》中对战争、军事、射御之术的记载，甚至包括割去俘虏左耳的记功方式，涉及《檀弓》《王制》《郊特牲》《内则》《少仪》《射义》等多个篇目；《邶风·式微》中对蛮、夷、狄、戎各个族群习俗的记载都源自《王制》；《卫风·氓》中有"尔卜尔筮"一句，孙璋的注释大多出自《曲礼》《玉藻》《少仪》《表记》；《魏风·十亩之间》注释中的周代田土计量方式取自《王制》；《陈风·防有鹊巢》中对寝庙的记述来自《礼器》《王制》；《豳风·七月》与《月令》相关；《小雅·天保》《小雅·信南山》的注释中有对祭礼上"尸"所发挥作用的解释，而涉及"尸"的《礼记》篇章有《曲礼》《檀弓》《曾子问》《礼器》《丧服小记》《祭义》《祭统》《坊记》等，孙璋所引用的内容主要源自《郊特牲》、《祭统》和《坊记》；《邶风·绿衣》、《小雅·信南山》和《周颂·有客》的注释中，孙璋都提到不同朝代有不同的受尊崇的颜色，这也源自《礼记》，《檀弓》《明堂位》都有这方面的记载；《小雅·甫田》中对郊社的介绍源自《郊特牲》《祭法》；《大雅·崧高》中对五岳的记录源自《王制》；《鲁颂·泮水》对辟廱、泮宫历史的追溯引自《王制》《礼器》《明堂位》《学记》；《商颂·那》的注释中写，丧礼上的舞蹈能将痛苦发泄出来，设立服孝的时间是为了指引人们节制而正确地哀悼父母之亡，这些记载来自《问丧》和《三年问》。

诗与礼通，自孔子起，儒家就秉持这一观点。《史记》中记载，"孔子之时，周室微而礼乐废，诗书缺"，孔子序书传，并按照"可施于礼义"的标准删诗之后，"礼乐自此可得而述，以备王道，成六艺"。[①] 可见，诗书承载着礼义，对《诗》的认识离不开对礼的追寻。《论语》中"绘事后素"一段，子夏将诗与礼相联系，说"礼后乎"，孔子方才感慨可与其言诗。"以礼注诗"是经学中的一个传统。融合今古文经学的郑玄，笺《诗》就在注"三礼"之后，他将礼制、礼义融入对《诗经》的笺释当中。梁锡

---

① 《史记》，第 1732—1733 页。

锋说:"郑玄认为《诗》是礼制时代的产物,《诗》是礼制兴废的反映,或因礼之兴而作,或因礼之失而作,终因礼乐废坏而散亡,而保存《诗》则是为了维护礼。总之,《诗》与礼相始终而又相辅相成。"[1] 郑玄以"三礼"注《诗》,既由于他自己就是主修《礼》学的大家,也是为了在东汉恢复礼乐制度。许多后代的学者对郑玄以礼笺诗的方式持激烈的反对意见,如宋代欧阳修认为郑玄以礼说诗多为衍说,是曲意附会;也有人提出了较为公允的看法,如清代陈澧认为郑玄通礼,所以在解释诗中的礼制时能提出与《毛传》不同的观点,且于礼有据,但是郑玄也会犯拘于说礼而破字的错误。洪湛侯对郑玄以礼说诗的看法十分可取,他认为:

> 六经同出于商周之世,所反映之典章礼仪、文物制度以及时代之意识形态,大致相同相近,是以兼治数经,或更有助于精通一经。东汉郑玄,笺《诗》在注《礼》之后,以《礼》注《诗》,后世褒贬不一。徒事礼仪、礼制之繁琐考证,忽略诗篇之文学感兴,舍本逐末,自不可取;然而诗中涉及之名物制度,不循《礼》而无法索解者,则仍需读《礼》沟通,自不得视《礼》为余事。[2]

诗中涉及的名物制度颇多,不通《礼》,就无法解释。所以即便各朝代都有学者贬斥以礼注诗的方式,但都多少吸收了前代学者用《礼》诠释诗中礼仪制度的成果。明代杨慎的《升庵经说》中就有很多通过考证礼仪制度来确定诗旨的例子。到了清代,考据学兴盛,还出现了专门考证《诗经》中礼仪制度的书籍,如包世荣的《毛诗礼征》和朱濂的《毛诗礼补》。

孙璋先译《礼记》,再译《诗经》,好似郑玄先通"三礼",再笺《诗经》。但是,孙璋以《礼记》注释《诗经》,不代表他奉《礼记》为圭臬,他更没有想过恢复中国古代的礼乐制度。翻译《诗经》近20年后,在《性理真诠》一书中,孙璋将《礼记》中"父之仇弗与共戴天,兄弟之仇不反兵,交游之仇不同国"的复仇做法、天子郊祀而庶民不得郊祀的礼制等,认定为"后儒自立之臆说"。他认为这些说法都是以讹传讹,"断不可妄执此说以为定评"。[3] 孙璋甚至认为,古儒曾经写过名为"古礼记"的书,只是历经秦火、战乱而亡佚,现在的《礼记》只是后来的儒士接续而

---

[1] 梁锡锋:《郑玄以礼笺〈诗〉研究》,学苑出版社,2005,第79页。
[2] 洪湛侯:《诗经学史》,第538页。
[3] 孙璋:《性理真诠》,第834页。

成的残缺作品。作为传教士,孙璋不会以"五经"为圣经,《礼记》对他来说,终究只是"一国一家之礼"。这样的"礼","系人所立之私礼,或遵行于一国,或倡率于一人,或定在一时,不能传之终古"。①

郑玄以礼笺诗,确实使得一些诗篇的诗旨得以阐明,以礼注诗也被学者评价为郑玄开拓的"非常富有特色的一条诗学诠释路径"。② 而孙璋翻译《诗经》也并非仅仅出于传教目的,他在前人传笺注释中看到以经典注释经典的注经方式,内心必定十分认同。孙璋之所以翻译《诗经》,是因为此书"适合于了解古代中国习俗",而他引用的《礼记》《孟子》中的许多内容可以让西方读者对中国的历史故事、民间习俗、礼仪制度有更深入的认识,对于并不了解中国文化的西方学者来说,这些是很好的补充。孙璋之前的《诗经》译者,从未引用其他经典来注释此书。可以说,孙璋开拓了《诗经》西译史上一条独特的诠释《诗经》的路径。

第三节 孙璋对清初诗经学的继承与突破

一 孙璋阐释与清初诗经学的吻合

孙璋的译本完成于清朝雍乾时期,他的《诗经》阐释体现出当时诗经学的时代特色。

首先,孙璋在阐释《诗经》时虽然以朱熹的《诗集传》为主,但也吸收了许多以《诗序》为代表的诗经汉学成果,这与清代初期诗经学兼采汉宋之说的特点相吻合。皮锡瑞这样概括清代诗经学的三个时期:

> 国朝经学凡三变。国初,汉学方萌芽,皆以宋学为根柢,不分门户,各取所长,是为汉、宋兼采之学。乾隆以后,许、郑之学大明,治宋学者已鲜。说经皆主实证,不空谈义理。是为专门汉学。嘉、道以后,又由许、郑之学导源而上……汉十四博士今文说,自魏、晋沦亡千余年,至今日而复明。实能述伏、董之遗文,寻武、宣之绝轨。是为西汉今文之学。学愈进而愈古,义愈推而愈高;屡迁而反其初,

---

① 孙璋:《性理真诠》,第724页。
② 刘毓庆、郭万金:《从文学到经学——先秦两汉诗经学史论》,第471页。

一变而至于道。①

皮锡瑞是今文经学家，对今文经学的评价很高，他认为清代诗经学的三个阶段中最有价值的是最后一个主力于今文经学的阶段，甚至到了"一变而至于道"的地步。然而在后来的评价中，乾嘉时期的"诗经清学"② 影响最大。而皮锡瑞对清初诗经学为"汉、宋兼采之学"的判断，则得到了后来学者的一致认可，学者普遍认为这是清初诗经学最重要的特点。

朱熹的《诗集传》在明末清初仍然维持着之前积淀下来的影响力，这一时期孙承泽《诗经朱传翼》、赵灿英《诗经集成》、冉觐祖《诗经详说》等一批以朱说为宗的诗经学著作相继出版。清初，朝廷推崇朱学，尤其是康熙帝，他曾说：

> 朕自冲龄，笃好读书，无不览诵。每见历代文士著述，即一字一句于理义稍有未安者，辄为后人指摘。惟宋儒朱子，注释群经，阐发道理，凡所著作，及编纂之书，皆明白精确，归于大中至正。经今五百余年，学者无敢訾议。朕以为孔、孟之后，有裨斯文者，朱子之功最为弘巨。③

朝廷对宋学大加提倡，明代科举考试用八股文，清代亦是如此。为了帮助考生应试，市面上出现了很多辅导书籍。清代辅导科举的"参考书"数量很多，而关于《诗经》的书都以《诗集传》为立论之本。清廷对朱熹的学说十分认可，康熙末期修订、雍正初期出版了一部诗经学著作《钦定诗经传说汇纂》，这部书就以朱熹的《诗集传》为主要标准，此书开篇的"御制诗经传说汇纂序"对《诗集传》评价很高：

---

① 皮锡瑞：《经学历史》，第341页。
② 皮锡瑞将其称为"汉学"，但后来的诗经学者认为此时的诗经学与"诗经汉学"有很多不一样的地方。汉学"以穷经考礼为务，专重经书的文字训诂，阐述经旨"，而清学"治学范围扩大，从校订经书推广到史籍诸子，从解释经义扩大到考究历史、地理、天文、历法、音律、典章制度"。洪湛侯给出了较为完整的定义："诗经清学"的产生，是以顾炎武提倡考据，研讨"诗本音"为发轫，以乾嘉学者为中心，从而形成的一个诗学学术流派。它的主要特点是经义说解，遵从古文经说；治学方法，注重文字、音韵、训诂和名物、制度、考证，并且非常重视辨伪和辑佚。在治学范围、研究手段、学术成果方面，较之汉代的"诗经古文学"已有重大发展。"诗经清学"中，重训诂的考据学派是主流，反传统的思辨学派是它的骈支。（洪湛侯：《诗经学史》，第491—493页）
③ 《圣祖实录》，《清实录》第6册，第466页。

自说《诗》者各以其学行世，释解纷纭，而经旨渐晦。朱子起而正之，《集传》一书，参考众说，探求古始，独得精意，而先王之诗教借之以明，国家列在学官，著之功令，家有其书，人人传习，四始六义，晓然知所宗。①

以朱子学说为主，是因为《诗集传》中强调的温柔敦厚的诗教符合朝廷的需要，所以清廷后来大力推广此书，置于学官，赐予重臣等。此书的体例也能体现出对朱子的重视，"以朱子之说为宗，故是书首列《集传》，而采汉唐以来诸儒讲解训释之，与《传》合者，存之；其义异而理长者，别为附录，折中同异，间出己见"。② 需要注意的是，此书以《诗集传》为标准，与朱熹说法一致的诸儒讲解就列在诗中，与其不一致的就挑选一部分放在附录里。虽然看上去仍然以宗朱为主，但已露出汉学复起之端倪。宋学到明末清初这一阶段已经在兴盛中透出了式微之迹象，一味宗朱，陈陈相因，难以产生有创造力的新说。从明代中后期开始，汉学重新受到部分学者的重视。刘毓庆在《从经学到文学——明代〈诗经〉学史论》一书中专列一章论述这个时期诗经汉学的"复活"。他认为"今之学者多以为汉学之兴在清世，其实明中叶已开启了汉学兴盛的先河"，③ 并且此时"较多的学者则是杂采汉宋，折衷毛、朱"，④ 与清初诗经学的特色已经趋同。于浩认为，虽然康熙帝推崇朱子，但他更讲求实学，所以《钦定诗经传说汇纂》一书与其他御纂经书一样，有"虽以朱子为宗主，但不废汉唐旧说，既涵括宋学，亦包纳汉学"⑤ 的特点。

汉学的端倪露出，便收束不住，甚至慢慢盖过了诗经宋学的风头。洪湛侯谈道：

论《诗》杂采汉宋，几乎是清代前期的一种普遍倾向，论者在著作中引据前人的说解，往往汉学、宋学兼而及之，多数稍偏于汉。但这里所谓兼采，一般尚能保存两家论说的原意，或者约取其长并注明说解的出处，颇与糅杂混同而以己意出之者有别。此外，也有少数旨

---

① 《钦定诗经传说汇纂》，《钦定四库全书荟要》，吉林出版集团有限责任公司，2005，第1页。
② 《钦定诗经传说汇纂》，《钦定四库全书荟要》，第2页。
③ 刘毓庆：《从经学到文学——明代〈诗经〉学史论》，第61页。
④ 刘毓庆：《从经学到文学——明代〈诗经〉学史论》，第84页。
⑤ 于浩：《明末清初诗经学研究》，博士学位论文，武汉大学，2008，第280页。

在调停汉宋二家的作品。自清朝立国至乾隆前期百年之间，这类杂采汉宋的著作，多不胜举。①

受这样的学术风气影响，刚刚推出以宗朱为主的《钦定诗经传说汇纂》的清廷，又改变了风向，制成了《御纂诗义折中》一书。此书印于乾隆二十年（1755），在"御纂诗义折中序"中，对朱熹和《诗集传》的推崇消失了，"先从事毛诗，授以大指，命之疏次其义，凡旧说之可从者从之，当更正者正之，一无成心，唯义之适"。②此书不言《诗集传》，而将《毛诗》《小序》作为诗旨的主要参照，是"官方提倡《诗》学从宗朱返回尊崇毛郑的一个重要信号"。③《钦定诗经传说汇纂》和《御纂诗义折中》两部官方修订出版的诗经学著作反映出当时宋学、汉学此消彼长的态势，诗经清学尚未形成，兼采汉宋的特点十分鲜明。

其次，清初诗经学虽然还未成为后来的"诗经清学"，但由于受到汉学的影响，复古考据的风气已经兴起，而孙璋的阐释也受到这种风气的影响。孙璋在阐释《诗经》时常常将《诗经》与历史故事相联系，这种做法与明末清初以诗为史的做法相契合。诗经宋学以义理谈诗，发展至明代，学风空疏，不尚实学。而到了清初，经历过亡国之痛的士大夫希望通过历史寄托故土之思，再加上这一时期许多诗经学家就是史学家，所以经史合一、释经即释史的做法成为一种主流。陈国安说：

> 明清鼎革，若仅在关内华族两姓之间，士人之沉痛抑或无此剧烈。满族以夷入主中原，士人倡导经史一炉而治之情似更为急切，即便非以经学研究著称者如虞山钱牧斋亦不例外，钱谦益尝倡言："六经，史之宗统也，六经之中皆有史，不独《春秋》三传也。""诗史二而一"之传统于是在清初诗经学中重被体认而成为时代精神。清初诗经学于矫正晚明空疏学风同时，亦承继并发展晚明诗经学文学研究之风气，以《诗》为经，以《诗》为史，亦以《诗》为诗。此之三者可视为清初诗经学总体特征形成之主要因缘。④

孙璋作为传教士，自然没有士大夫的家国之思，但这种解诗之时重视历

---

① 洪湛侯：《诗经学史》，第457—458页。
② 《御纂诗义折中》，《钦定四库全书荟要》，第1页。
③ 洪湛侯：《诗经学史》，第482页。
④ 陈国安：《论清初诗经学》，《苏州大学学报》（哲学社会科学版）2007年第6期，第61页。

史维度的风气还是影响了他。另外，孙璋在注释《诗经》时十分注重名物阐释，而对于考证名物的重视，也是清初诗经学的特色之一。洪湛侯在《诗经学史》中写道："考证《诗经》名物，元代惟许谦《诗集传名物钞》、明代惟冯应京《六家诗名物疏》较为可观，元明两朝将近四个世纪，《诗经》论著，数以百计，考证名物比较可观者仅此而已。"① 而到了清代前期，王夫之的《诗经稗疏》、姚炳的《诗识名解》、顾栋高的《毛诗类释》等作品出现，考据成为一种潮流。考证性作品为后来的考据之风兴盛提供了基础："这么多考证性著作的涌现，自然会形成一股小小的潮流，对于乾嘉考据学的兴起，对于'诗经清学'的奠基和形成，都起着重大的作用。"② 名物考证过于复杂，我们现在很难逐条核对孙璋对名物的阐释具体哪些采用了《毛诗草木鸟兽虫鱼疏》《诗集传》，或是明清时期最新的解释。但是他重视名物的特点，一定受到了当时考据风气的影响。

最后，清初诗经学喜从诗文本身出发，学者所作阐释多能实事求是。皮锡瑞评价："由衰复盛，非一朝可至；由近复古，非一蹴能几。国初诸儒治经，取汉、唐注疏及宋、元、明人之说，择善而从。由后人论之，为汉、宋兼采一派；而在诸公当日，不过实事求是，非必欲自成一家也。"③ 实事求是，有时就会与汉说或宋说皆不吻合。方玉润在他的《诗经原始》中便说自己"不揣固陋，反复涵泳，参论其间，务求得古人作诗本意而止，不顾《序》，不顾《传》，亦不顾《论》，唯其是者从而非者正"。④ 诗无达诂，《诗》之本意为何，每个学者的判断都不同，但是这种"不顾《序》，不顾《传》，亦不顾《论》"，从自己理解的诗意出发，实事求是，不畏提出己见的务实学风十分宝贵，后来的学者说明末清初诗经学的第一个特征就是"好立新说"。⑤ 这样的"好立新说"的特征也在孙璋的身上有所体现，而他对诗旨的新的阐释，常常是就诗论诗，比较符合诗歌的本义，如《卫风·硕人》一诗，《诗序》《诗集传》都认为是"闵庄姜无子"的诗歌，而孙璋将其理解为祝婚诗。再如《齐风·还》，《诗序》认为是"刺荒也。哀公好田猎，从禽兽而无厌，国人化之，遂成风俗。习于田猎

---

① 洪湛侯：《诗经学史》，第466页。
② 洪湛侯：《诗经学史》，第466页。
③ 皮锡瑞：《经学历史》，第305页。
④ 方玉润：《诗经原始》，第3页。
⑤ 于浩：《明末清初诗经学研究》，博士学位论文，武汉大学，2008，第311页。

谓之贤，闲于驰逐谓之好焉"。① 朱熹认为未必为哀公时之诗，但也是刺诗，"其俗之不美可见"。② 而孙璋就诗论诗，认为这首诗讲的就是猎人相遇于路上。③ 这样的阐释方式虽然在孙璋的注释中所见不多，但也从一个侧面体现了当时诗经学实事求是的风气。

二 新角度的经学实践

孙璋吸收了大量中国经学的研究成果，与此同时，他在《孔夫子的诗经》一书中还尝试开展了属于自己的经学实践。前文所述的"以礼注诗"就是孙璋自觉经学实践的例证，本部分将讨论《孔夫子的诗经》中孙璋其他从新角度开展的经学阐释。

我们在"汉宋兼采"部分提到，孙璋继承了诗经汉学中的美刺之说。其实更有趣的是，孙璋对美或刺常常有自己独到的判断。《诗序》说《召南·驺虞》讲"天下纯被文王之化，则庶类蕃殖，蒐田以时"。④ 朱熹的说法与之类似："南国诸侯承文王之化，修身齐家以治其国，而其仁民之余恩，又有以及于庶类。故其春田之际，草木之茂、禽兽之多，至于如此。"⑤ 孙璋虽然也认为此诗为美诗，但着眼处更小一些，说此诗赞美了"对打猎熟练而热忱的文王"。⑥ 再如《卫风·芄兰》，《诗序》说此诗刺惠公"骄而无礼"，⑦ 朱熹称此诗"不知所谓，不敢强辨"。⑧ 孙璋与《诗序》一样，也认为此诗是刺诗，但他对"刺"的内容有不同看法："这首诗讲卫国国君，他年轻的时候无所事事，虚度光阴。"⑨ 在另一部分诗中，孙璋甚至根据自己的判断，将"刺诗"改为"美诗"，将"美诗"理解为"刺诗"。例如《郑风·叔于田》和《郑风·大叔于田》，《诗序》认为这两首

---

① 李学勤主编《毛诗正义》，第331页。
② 朱熹：《诗集传》，第90页。
③ Alexandre de La Charme, *Confucii Chi-king sive Liber Carminum*, p. 252. 孙璋给此诗的注释为"Venatores inter se obvii fiunt"。
④ 李学勤主编《毛诗正义》，第105页。
⑤ 朱熹：《诗集传》，第21页。
⑥ Alexandre de La Charme, *Confucii Chi-king sive Liber Carminum*, p. 231. 孙璋认为此诗诗旨为"Celebratur Ouen-ouang venationis studiosus et peritus"。
⑦ 李学勤主编《毛诗正义》，第237页。
⑧ 朱熹：《诗集传》，第60页。
⑨ Alexandre de La Charme, *Confucii Chi-king sive Liber Carminum*, p. 245. 注释原文为"Sunt qui dicant hac ode carpi regni Ouei regulum de quo in I. 4. 6., qui juvenis nugas sectabatur"。

诗都是刺郑庄公的诗作，而孙璋将这两首诗都理解为赞美共叔段的诗歌；再如《齐风·猗嗟》，《诗序》、朱熹都认为此诗是刺诗，是刺鲁庄公不能以礼防闲其母的诗，而孙璋说此诗"赞美了鲁庄公的身体和才能"，这与现代阐释者说此诗为"赞美一位貌美艺高射手的诗"[①]的说法不谋而合；再如《唐风·椒聊》，《诗序》说此诗"刺晋昭公"，朱熹不知其所指，孙璋却认为是美诗，说此诗"称美曲沃的富庶"。[②]

在诗旨的判断上，孙璋也时常别出心裁。诗中有40首左右，孙璋没有遵从《诗序》或《诗集传》，而是自己赋予其新的诗旨。孙璋所说的有些诗旨与《诗序》或《诗集传》不同，是因为孙璋没能理解注疏。例如《秦风·权舆》，《诗序》说这首诗"刺康公""忘先君之旧臣，与贤者有始而无终也"，[③]朱熹同意《诗序》的观点，认为"此言其君始有渠渠之夏屋以待贤者，而其后礼意寖衰，供亿寖薄，至于贤者每食而无余，于是叹之，言不能继其始也"。[④]而后，朱熹又举了穆生见楚王失小礼而知其忘大道，称病辞官的事情，用来补充说明这首诗的意义：

> 汉楚元王敬礼申公、白公、穆生。穆生不耆酒，元王每置酒，尝为穆生设醴。及王戊即位，常设，后忘设焉。穆生退曰："可以逝矣。醴酒不设，王之意怠。不去，楚人将钳我于市。"遂称疾。申公、白公强起之曰："独不念先王之德欤？今王一旦失小礼，何足至此？"穆生曰："先王之所以礼吾三人者，为道之存故也。今而忽之，是忘道也。忘道之人，胡可与久处！岂为区区之礼哉？"遂谢病去。亦此诗之意也。[⑤]

而孙璋的注释是这样的："位于河南省的楚国的国君，在登上王位之前，习惯于请客，大摆宴席，带着甜酒；然而，等他成为国君以后，宴请宾客的时候，就不拿甜酒出来了。这就是第10首诗所写的。"[⑥]孙璋只提楚王，

---

① 程俊英、蒋见元：《诗经注析》，第306页。
② Alexandre de La Charme, *Confucii Chi-king sive Liber Carminum*, p. 259. 孙璋说此诗"Regnum Kiu-gouo optimo rerum statu celebratur"。
③ 李学勤主编《毛诗正义》，第434页。
④ 朱熹：《诗集传》，第122页。
⑤ 朱熹：《诗集传》，第122页。
⑥ Alexandre de La Charme, *Confucii Chi-king sive Liber Carminum*, p. 266. 孙璋给《权舆》的注释为"Regni Tchou in provincia Ho-nan Regulus, ante quam solium conscenderet, hospitem quemdam convivio et dulci vino excipere solitus erat; factus autem regulus hospitem excipiens vinum dulce non adhibuit; sic hospes Reguli mutatum animum conqueritur; et hoc innuit ode 10"。

却没说康公，而且因为太过精简事例，只写了失小礼，却没写忘大道，可见他并未理解朱熹举楚王事例的真正用意。再如《小雅·桑扈》和《小雅·鸳鸯》这两首诗，朱熹说《桑扈》是"天子燕诸侯之诗"，① 而《鸳鸯》乃"诸侯所以答桑扈也"。② 而孙璋将两首诗的意思恰恰说反了。

孙璋自立诗旨的诗，有些去掉了《诗序》或《诗集传》中比附政教的部分，而从诗本身出发，讲出字面的意思，这些注释都更接近于现代学者对这些诗歌的阐释。例如《周南·汝坟》，《诗序》说此诗讲"文王之化行乎汝坟之国，妇人能闵其君子，犹勉之以正也"。③ 朱熹同意《诗序》的说法，说此诗讲"汝旁之国，亦先被文王之化者。故妇人喜其君子行役而归，因记其未归之时思望之情如此，而追赋之也"。④ 而孙璋认为此诗就是歌颂婚姻之爱的诗，删除了"文王之化"一类的训释。再如《豳风·伐柯》，《诗序》和朱熹都认为是美周公之诗，而孙璋认为此诗讲的只是婚姻中的美德。类似的诗还有《召南·草虫》《召南·采蘋》《卫风·硕人》《齐风·著》，等等。

其中有些诗歌，朱熹已经指出《诗序》比附政教的诗旨不对，给出了更贴近诗歌本身的说法，不过朱熹都用"淫奔之诗"的说法，从卫道角度斥责这些诗歌。而在这些诗的注释中，孙璋会落实到具体文本，将诗旨说得更加具体、丰富，不带批判色彩，对诗中表达的美好情感表示赞许。例如《郑风·将仲子》，《诗序》认为是刺庄公之诗："刺庄公也。不胜其母，以害其弟。弟叔失道而公弗制，祭仲谏而公弗听，小不忍以致大乱焉。"⑤ 朱熹引用了郑樵的说法，将此诗认定为"淫奔者之辞"。⑥ 而孙璋说此诗"写一位正在诉说的羞怯女孩"。⑦ 再如《郑风·风雨》，《诗序》说此诗"思君子也"。⑧ 朱熹认为是淫奔之诗，而孙璋认为此诗写的是一位因见到丈夫而欣喜的女性。孙璋对诗旨的阐释摆脱了道德批判，更有人情味。此外，《邶风·静女》《卫风·木瓜》等14首诗，孙璋没有附上自己的注释。这些诗歌都是

---

① 朱熹：《诗集传》，第247页。
② 朱熹：《诗集传》，第248页。
③ 李学勤主编《毛诗正义》，第56页。
④ 朱熹：《诗集传》，第10页。
⑤ 李学勤主编《毛诗正义》，第279页。
⑥ 朱熹：《诗集传》，第75页。
⑦ Alexandre de La Charme, *Confucii Chi-king sive Liber Carminum*, p. 249. 原文为 "Verecunda puella loquens inducitur"。
⑧ 李学勤主编《毛诗正义》，第313页。

朱熹在《诗集传》中所谓的"淫奔之诗",孙璋不给这些诗加注释的做法既可证明他对诗旨的不确定,又可被视为对朱熹所作诗旨的无声反对。①

孙璋的有些阐释,因为脱离了美刺之说,所讲诗旨比较切合原诗的意思。例如《小雅·隰桑》,《诗序》说此诗"刺幽王也。小人在位,君子在野,思见君子,尽心以事之"。② 朱熹不同意《诗序》的说法,认为这首诗是"喜见君子之诗",并且"词意大概与菁莪相类"。③《菁菁者莪》也是《小雅》中的一首诗,朱熹认为这是一首"燕饮宾客之诗",④ 也就是说,朱熹认为《隰桑》也是燕饮诗。而孙璋说,这首诗写的是"妇人重见她的丈夫"。⑤ 孙璋的说法非常接近今人对这首诗的训释。《诗经注析》的作者认为这首诗是一位妇女思念丈夫,想象见到丈夫以后的喜悦,心有所感而写成。⑥ 对比看来,《诗经注析》将这首诗的诗旨说得更加别致、曲折,但孙璋的阐释也很准确。再看《唐风·山有枢》,《诗序》认为是刺晋昭公的诗,朱熹认为是回应《唐风·蟋蟀》的诗,而孙璋认为此诗写一个吝啬而贪婪的人,这与《诗经注析》中说此诗"讽刺守财奴,宣扬及时行乐"的观点不谋而合。孙璋对诗旨把握较为准确的例子还有《齐风·猗嗟》、《秦风·驷驖》和《大雅·泂酌》等。

当然,孙璋自己给出的诗旨也有不太准确的。孙璋自立诗旨的注释,有些太过简略。例如《邶风·击鼓》是一位戍卒所作,诉说了应征入伍、队伍涣散、思归不得的种种环境和心理变化。朱熹说此诗乃"卫人从军者自言其所为",⑦ 随后分章讲了每一章的内容;《诗经注析》说这首诗写"卫国戍卒思归不得"。⑧ 而孙璋只说此诗写"一位奔赴战场的士兵",⑨ 但

---

① 这14首诗是《邶风·静女》、《卫风·木瓜》、《王风·丘中有麻》、《郑风·遵大路》、《郑风·女曰鸡鸣》、《郑风·萚兮》、《郑风·狡童》、《郑风·褰裳》、《郑风·丰》、《郑风·子衿》、《郑风·野有蔓草》、《齐风·东方之日》、《陈风·东门之杨》和《陈风·月出》。
② 李学勤主编《毛诗正义》,第924页。
③ 朱熹:《诗集传》,第263页。
④ 朱熹:《诗集传》,第178页。
⑤ Alexandre de La Charme, *Confucii Chi-king sive Liber Carminum*, p. 297. 原文为"Mulier virum suum revisit"。
⑥ 程俊英、蒋见元:《诗经注析》,第774—775页。
⑦ 朱熹:《诗集传》,第28页。
⑧ 程俊英、蒋见元:《诗经注析》第84页。
⑨ Alexandre de La Charme, *Confucii Chi-king sive Liber Carminum*, p. 232. 原文为"Inducitur miles loquens, qui ad bellum proficiscitur"。

未说出此诗表达对战乱、兵役的哀怨。再如《大雅·板》,《诗序》认为是凡伯刺厉王之诗,朱熹认为是召康公戒成王之诗。孙璋没有引用他们的说法,只是说这首诗哀悼灾难,这样的阐释有点敷衍,没有点出这首诗的独特之处。有的诗歌,本身是带有美刺之意的,这样的诗歌,如果不讲出其中的美刺含义,就会令诗旨缺失。例如《小雅·庭燎》,《诗集传》中说此诗讲诸侯将朝,宣王不安于寝,其实是颂扬宣王操劳国事,严于律己。而孙璋说此诗讲"等候诸侯到来的天子不能入睡",① 从"不安"到"不能",失去了"美"的一面。关于《小雅·北山》,《诗序》认为此诗乃"大夫刺幽王也。役使不均,己劳于从事,而不得养其父母焉"。② 朱熹说"大夫行役而作此诗"。③ 而孙璋说这首诗讲的是"操劳王事的大夫",④ 没能体现出诗中的怨刺之意。此外,还有一些诗歌,孙璋完全讲错了诗旨。例如《鄘风·干旄》,古代阐释者多认为是"美好善也。卫文公臣子多好善,贤者乐告以善道也"。⑤ 今天的学者也多持此见,如《诗经注析》中便说这是"赞美卫文公招致贤士,复兴卫国的诗"。⑥ 而孙璋说这首诗与《鄘风·载驰》有关联,是许国大夫劝许穆夫人别回卫国吊唁卫侯的诗。⑦ 此说完全不通,与诗歌内容也毫不相关,不知孙璋是从别处听来的谬说还是自己做出的错误判断。再如,朱熹认为《小雅·白华》是幽王听信褒姒的话,废黜申后,申后所作的哀怨之诗。今人认为此诗虽不可考证年代,但应当是弃妇的怨诗。而孙璋认为这首诗与《王风·兔爰》相似,是被夺职的大臣们抱怨幽王的诗。⑧ 诗中有"之子无良,二三其德"等语,读来确当是女性所写,孙璋的判断有误。另外,《周颂·载芟》《周颂·良耜》等都是祭祀神祇的乐歌,孙璋却将它们概括为农业诗。当然,这或许出于宗

---

① Alexandre de La Charme, *Confucii Chi-king sive Liber Carminum*, p. 281. 原文为 "Adventant Reguli et imperatori expectanti dormire non licet"。
② 李学勤主编《毛诗正义》,第796页。
③ 朱熹:《诗集传》,第233页。
④ Alexandre de La Charme, *Confucii Chi-king sive Liber Carminum*, p. 290. 原文为 "Magnas imperio suam dat operam impiger"。
⑤ 李学勤主编《毛诗正义》,第206页。
⑥ 程俊英、蒋见元:《诗经注析》,第158页。
⑦ Alexandre de La Charme, *Confucii Chi-king sive Liber Carminum*, p. 242. 孙璋说此诗主旨要看下一首——"De quo agatur, vide ode 10"。
⑧ Alexandre de La Charme, *Confucii Chi-king sive Liber Carminum*, p. 297. 原文为 "Querelae imperatricis ab imperatore Yeou-ouang repudiatae, vid. I. 6. 6"。

教考虑，但他对诗旨的解释还是不准确。孙璋对诗旨判断有误的诗还有《唐风·椒聊》《陈风·衡门》《陈风·墓门》《小雅·四牡》等，此处不再一一列举。

《孔夫子的诗经》一书在翻译阐释中表现出"经学大于诗学"的特质。孙璋对中国的"诗"与"诗学"虽然做出了领先于当时其他汉学家的介绍，但他对诗歌这一领域的了解并不充分，"诗"与"诗学"在他的译本中并不是主角。与之相对，他对经学的了解却十分深入。孙璋在阐释中汉宋兼采、注重考证的特点与清初诗经学相吻合，他继承了诗经汉学、诗经宋学的研究成果，在此之上，他还能自如运用以礼注诗、美刺之说等经学阐释方法对一些诗篇做出独特说解。我们不仅可以将孙璋的《孔夫子的诗经》当作海外汉学著作，还可以将其视作清初诗经学的重要成果。

第四章 《孔夫子的诗经》与孙璋对礼仪之争的反思

孙璋虽然大量参考由汉至清的中国传统诗经学成果，但他翻译、阐释《诗经》并不是要将中国传统诗经学照搬给西方。他将《诗经》看作"经"，又不仅仅将其看作中国的"经"。他的《孔夫子的诗经》和《性理真诠》等著作融入了他对西方天主教之"经"的理解，也是他将中西两种"经"纳入同一话语体系中而做出的探索。礼仪之争是17、18世纪的一场中西文化冲突，从龙华民（Nicolas Longobardi）对利玛窦传教策略的质疑开始，经过耶稣会与多明我会、方济各会、巴黎外方传教会之间的教廷内部争论，最后升级为罗马教廷和中国皇帝之间的分歧。礼仪之争主要包括两方面内容：一是译名之争，即用汉语中的哪个词来指代Deus；二是中国天主教徒是否可以祭祖祀孔。1715年，教宗克莱芒十一世（Clement XI）全面禁止了中国礼仪，并且谕告不许用"天""上帝"等字眼称呼Deus。1721年，康熙帝见到通谕后大怒，认为是胡言乱语。1724年，雍正帝在全国禁止天主教。孙璋以耶稣会士的身份进入中国之时，礼仪之争刚刚落下帷幕。他在雍乾禁教时期对礼仪之争做出了回应和反思。孙璋吸收了礼仪之争时期西方来华耶稣会士"以耶释儒"和中国儒家天主教徒"以儒融耶"两种阐释方式。在教廷发布禁行中国礼仪的谕令几十年后，孙璋仍在思索两种历史文化如何交流、融会的问题。他坚持认为中国典籍中的"天"与"帝"就是Deus，并提倡宽容对待中国礼仪，给出了与教廷截然不同的答案。本章第一节是这部分的楔子，从孙璋对《诗经》中《生民》和《玄鸟》两诗的理解入手，分析孙璋怎样在翻译中将中国商周时期信仰的"帝"转化为天主教之"帝"；本章第二节和第三节以《孔夫子的诗经》和《性理真诠》两部著作为依据,探寻孙璋如何在阐释中将"天""帝""上主"等几个中西方不同的概念统一起来,又如何为祭祖等中国礼仪辩护;本章最后一节则剖析孙璋"以《圣经》解《诗经》"的尝试和"耶儒合一"的释经方式。

第一节 孙璋笔下的神奇诞生故事

《诗经》中有两个著名的感生神话,一是《大雅·生民》中后稷诞生的故事,一是《商颂·玄鸟》中契诞生的故事。《生民》一诗是周人在祭祀祖先的仪式上唱的乐歌,讲的是周人始祖后稷的事迹。诗的第一章如下。"厥初生民,时维姜嫄。生民如何? 克禋克祀,以弗无子。履帝武敏歆,攸介攸止,载震载夙,载生载育,时维后稷。"这一章说的是后稷诞生的故事,前面几句比较容易理解:周人最初的始祖,就是姜嫄。周人的始祖是怎样诞生的呢? 姜嫄能够祭祀上天,祈求祓除无子的灾难。而对"履帝武敏歆,攸介攸止"一句,后代出现了各种不同的阐释。所谓"诸家聚讼,莫于《生民》之诗",争论的焦点就是如何理解"履帝武敏歆",即后稷究竟是怎样出生的。《玄鸟》一诗是宋君祭祀商代先祖的乐歌,其中有"天命玄鸟,降而生商"一句,后代经学家对于契的诞生也有不同的理解。

一 中国传统诗经学中的神奇诞生故事

姜嫄踏迹和简狄吞卵是很多古籍中都记载了的传说,不止在《诗经》中出现。屈原在《楚辞·天问》中就曾对这两个故事发问:"简狄在台,喾何宜? 玄鸟致贻,女何喜? ……稷维元子,帝何竺之? 投之于冰上,鸟何燠之?"对这两个神奇诞生故事的不同阐释最早源于《毛传》和《郑笺》。

关于《生民》一诗。《毛传》这样解释"履帝武敏歆,攸介攸止"一句:"履,践也。帝,高辛氏之帝也,武,迹。敏,疾也。从于帝而见于天,将事齐敏也。歆,飨。介,大也。攸止,福禄所止也。"[①]《毛传》的解释十分理性,认为"帝"就是高辛氏之帝,姜嫄在祭祀时跟在帝喾后面,做事敏疾,他们的祭祀为上天所接受,上天赐福给他们,所以姜嫄生

---

① 李学勤主编《毛诗正义》,第1056页。

下了后稷。而《郑笺》则给这个故事增加了神话色彩：

> 帝，上帝也。敏，拇也。介，左右也。夙之言肃也。祀郊禖之时，时则有大神之迹，姜嫄履之，足不能满。履其拇指之处，心体歆歆然。其左右所止住，如有人道感己者也。于是遂有身，而肃戒不复御。①

郑玄认为，诗中的"帝"并不是高辛氏之帝，而是上帝，姜嫄踏在神留在地上的足迹中，感而孕，后稷未经人道而诞生。

《毛传》和《郑笺》不同，后世学诗、讲诗之人各执一端，纷争不断。三国时期的经学家王肃反驳郑玄的观点："稷、契之兴，自以积德累功于民事，不以大迹与燕卵也。且不夫而育，乃载籍之所以为妖，宗周之所以丧灭。"② 王肃认为，没有丈夫而怀孕，是不可能的。那么后稷是怎样诞生的呢？王肃采纳了东汉经学家马融的观点，说后稷是帝喾的遗腹子，帝喾死后十个月，后稷才降生，姜嫄寡居生子，怕被众人恶意揣测，为了显现后稷的神奇，让众人信服，所以才将后稷抛弃于野外。而同时代的王基却大骂王肃乖戾，他说道：

> 诚如肃言，神灵尚能令二龙生妖女以灭幽王，天帝反不能以精气育圣子以兴帝王也？此适所以明有感生之事，非所以为难。肃信二龙实生褒姒，不信天帝能生后稷，是谓上帝但能作妖，不能为嘉祥，长于为恶，短于为善，肃之乖戾，此尤甚焉。③

诗经学家对这个问题的争执延续到了宋代。欧阳修在《诗本义》中对郑玄的说法颇为怀疑："有所祷而夫妇生子，乃古今人之常事，天生圣贤，异于众人，理亦有之……所谓天生圣贤者，其人必因父母而生，非天自生之也……无人道而生子，与天自感于人而生之，在于人理皆必无之事，可谓诬天也。"欧阳修认为，虽然圣贤自当与常人不同，但即使是圣贤之人，也必定是父母所生，感天而孕的说法，不仅毫无道理，还可以说是诋毁上天的言论。而张载和苏辙都认为不同常人的诞生方式很好理解，张载谈道："天地之始，固未尝先有人也，则人固有化而生者矣，盖天

---

① 李学勤主编《毛诗正义》，第1056页。
② 李学勤主编《毛诗正义》，第1064页。
③ 李学勤主编《毛诗正义》，第1064页。

地之气生之也。"苏辙说:"凡物之异于常物者,其取天地之气常多,故其生也或异。麒麟之生,异于犬羊;蛟龙之生,异于鱼鳖。物固有然者矣。神人之生,而有以异于人,何足怪哉!"朱熹认同张载和苏辙的看法,他在《诗集传》中这样解释后稷的诞生:"姜嫄出祀郊禖,见大人迹而履其拇,遂歆歆然如有人道之感。于是即其所大所止之处,而震动有娠,乃周人所由以生之始也。周公制礼,尊后稷以配天,故作此诗,以推本其始生之祥,明其受命于天,故有以异于常人也。"① 到了清初,大多数诗经学著作都遵从朱熹的看法。但王夫之提出了新的观点,他在《诗经稗疏》中说:"无人道而生子,其说甚诞。……帝,高辛也。……帝与嫄同止,正以言其人道之感也。……盖高辛者,帝挚也。姜嫄,挚妃。后稷,挚之子也。帝喾有天下,号高辛氏,世以为号,帝挚犹称高辛。……汉儒好言祥瑞,因饰以妖妄之说,诬经解以附会之,乃使姜嫄蒙不贞之疑,后稷为无父之子,成千秋不解之大惑。"② 在此之前,学者都认为《毛传》中所言"高辛氏之帝"就是帝喾。但王夫之提出了新的看法,他说帝挚也是高辛氏之帝,按照年代推算,后稷其实是帝挚的儿子,这样后稷是无父之子的观点就不成立了。对《生民》的解释直到此时都未有定论。

关于《玄鸟》一诗,对"天命玄鸟,降而生商"的不同理解也最先出现在《毛传》和《郑笺》之间。《毛传》说:"玄鸟,鳦也。春分,玄鸟降。汤之先祖有娀氏女简狄配高辛氏帝,帝率与之祈于郊禖而生契,故本其为天所命,以玄鸟至而生焉。"而《郑笺》这样解释:"天使鳦下而生商者,谓鳦遗卵,娀氏之女简狄吞之而生契。"③孔颖达在注疏中解释了毛氏和郑氏说法不同的原因:

> 毛氏不信谶纬,以天无命鸟生人之理。而《月令》仲春云:"是月也,玄鸟至之日,以大牢祀于高禖。天子亲往,后妃率九嫔御。"……玄鸟以春分而至,气候之常,非天命之使生契。但天之生契,将合王有天下,故本其欲为天所命,以玄鸟至而生焉。记其祈福之时,美其得天之命,故言天命玄鸟,使下生商也。玄鸟之来,非从天至,而谓

---

① 朱熹:《诗集传》,第290—291页。
② 王夫之:《船山全书》第3册,第182页。
③ 李学勤主编《毛诗正义》,第1444页。

之降者，重之若自天来然。……郑以《中候契握》云"玄鸟翔水遗卵，流，娀简吞之，生契，封商"，《殷本纪》云"简狄行浴，见玄鸟堕其卵，简狄取吞之，因孕生契"，此二文及诸纬候言吞鳦生契者多矣，故郑据之以易传也。①

《毛传》不信谶纬之说，将"玄鸟"理解为代表时令的意象，仲春玄鸟到来，天子带后妃一起祈福于上天。而《郑笺》则以谶纬之言为据，认为简狄吞鳦卵而生契。朱熹等宋代经学家认同郑玄的说法，再加上《史记》中的记载也与郑玄之说对应，所以《诗集传》也说"鳦遗卵，简狄吞之而生契"。②到了清代，学者多对吞卵生契的说法持怀疑态度。王夫之在《诗经稗疏》中说，司马迁、王逸等人妄信谶纬之说，郑玄用谶纬之说释经，使得阐释有误，而后来的经学家们"欲崇重天位，推高圣人"，所以蜂拥而信伪说。接下来，王夫之连连发问："若夫燕卵，既非食品，又不登于方药，契母何为而吞之？……乃明明一玄鸟之卵，何用含之？而亦何致误吞？藉令简狄之有童心而戏含之，误吞之，后又何知契之生为此卵之化邪？有人道乎？无人道乎？"最后，他总结这种说法"怪诞不待辨而知矣"。③更有趣的是方玉润，他认为姜嫄踏迹感而孕的故事是真的，而简狄吞卵生商的故事是假的：

> 自《吕览》好为附会，遂以为吞鳦卵而生，《史记》从之，郑氏更本以说经。盖因姜嫄有履迹生稷之异，故并此亦以为鳦卵所生，是何天之好异，而古圣之生如出一辙哉？夫履迹而生，亦偶然之事，岂可袭以为常？彼盖秉天地阴阳之和，适与两间灵异相感触，故一遇而成胎，虽非人道之常，实亦天灵所聚，乃独钟为异产。若夫鳦卵，则何灵异之有？纵使灵异，亦禽种耳，岂可以是诬圣人哉！大凡诗人造语，故作奇异，借以惊人。不谓后儒信以为真，岂堪一噱？且简狄与姜嫄同配帝喾，姜嫄祀郊禖，简狄亦祀郊禖，文章犯复，其为附会，不言可知。④

现代诗经学者已经对《生民》《玄鸟》中的神奇诞生故事做了合理的

---

① 李学勤主编《毛诗正义》，第 1447 页。
② 朱熹：《诗集传》，第 371 页。
③ 王夫之：《船山全书》第 3 册，第 221 页。
④ 方玉润：《诗经原始》，第 647—648 页。

解释，① 但我们在这一部分将古人的观点列出，并不为证明谁对谁错，而是为接下来所讲的孙璋的选择做个参照。

二 孙璋对神奇诞生故事的翻译和阐释

孙璋是怎样翻译这两首诗中涉及的神奇诞生故事呢?《生民》第一章的译文如下：

> Gens (Tcheou) inclyta originem trahit a muliere Kiang-yuen. Quid ita? cum sine liberis esset illa, preces fundebat suas, sacrificiis nihil parcebat. In vestigio, quod rerum dominus et dominator (pedis sui) maximo digito impressum reliquerat, institit illa, et ecce intima praecordia, in spatioso loco ubi steterat, moveri sensit; inde concepit et in vicina domo substitit, ubi filium peperit hunc scilicet Heou-tsi, unde gens Tcheou inclyta. ②

孙璋在译诗中采用了郑玄的解释，他说简狄站在神用大脚趾留在地上的印记中，心中有所触动，然后怀孕生下了后稷。

孙璋这样翻译《玄鸟》中的"天命玄鸟，降而生商。宅殷土芒芒。古帝命武汤，正域彼四方"：

> Coeli mandato factum est, ut nigra avi (hirundine) volando delapsa, gentis Chang inclytae auctor nasceretur; in regione In dicta habitavit ille, quae vasta et ampla est regio. Summus rerum dominus et dominator olim voluit fortissimum virum (Tching) -tang orbi terrarum et ultimis terrae fini-

---

① 闻一多在《姜嫄履大人迹考》中认为，履迹是祭祀仪式的一部分，可能就是一种象征性的舞蹈。"帝"，就是代表上帝的神尸，姜嫄践神尸之迹而舞，然后怀孕。诗所记既为祭诗所奏之象征舞，则其间情节去其本事之真相已远，自不待言。以意逆之，当时实情，只是耕时与人野合而有身。后人讳言野合，则曰履人之迹，更欲神异其事，乃曰履帝迹耳。于省吾在《泽螺居诗经新证》中从人类学、民俗学、宗教学等角度，追溯了这类感生神话产生的源头，又参照《春秋元命苞》《列女传》《列子》等古籍中的记载，说明最初的记载其实并没有"帝"这个字，而是"履大人迹"或"履巨迹"，而对于巨迹、大迹的崇拜，就是一种原始的图腾崇拜。而《生民》等诗中出现的"帝"，是宗教观念变化后，周人所加上的时代印记。也就是说，起初姜嫄只是"履大迹"，并非"履天神之迹"，而怀孕生下后稷。最后于省吾总结说，后人因文敷衍，各自为说，聚讼不休，都是"不揣其本而齐其末"。

② Alexandre de La Charme, *Confucii Chi-king sive Liber Carminum*, pp. 155 – 156.

bus jura dare.①

在上天的命令下，玄鸟降于人世，商的先祖就诞生了。因为诗句中并未完整讲述简狄生契的故事，孙璋在《玄鸟》一诗的注释中又做了补充：天子高辛（或称帝喾）的后代（名字未知）娶了简狄为妻，简狄没有孩子，当她庄重地祭祀并祈求后代的时候，见到一只燕子卵掉到她这里，她吃掉了它，便生了一个儿子叫作契。②

孙璋对诗句的翻译主要借鉴了郑玄、朱熹等人的解释，那么，孙璋像朱熹、苏辙等人一样，认为后稷、契的神奇诞生故事真实发生过吗？其实孙璋清楚地知道，这些都是故事：

> 提起后稷诞生的故事，我们知道这是为了让周家族的起源被相信而创造出来的，商家族的起源也用类似的故事，我们可以在后文中看到，后来的朝代也用同样的办法。那些鞑靼人，现在统治的鞑靼人，难道他们不设定自己家族从一位处女起源，她不用与男人交合就能生孩子吗？我曾经从巴多明神父那里听说过这样的故事。③

孙璋认为，后稷和契的诞生故事都是后人创造出来的，并非写实，他还用清代统治者的起源神话做了类比。孙璋提到的鞑靼人的起源故事是记载在《清实录》等文献中的一个满族神话。据说有三位仙女到长白山东边的一个湖中沐浴，有一只神鹊口衔红果飞过，红果刚好落到名叫佛伦库的仙女的衣服上，她上岸以后吞下红果，感而孕，生下一个男孩，他出生就会说话。仙女为他取名为布库里雍顺，姓爱新觉罗。这个故事和《玄鸟》中的感生故事十分相似。王夫之也曾注意到这个满族神话与简狄吞卵生契故事的相似，于是在《诗经稗疏》中借批评简狄传说而婉转表达了对清朝统治

---

① Alexandre de La Charme, *Confucii Chi-king sive Liber Carminum*, p. 215.

② Alexandre de La Charme, *Confucii Chi-king sive Liber Carminum*, p. 320. 这段注释的原文为"ab imperatore Keo-sin sive Ti-ko nepos, cujus nomen reticetur, duxerat Kien-ti uxorem, quae sine liberis dum sacrificio solenni prolem precata dat operam, hirundinis ovum ad se delabi videt, illud comedit, et parit filium Sié dictum".

③ Alexandre de La Charme, *Confucii Chi-king sive Liber Carminum*, pp. 302 – 303. 原文为"Quoad fabulam natalim principis Heou-tsi, patet illam inventam fuisse ad commendandam gentis Tcheou originem; simili fabula commendatur origo familiae Chang ut videbitur inferius, et dynastiae sequentes his artibus usae sunt. Tartari ipsi, qui nunc regnant, nonne asserunt gentis suae originem repeti a virgine, quae nullo viri consortio peperit? sic audivi a patre Parrenin".

者的不满：

> 公传经于汉初，师承不诡。其后谶纬学起，诬天背圣，附以妖妄，流传不息。乱臣贼子伪造符命……以惑众而倡乱，皆俗儒此等之说为之作俑。……彼夷狄者，男女无别，知母而不知父。族类原不可考，姑借怪妄之说以自文其秽。而欲使堂堂中国之帝王圣贤比而同之，奚可哉！①

王夫之认为玄鸟降而生商的故事诬天背圣，是怪妄之说。孙璋应该见过王夫之等清初阐释者否认玄鸟故事的说法，也了解他们反对这个故事真实性的原因。他在《生民》的注释中提到，"很多阐释者否认这个故事，但是他们又不敢明确反对"。② 其中的"不敢"就揭示了这些阐释者不能公开否认这个故事的原因。

孙璋虽然也认为这些故事是虚构的，但他对这些神奇诞生故事并不排斥。他从朱熹那里引用了张载和苏辙的观点，声称中国有些阐释者认为，自然界中总有神奇的人和动物诞生，世界之初，第一个人的诞生就与其他人不同，麒麟和龙的诞生与牛和鱼不同，为什么一位圣人就不能和普通人的出生不同呢？孙璋敏锐地发现，相信神奇诞生故事，或者说阐释神奇诞生故事的可能性，为传教士向中国百姓传教提供了便利。他说，这些阐释者解说神奇诞生故事的方式"为我们解说神道成肉身以及基督变成人提供了方便"。③ 孙璋在《性理真诠》第二卷中，为了说明"造物主有主张权衡"，特意引用了《诗经》中的这两个故事：

> 遍观万国人心，皆喜谈自己之根基非常。故赘多许浮夸之语。赞其始祖，生时灵异，超越寻常。如周之始祖为后稷，乃称姜源履巨人之迹而生焉。商之始祖为契，乃称其母简狄吞玄鸟之卵而生焉。当知天下之事，有伪必有真，有邪神，定有真宰。今商周称其始祖得孕之奇，辞虽不经，毕竟有真正道理寓乎其中矣。何也？盖上主虽常顺物理之当然，但有时欲显非常之事，不顺物理之当然，以证宇内有上主

---

① 王夫之：《船山全书》第 3 册，第 221—222 页。
② Alexandre de La Charme, *Confucii Chi-king sive Liber Carminum*, p. 303. 原文为 "Interpretes plerique hanc fabulam rejiciunt, clare tamen rejicere non audent"。
③ Alexandre de La Charme, *Confucii Chi-king sive Liber Carminum*, p. 303. 原文为 "Ita illi interpretes quorum modus loquendi nobis viam facit ad praedicandam incarnationem Christi"。

宰制，全能神智，又无不可任意而为之也。①

他认为姜嫄履迹、简狄吞卵的故事虽然看着荒诞不经，但是人们乐于相信，是因为人们内心相信，上主有能力改当然之理，做非常之事。在《性理真诠》第四卷讲述"天主教实义"时，孙璋再次引用了这两个神奇诞生故事。为了向那些认为"耶稣为天主降生"荒谬的人证明此事"凭据万千，俱有切实之理，绝无可疑"，孙璋说："如谓此事荒谬，未见古经，而诗称姜源，履巨人迹而生后稷，狄简吞元鸟之蛋而生契。"② 孙璋发问，如果觉得耶稣诞生的故事荒谬，为何不看看中国古经？大家为何相信《诗经》中的故事，却不相信耶稣的诞生呢？

最后，我们回到诗歌的译文。孙璋译诗的大意虽然与《郑笺》一派相同，但他在《生民》一诗中，将关键词"帝"译为"rerum dominus et dominator"。在《玄鸟》一诗中，他说玄鸟是奉行"coelum"的命令，而武汤则接到了"summus rerum dominus et dominator"的指令。那么，在孙璋的理解中，满足姜嫄的愿望让她生下后稷的"帝"，通过玄鸟让契出生的"天"和赋予武汤统治九州之权的"古帝"分别是谁呢？他的理解与郑玄、朱熹的理解真的一致吗？

第二节　天＝帝＝上主的独特译名

译名之争（Term Issue）是礼仪之争中一个重要议题。译名之争并不仅仅是究竟应该使用什么译名来指称天主教中的最高主宰者 Deus 的问题，这背后还有到底如何判断中国宗教的问题。中国人所敬的"天""帝""上帝"和天主教的 Deus 是同一个神吗？中国人所说的"天"是有形的物质天还是无形的最高主宰？中国五经时代的人所敬的是否为天主教意义上的真神？面对这一系列问题，无论出于何种原因，来华传教士们给出了不同的答案。

利玛窦等耶稣会士选取"天""上帝""天主"作为 Deus 的译名，而龙华民等人反对用这些译名。在嘉定会议上，他们做出决议，要求停用"天""上帝"这两个在儒家著作中出现过的概念，折中使用合成词"天

---

① 孙璋：《性理真诠》，第 561—562 页。
② 孙璋：《性理真诠》，第 889 页。

主"来指称 Deus，这个决议并未彻底执行。康熙帝曾亲笔书写"敬天"二字匾额，赐给天主教堂。1693 年，代牧主教阎当（Charles Maigrot）要求他所管理的教区教堂将写有"敬天"的匾额统统摘下。1700 年，耶稣会士闵明我（Philppe-Marie Grimaldi）、安多（Antoine Thomas）等人起草请愿书，在请愿书中这样为"敬天"二字辩护：

> 至于郊天之礼典，非祭苍苍有形之天，乃祭天地万物根源主宰，即孔子所云"郊社之礼，所以事上帝也"。有时不称"上帝"而称"天"者，尤如主上不曰"主上"，而曰"陛下"、曰"朝廷"之类。虽名称不同，其实一也。前蒙皇上所赐匾额，亲书"敬天"之字，正是此义。①

这封请愿书被康熙帝大加赞赏，然而康熙帝的赞赏并未改变教廷对译名的判断。1715 年，克莱芒十一世发布《自那一天》（Ex illa die）通谕，其中规定不许用"天"（Tien，Coelum）和"上帝"（Xang-Ti，Supremus Imperator）来称呼 Deus，谕令对"天主"（Tien Chu，Coeli Dominus）一词的使用也是勉强接受。谕令中声明，因为天主教中的 Deus 没法译为中文，所以传教士们才长期使用天主一称。此外，谕令还禁止中国的天主教堂悬挂"敬天"的匾额，认为"敬天"中的"天"并不代表天主，只代表天空。② 这份谕令惹怒了康熙帝，从此禁教，教廷对中国礼仪也严格禁止了。

孙璋虽然不得不接受通谕中的禁令，但他对中国的宗教和"天""帝"等汉语词语的指称有着与教廷不同的理解。

一 孙璋对"天"与"帝"的翻译与阐释

《诗经》中共有 165 处出现"天"字，43 处出现"帝"字。对《诗经》中"天""帝"含义的解读已经有了丰富的成果，我们不在此处赘述，直接来看孙璋在译本中的翻译和阐释。

孙璋译本中的"天"共有两种译法，一是 coelestis，一是 coelum/coelus③。孙璋译本中只有一处用"coelestis"翻译"天"，这个拉丁词语是个

---

① 李天纲：《中国礼仪之争：历史、文献和意义》，中国人民大学出版社，2019，第 36 页。
② 《自那一天》谕令中将"敬天"译为"Coelum colito"。
③ Coelum 和 coelus 一为中性名词，一为阳性名词，孙璋的译文中这两个词都出现过，含义相同，没有区分，所以我们在下文中只写为 coelum。

形容词，意为神圣的、天国的（heavenly/celestial/divine）。这个译法出现在《邶风·北门》一诗中，此诗中出现了《诗经》中第一个"天"字。原文为"已焉哉，天实为之，谓之何哉"，孙璋将此句译为：Hoc dixise satis; id vere coelesti fit consilio; quid (contra) mutire fas est?① （说这些就够了，这是天的安排，怎么可以抱怨神的旨意呢？）在这一句诗中，孙璋将有所为的、人格化的"天"翻译成"天的计划""神的旨意"，将原文中出现一次的"天"，重复翻译了两次，强调了其神圣性，但是削弱了"天"的人格特征。

在《邶风·北门》一诗之后，孙璋改变了"天"的译名，统一翻译为coelum。我们来看几个例子。

（1）绸缪束薪，三星在天。（《唐风·绸缪》）

孙译：In fasciculos colligantur et colligata in se revolvuntur ligna. Sidus San-sing in coelo apparet. ②

理译：Round and round the firewood is bound; /And the Three Stars appear in the sky. ③

（2）天保定尔，亦孔之固。（《小雅·天保》）

孙译：Coelum tibi (o rex) adsit, precamur, (solium tuum) stabiliat et firmissimum esse velit. ④

理译：Heaven protects and establishes thee, /With the greatest security. ⑤

3. 谓天盖高？不敢不局。（《小雅·正月》）

孙译：Quis neget excelsos esse coelos? Non debemus tamen nisi tremendo et incurvo corpore incedere. ⑥

理译：We say of the heavens that they are high, /But I dare not but stoop under them. ⑦

4. 文王在上，於昭于天。（《大雅·文王》）

孙译：Ouen-ouang ille jam sedes superas incolit. O quantam gloriam,

---

① Alexandre de La Charme, *Confucii Chi-king sive Liber Carminum*, p. 17.
② Alexandre de La Charme, *Confucii Chi-king sive Liber Carminum*, p. 50.
③ James Legge, *The Chinese Classics Vol. IV, The She King or the Book of Poetry*, p. 179.
④ Alexandre de La Charme, *Confucii Chi-king sive Liber Carminum*, p. 76.
⑤ James Legge, *The Chinese Classics Vol. IV, The She King or the Book of Poetry*, p. 255.
⑥ Alexandre de La Charme, *Confucii Chi-king sive Liber Carminum*, p. 99.
⑦ James Legge, *The Chinese Classics Vol. IV, The She King or the Book of Poetry*, p. 317.

quantum splendorem obtinet in coelis!①

理译：King Wan is on high；/Oh! bright is he in heaven.②

5. 敬之敬之，天维显思。（《周颂·敬之》）

孙译：Attende tibi, attende tibi, coelum enim perspicacissimum est, et longe perspicacissimum est. Ejus gratia et favor non est quid facile.③

理译：Let me be reverent, let me be reverent, (in attending to my duties) / (The way of) Heaven is evident/And its appointment is not easily (preserved).④

《诗经》中的"天"含义丰富，大致分为两种：一种是自然的、物质的、空间的"天"，一种是人格化的、有意志、有行动的"天"。"三星在天"中的"天"是自然的天，也就是天空，理雅各用 sky 一词翻译，孙璋用单数形式的 coelum；"谓天盖高"说的是空间的"天"，也就是大地之上的空间，理雅各用 heavens 表示，孙璋译为 coelus 的复数形式；"天保定尔"中是人格化的、有意志的最高主宰"天"，理雅各译为 heaven，孙璋仍然使用 coelum 一词；"於昭于天"中的"天"比起自然的天空，多了一些宗教色彩，是最高主宰者所在的空间，理雅各用 heaven 表示，孙璋将其译为 coelum 的复数形式 coelis；"天维显思"中的"天"代表着天理、天道，理雅各译为 the way of heaven，孙璋仍用 coelum 一词翻译。

以上的例子中都是单个使用的"天"，《诗经》中还有大量的双音节的"苍天""昊天""旻天""上天"等词，孙璋将这些词做了简化处理，他把"苍天"译为 coelum caeruleum，意为蓝天；将"上天""昊天""旻天""皇天"等一概译为 augustum coelum，意为神圣的、庄严的天。译文中有所区别的是，如果孙璋想表示自然的、空间的"天"，常用 coelum 的复数形式。如《大雅·崧高》中的"崧高维岳，骏极于天"，孙璋用 coelos 来翻译。而当他表示人格化的"天"时，都用单数的 coelum。如《大雅·瞻卬》中的"瞻卬昊天，则不我惠"，孙璋使用的是 coelum。对比更明显的例子是，《王风·黍离》和《小雅·巷伯》中都有"苍天"，《黍离》中的天是诗人感叹和喊话的对象，本身并没有动作，而《巷伯》中的

---

① Alexandre de La Charme, *Confucii Chi-king sive Liber Carminum*, p. 141.
② James Legge, *The Chinese Classics Vol. IV, The She King or the Book of Poetry*, p. 427.
③ Alexandre de La Charme, *Confucii Chi-king sive Liber Carminum*, p. 201.
④ James Legge, *The Chinese Classics Vol. IV, The She King or the Book of Poetry*, p. 598.

苍天要"视彼骄人，矜此劳人"，是动作的发出者，所以虽然同样是呼语，孙璋将前者译为复数形式的 caerulei coeli，将后者译为单数形式的 coelum caeruleum。

Coelum 是名词，意为天空、天堂、空气等，多数情况下指自然的、物质的"天"。拉丁文《圣经》中，"起初，神创造天地"中的"天"，用的就是 coelum 一词。在天主教中，coelum 是由 Deus 创造出来的，位于大地之上，coelum 并不具有意志，也没有被神圣化。显然，coelum 的本义根本无法涵盖《诗经》中"天"的意义。孙璋选择用 coelum 翻译"天"，就意味着他认为《诗经》中的"天"只是一个空间概念吗？其实并不。我们可以看到，孙璋在翻译过程中，并未改变原诗中"天"的能动性。"天保定尔"，"天维显思"，"天"能够保佑人，它注视着人们的一举一动。孙璋没有拘泥于 coelum 这个拉丁词的本义，而是通过翻译，丰富了这个拉丁词的内涵。

"帝"与"天"都是《诗经》中的最高主宰者。如同上文，我们先对照译文：

1. 胡然而天也，胡然而帝也。（《鄘风·君子偕老》）

孙译：Tu primo aspectu coelos（pulchritudine）et imperatorem（majestate）adaequas.①

理译：She appears like a visitant from heaven! /She appears like a goddess!②

2. 文王陟降，在帝左右。（《大雅·文王》）

孙译：Ouen-ouang sive ascendat, sive descendat, semper adest ad maximi domini et dominatoris dextram et sinistram.③

理译：King Wăn ascends and descends, /On the left and the right of God.④

3. 荡荡上帝，下民之辟。（《大雅·荡》）

孙译：O quantus, quam amplissimus, est summus rerum dominus domina-

---

① Alexandre de La Charme, *Confucii Chi-king sive Liber Carminum*, p. 20.
② James Legge, *The Chinese Classics Vol. IV, The She King or the Book of Poetry*, p. 77.
③ Alexandre de La Charme, *Confucii Chi-king sive Liber Carminum*, p. 141.
④ James Legge, *The Chinese Classics Vol. IV, The She King or the Book of Poetry*, p. 428.

tor, cujus dominationi homo subjacet!①

理译：How vast is God, /The ruler of men below!②

在《诗经》中，"帝"与"天"都是最高主宰者，殷商至周代宗教有所变化，人民信奉的对象也发生了变化。殷商时期的"帝"逐渐被周代的"天"所取代，而《诗经》中的诗歌跨越多年，其中的"天"与"帝"所代表的内涵十分复杂。总的来说，"帝"与人格化的"天"基本一致。③《毛诗正义》中说："天，帝名虽别而一体也。"④《诗经》中称"帝"为"帝"和"上帝"，两者内涵一致。而孙璋的译文中出现了三种"帝"。《君子偕老》中"胡然而天也，胡然而帝也"形容女子衣着、妆饰端庄华丽，见到她就像见到"天"和"帝"一样。孙璋将此诗中的"帝"译为 imperatorem（imperator），这个词是帝王的意思，一般指俗世的帝王，而非天上的最高主宰者。在整本《诗经》中，孙璋只在此处用这个词来翻译"帝"，具体原因将在下文中分析。后面两个例子中分别是"帝"与"上帝"，理雅各都用大写的 God 一词翻译，也就是指天主教意义上的神——Deus。而孙璋并未选择使用 Deus 一词，他分别用 maximi domini et dominatoris（maximus dominus et dominator）和 summus rerum dominus dominator 来翻译"上帝"。maximus 和 summus 意为最高的、最伟大的；dominus 和 dominator 意为主（lord）、主宰（ruler）、主人（master），这两种称呼都有很浓重的宗教意味，它们本来就可以代替 Deus 一词。除了这些例子，孙璋还用过类似的组合翻译"帝"和"上帝"，翻译"帝"的 rerum dominus dominator，翻译"上帝"的 maximum rerum omnium dominum（maximus rerum omnium dominus），maximum rerum dominum et dominatorem（maximus rerum dominus et dominator），summus rerum dominus dominator，summus rerum dominus et dominator 在译诗中都很常见。其中，rerum 意为东西、事物，是个复数形式，可以理解为万物；omnium 意为一切。也就是说，孙璋将"帝"和"上帝"翻译为天下万物的最高主宰。

其实，历代《诗经》学者对"帝"的判断并不完全一致。尤为突出的一个例子就是本章第一节所讲的如何理解《大雅·生民》中"履帝武敏

---

① Alexandre de La Charme, *Confucii Chi-king sive Liber Carminum*, p. 168–169.
② James Legge, *The Chinese Classics Vol. IV, The She King or the Book of Poetry*, p. 505.
③ 蒋立甫、桑靖宇等学者已经清楚阐明了"帝"与"天"的联系与区别。
④ 李学勤主编《毛诗正义》，第 187 页。

歆"中的"帝"。传统经学阐释在这个问题上分为两派,一派以《毛传》为代表,认为帝就是高辛氏的帝喾;另一派以《郑笺》为代表,认为帝就是上帝、上天。如前所述,孙璋笔下的"帝"恰好有两种译法,一是 imperator,一是 maximus dominus et dominator,前者就是尘世的帝王,后者是天上的主宰者。那么孙璋选择传统经学的哪一方呢?他将"履帝武敏歆"翻译为,"In vestigio, quod rerum dominus et dominator (pedis sui) maximo digito impressum reliquerat, institit illa, et ecce intima praecordia, in spatioso loco ubi steterat, moveri sensit; inde concepit"。① 孙璋译诗的意思是,姜嫄站在 rerum dominus et dominator 留下的大脚趾印记上,感到自己心中有所触动,然后怀孕了。孙璋跟从了郑笺一派对"帝"的理解。

最后,孙璋笔下的"天"和"帝"有何联系呢?与孔颖达一样,孙璋认为"天"与"帝"有同样的所指,只是一个事物的两种称呼。我们可以从他的《诗经》译本中找到依据。《大雅·下武》一诗中有"永言配命,成王之孚"一句,朱熹将"永言配命"解释为长言合于天理。注意这其中的"天"字,天命之谓性,"命"常与"天"相关联。而孙璋则将"天命"解释为"帝命",这是他给《下武》中这一句诗的译文:Id nempe studet ut majorum suorum virtutes imitetur, ut a recta ratione nunquam deflectens (summi rerum domini) imperio semper obtemperet, aequitatis et fidei observantissimus custos。② 孙璋为了翻译"命",特意多加了一个括号,括号中是 summi rerum domini,而这恰恰是他给"帝"的拉丁文译名。而他在《周颂·维天之命》中则将"天之命"译为 coeli voluntas。对照理雅各的译文,他将"永言配命"译为"Always striving to accord with the will [of Heaven]",③ 理雅各将"命"译为"天命",还用大写的 Heaven 来译"天"。而从孙璋的译文可以看出,他将"天命"等同于"帝命",也就是给"天"和"帝"画了等号。"天"与"帝"相同,而"昊天"和"上帝"与它们的含义也相同。例如,《大雅·云汉》中三次出现"昊天上帝",孙璋的译法分别是 augustum coelum qui est summus rerum dominus et dominator/augustum coelum sive summus rerum dominus et dominator/augustum coelum, summus rerum dominus et domi-

---

① Alexandre de La Charme, *Confucii Chi-king sive Liber Carminum*, p. 156.
② Alexandre de La Charme, *Confucii Chi-king sive Liber Carminum*, p. 153.
③ James Legge, *The Chinese Classics Vol. IV, The She King or the Book of Poetry*, p. 459.

nator,① 而理雅各的译法分别是 God from His great heaven/God, from Thy great heaven/God in the great heaven。② 两相对照,可以看到,理雅各将"昊天"理解为一个空间,那是"上帝"所在的地方,而孙璋将"昊天"和"上帝"看作同位语,"昊天"即"上帝","昊天"与"上帝"一样,有意志,有能力,能主宰一切。在他晚期的著作《性理真诠》中,孙璋又将中国典籍中的"天"与"帝"统称为"上主"。

二 孙璋笔下的"上主"形象

《性理真诠》于1753年出版,以"灵性"为核心词展开论述,分别讨论灵性本体、灵性之原和灵性之道。孙璋在此书中借用利玛窦《天主实义》中士与西士对话的形式,全书以先儒和后儒的对话结构编排。其目标读者是中国人,书中的"上主"是孙璋希望中国人接受的天主教的Deus,是宇宙万物的主宰者。他认为"上主"在中国古已有之,由于秦始皇焚书坑儒,经书成了断简残篇,但他坚持认为三代以前"上主之称,必彪炳人间"。③ 有趣的是,全书讲述这个造物主的特点时,几乎从未提及《圣经》,整本书中的"上主"形象,都是由《诗经》等中国典籍中对"天""帝"的描述综合而成的。孙璋说他写作《性理真诠》用时十余载,从出版时间向前推算,他开始写作之时,正是译完《诗经》之时。他在《性理真诠》中大量援引、化用《诗经》中的诗句,而"上主"也成了诗经化的"上主"。

《性理真诠》第二卷第一篇"论上主为吾人大父母"是这本书首次出现"上主"一称。在这一篇,孙璋完整地勾勒出"上主"的特点:

> 此主有始乎?曰无始也,而为万物之始。其后有终乎?曰无终也,而为万物之终。有形象乎?曰无形无象也,然无形而能形形,无象而能象象。故《诗》云,明明在上,赫赫在下,汤之所以顾諟,文王所以昭事也。其尊有二乎?曰惟一也。获罪上主,则无所祷也。其体何在乎?曰无所不在也。《诗》云,无曰高高在上,陟降厥士。日监在兹也。其知何若乎?曰无所不知也。《诗》云,日明日旦,及尔

---

① Alexandre de La Charme, *Confucii Chi-king sive Liber Carminum*, pp. 178–179.
② James Legge, *The Chinese Classics Vol. IV, The She King or the Book of Poetry*, pp. 530–532.
③ 孙璋:《性理真诠》,第519页。

出王,及尔游衍也。其能何若乎?曰无所不能也。观其造天地万物,一命而即有,则宰天地万物,自为一主而不容有二可知矣。其广大有际乎?曰无际也。《诗》拟之曰荡荡,称之曰浩浩。其广大洵莫外也。其赏罚何若乎?曰至公也。《诗》云,令德者保佑命之,自天申之。《书》云,弗敬者降灾下民。孔子云,死生富贵,由其命也。《书》云,福善祸淫,为其道也。《颂》云,降监有严,不僭不滥,称为万民之大君,《大雅》称为万民之大父,《小雅》称为悠悠民父母。①

孙璋此处谈到"上主"的几个特点:无始无终,无形无象,而能形形、象象;其尊惟一无二,其体无所不在;广大无际,赏罚至公。而每论及一个特点,孙璋的论据都不是《圣经》,而是《诗经》。在这段话中,他先后引用了《大雅·大明》、《周颂·敬之》、《大雅·板》、《大雅·荡》、《小雅·雨无正》、《大雅·假乐》和《商颂·殷武》等数首诗中的诗句。

在这总论"上主"的篇章之后,孙璋在之后的文字中也沿用《诗经》中的诗句强化着"上主"的形象。他论述造物主之恩,引用《小雅·蓼莪》中的"父兮生我,母兮鞠我"说明造物主如同父母,对人的恩情"昊天罔极";② 论述造物主神体无所不在,他引用了《大雅·大明》中的"上帝临女,无贰尔心";③ 论述上主赏罚分明,惩恶扬善,他结合了《邶风·柏舟》中的"忧心悄悄,愠于群小"和《大雅·绵》中的"肆不殄厥愠,亦不陨厥问";④ 论述人们应该如何对待上主,他使用了《小雅·小旻》中的"战战兢兢,如临深渊,如履薄冰"。⑤

可见,孙璋一直将"上主"与《诗经》中的"天""帝"等同起来。在第二卷前半部分,孙璋并未直陈此意。而从第二卷中部开始,孙璋借书中"先儒"之口称,中国经书中有一个,并且只有一个宇内造物主,并将其称为上帝,而此"上帝",就是他书中所言之"上主","要之古先明王,称上帝为天地真宰,万民共父者,因上古之时……知吾人为上主所钟爱,……可知上古之时,皆知上主为造物真主"。⑥ 在第三卷行文中,孙璋干脆将

---

① 孙璋:《性理真诠》,第455—456页。
② 孙璋:《性理真诠》,第462页。
③ 孙璋:《性理真诠》,第565页。
④ 孙璋:《性理真诠》,第573页。
⑤ 孙璋:《性理真诠》,第666页。
⑥ 孙璋:《性理真诠》,第520页。

"四书五经"当中出现的"天""帝""上帝"都转写为"上主":他将孔子的"获罪于天,无所祷也"解说为"孔子曰,获罪于上主,无所祷也……孔子小心翼翼,昭事弗遑者,此上主耳"。① 他用《诗经·大雅·大明》中的"维此文王,小心翼翼。昭事上帝"和"上帝临女,无贰尔心"反驳宋明性理之说,"闻古经但云,文王小心翼翼,昭事上主。未闻昭事理性命也。闻上主临女,无贰尔心。未闻理性命临女,无贰尔心也"。② 他将《商颂·长发》中的"汤降不迟,圣敬日跻。昭假迟迟,上帝是祗"改写为"闻商颂曰,圣敬日跻,昭假迟迟,上主是祗"。③ 孙璋在《性理真诠》中也讲到了上一小节提到的"履帝武敏歆"一诗。他说,"如周之始祖为后稷,乃称姜源履巨人之迹而生焉"。在《诗经》译文中,他将"帝"理解为万物之主,而在《性理真诠》中,他将这个"帝"与"上主"等同起来,认为这个诗句蕴含着真正的道理:

> 今商周称其始祖得孕之奇,辞虽不经,毕竟有真正道理寓乎其中矣。何也?盖上主虽常顺物理之当然,但有时欲显非常之事,不顺物理之当然,以证宇内有上主宰制,全能神智,又无不可任意而为之也。④

本节第一部分阐明了孙璋将"天"与"帝"等同,而此部分论述了他正式将"天"、"帝"和"上主"三者联系并等同起来。既然这三个概念都指向宇宙最高神、万物主宰者,那么,这个最高神在孙璋看来也就是天主教中的 Deus。

三 中西方交融的"天-帝-上主"阐释

在礼仪之争中,耶稣会和其对手争论的焦点之一就是古代中国人崇拜的是否就是基督教中的 Deus。耶稣会传教士普遍认为,古代中国人所信仰的就是 Deus。而要证明这一点,就要首先论证中国古籍中的"天"与"帝"同义,然后再论证"天"和"帝"就是 Deus。耶稣会的论证以失败告终,教廷选择相信他们对手的观点。但是,礼仪之争过后,身在耶稣会

---

① 孙璋:《性理真诠》,第 770 页。
② 孙璋:《性理真诠》,第 796 页。
③ 孙璋:《性理真诠》,第 813 页。
④ 孙璋:《性理真诠》,第 562 页。

中的孙璋仍在朝这一方向努力。宋明理学之前的古代中国人提到的"天""帝"与"上主"、Deus 同义，这并不完全是孙璋的传教策略，更是他内心深处真正的看法。

从前面两部分可以看到，孙璋一步一步施行着自己的论证步骤，他首先在《诗经》译文中将"天"与"帝"等同起来，然后在《性理真诠》中将"天""帝"与"上主"相关联。这样，他就走到了最后一步，也就是将"天""帝""上主""天主"统一起来，认为这些称呼就是指 Deus。虽然孙璋的译诗中并未出现过指称天主教上帝的 Deus 一词，也从未将《诗经》中的"天"与"帝"翻译为 Deus，但从他的《诗经》注释中可以判断，"天"与"帝"对孙璋来说就是 Deus。他认为古代中国祭祀的对象都是 Deus，这个词语也多次出现在他的注释中。在《邶风·击鼓》一诗的注释中，孙璋介绍中国古代战争前的祭祀仪式，说出征的将领会带领士兵们举行仪式，请求 Deus 惩罚那些不忠诚的战士，并让 Deus 见证他们的誓言，他们对着 Deus、coeli domimus 祭祀。① 在《大雅·生民》一诗的注释中，孙璋解释"履帝武敏歆"，行文中将"帝"（rerum dominus et dominator）等同于 Deus，并特别指出中国人并不把 Deus 看成人，也从未这样想过。② 《小雅·信南山》是祭祀宗庙的乐歌，孙璋在注释中坚称这些中国人在祭祀中认识并崇拜 Deus，将其看作 supremus rerum omnium dominus，③ 也即《圣经》中的天主耶和华。

孙璋在《性理真诠》最后一卷承认，他写全书的方法是"先讲大义，后露真宗"。④ 也就是说，他在前面几卷中所讲的"古儒真教"，其实就是天主教。他怕直接说天主教不会被他所谓"久昧真元"的中国人所理解，所以只能先言天、帝、上主，最后引到天主。"天主"一词早被教廷的谕令所禁止，教廷也并不承认古代中国人所信仰的就是 Deus。但礼仪之争 30

---

① Alexandre de La Charme, *Confucii Chi-king sive Liber Carminum*, p. 233. 原文为 "Reguli confoederati ad bellum commune gerendum foedus ineuntes jure jurando fidem suam sibi obstringebant, pecudes mactabant, sanguinem potabant et quicumque fidem violaturus esset, precabantur ei maximas poenas a summo rerum domino Deo infligendas. Formula juris jurandi quod praestabant, testem appellando Deum scribebatur, recitabatur et comburebatur. Ante quam ad bellum proficiscerentur a Deo erat principium belli, et coeli domino sacrificium solenne faciebant".
② Alexandre de La Charme, *Confucii Chi-king sive Liber Carminum*, p. 302. 原文为 "non inde tamen debet inferri quod Sinae Deum hominem esse arbitrentur aut unquam arbitrati sint".
③ Alexandre de La Charme, *Confucii Chi-king sive Liber Carminum*, p. 292.
④ 孙璋：《性理真诠》，第 852 页。

年后，孙璋依然坚持耶稣会当初的立场，他在著作中先使用"上主"一称，最后又改回"天主"。这不仅是他根据传教需要而做的发言，更是针对教廷的谕令为耶稣会遭受的不公待遇鸣不平。

孙璋将"天""帝""上帝""上主""天主"等同，但是中西文化根源不同，这些概念的所指毕竟不一致。他将这些概念等同的做法，其实可以用《性理真诠》中他自己的话来反驳。在《性理真诠》首卷第四篇"总论太极"中，孙璋反驳周敦颐等人的太极学说，认为太极不是天地万物之源：

> 若太极果系天地万物之原……则《中庸》推明道之大远，何不云太极命之谓性？郊社之礼，何不云祀太极？孔子何不云知我者其太极，吾谁欺，欺太极？君子有三畏，何不云畏太极？孟子曰存心养性，何不云所以事太极？《诗》何不云畏太极之威，敬太极之渝，敬太极之怒？①

孙璋认为，最高主宰者早就为先儒所知，他们不说"太极"，就是因为"太极"并非最高主宰，不是"天"。那么，他自己用"上主"替换《诗经》等典籍中的"天"和"上帝"，不就是自相矛盾吗？《诗经》中的"天"与"帝"与《圣经》中描绘的 Deus 到底有不一致的地方。遇到这样的不一致，孙璋用以下几种方式自圆其说。

第一，为了让《诗经》中的"天"与"帝"符合天主教教义，孙璋将诗中"天""帝"的特质改造得与 Deus 一样。《鄘风·君子偕老》中有"胡然而天也，胡然而帝也"一句，诗人感叹一位女子容貌华美，见者惊为天人，孙璋的译文为"Tu primo aspectu coelos（pulchritudine）et imperatorem（majestate）adaequas"。② 他特意用 coelum 的复数形式来翻译"天"，也就是说，这里的"天"是物质天而非 Deus，此为译诗中难得的将"天"解为物质天的例子；他又用 imperatorem 一词来翻译"帝"，这是全书唯一一处将"帝"译为帝王的例子。显然，孙璋不愿让西方读者知道中国人会用"天""帝"来形容人的美貌，他要说服西方读者，中国人信仰 Deus。Deus 没有形象、没有声音，他不得不擅自改变了译名。孙璋的考量也影响

---

① 孙璋：《性理真诠》，第488页。
② Alexandre de La Charme, *Confucii Chi-king sive Liber Carminum*, p. 20.

了理雅各，后者将这句译为"She appears like a visitant from heaven! /She appears like a goddess!"①将"天"译为来自上天的访客，将"帝"译为脱离了基督教色彩的女神。为了加强自己的论点，孙璋将《大雅·文王》"上天之载，无声无臭"中的"载（事）"抹去，译为"Coelum autem augustum non habet vocem quam audiamus, odorem quem olfaciamus"，② 意为"然而上天没有声音、没有气味"。

第二，孙璋会将诗中的"天""帝"美化，以称颂 Deus。《鄘风·柏舟》"母也天只，不谅人只"是女子不愿改嫁，埋怨母亲和天命的诗句，孙璋译为"Parentis meae, ampla sunt erga me, ut coelum, beneficia, sed aliorum animum dijudicare minus novit"，③ 原诗只是说母亲和上天都不体谅我，但孙璋在译诗中加了一层意思，说母恩如同天恩广大。这样的改造将原文的怨怼之词改为称颂之意，增加的内容是孙璋借《诗经》献给 Deus 的颂歌。美化 Deus 可以增加颂词，也可以删减怨词。《小雅·正月》"有皇上帝，伊谁云憎"一句是诗人不忍见小人谗言惑主而发出的感慨：难道上天因憎恶谁而降之以祸吗？孙璋译为"Reverendus et tremendus supremus rerum dominus（Chang-ti）neminem odit, quis dicat illum odio habere quemquam"？④该句意为上帝不憎恨任何人，谁说他对任何人有憎恶呢？孙璋改变了句子结构，将原文的问句改为陈述句，他要强调 Deus 并不憎恨世人。《小雅·小明》"明明上天，照临下土"，孙璋的译文为"Perspicacissimum, augustum et excelsum coelum, terram infimam sapientia tua protegis et nobis praesens ades"。⑤ 他不仅将原文单纯的陈述改为面向"天"的称颂，还增加了 sapientia、tua 两个词，"天"是有智慧的，甚至是全知全能的。理雅各的英译本也继承了孙璋的译法："O bright and high Heaven, /Who enlightenest and rulest this lower world."⑥

第三，孙璋还在翻译和阐释《诗经》时美化人们对待"天"的态度。《邶风·北门》一诗，写的是不得志的士人抱怨自己事务繁忙、贫窭交加，

---

① James Legge, *The Chinese Classics Vol. IV*, *The She King or the Book of Poetry*, p. 77.
② Alexandre de La Charme, *Confucii Chi-king sive Liber Carminum*, p. 143.
③ Alexandre de La Charme, *Confucii Chi-king sive Liber Carminum*, p. 19.
④ Alexandre de La Charme, *Confucii Chi-king sive Liber Carminum*, p. 99.
⑤ Alexandre de La Charme, *Confucii Chi-king sive Liber Carminum*, p. 119.
⑥ James Legge, *The Chinese Classics Vol. IV*, *The She King or the Book of Poetry*, p. 363.

每一章的最后都有"已焉哉！天实为之，谓之何哉"几句。朱熹认为此诗讲"卫之贤者处乱世，事暗君，不得其志，故因出北门，而赋以自比。又叹其贫窭，人莫知之，而归之于天也"，朱熹引用杨时的说法，认为"不择事而安之，无怼憾之辞，知其无可奈何，而归之于天，所以为忠臣也"。① "怨天"是为了不怨君，归之于天，正体现了诗人的忠君之心。而孙璋改变了这种说法，他认为此诗写的是"一位官员深陷事务的困境中，但他完全没有抱怨上天（天命）的意图，而且领会了神圣的旨意"。② 按照孙璋的说法，此人没有将过错归之于天，孙璋认为天就是指 Deus，而 Deus 的意图任何人都不能揣测或心生怨恨，而应当像约伯一样，在困境中也不改变信仰。所以孙璋在解释此诗时，故意忽视了朱熹等人的普遍看法，将"怨天诗"改造为"知天诗"。

第四，孙璋在译诗中遇到无法自圆其说的部分，便在注释中特别注明中国人和他自己对"天""帝"的理解。《唐风·鸨羽》和《小雅·巷伯》都有怨刺之意，诗人呼喊苍天，发出慨叹。孙璋特意在两首诗中加入了内容类似的脚注，写明中国人呼喊苍天是一种诗化的手法，类似西方呼语这种修辞方法。③ 这样的解释可以削弱诗中的怨刺之意，用"诗化的""诗学的"解释来遮住对"天"的怨怼之情。《大雅·生民》中有"履帝武敏歆"一句，孙璋译为"In vestigio, quod rerum dominus et dominator (pedis sui) maximo digito impressum reliquerat"，然而，Deus 是无声无臭、没有形象的，怎么会留下一个脚印呢？孙璋在译文中没法解释这件事，便在注释中说这是一种比喻的说法，一种诗学的表达："他们可以在诗学意义上说有关上帝留下了脚印的事。他们可以在比喻意义上说。我们不也说上帝曾经用手指刻下了十诫的命令吗？"④ 孙璋又用"诗学的"（poëtice）为中国古代典籍辩解，他认为古代中国人知道上帝是无声无臭、无形象的，西方人可以用诗学方式说上帝用手指刻下了十诫，那么中国人这样说也就不足为奇，不能证明中国人信仰的不是 Deus。

---

① 朱熹：《诗集传》，第 38 页。
② Alexandre de La Charme, *Confucii Chi-king sive Liber Carminum*, p. 238. 原文为"In summis rerum angustiis magnas quidam gravius conqueri non ausus in coelesti consilio omnino conquiescit, et providentiam divinam agnoscit"。
③ Alexandre de La Charme, *Confucii Chi-king sive Liber Carminum*, p. 112.
④ Alexandre de La Charme, *Confucii Chi-king sive Liber Carminum*, p. 302.

第五，当译诗和注释都无法掩盖诗中对"天"的不敬时，孙璋只能自己站出来为中国人辩解。《诗经》中有很多"怨天诗"，孙璋将"天"理解为"Deus"，那么"怨天"就变为渎神。在上文几个例子中，孙璋可以通过修改译文来淡化甚至抹除"怨"，但这种办法不适用于所有的"怨天诗"。《小雅·节南山》中有很多"不吊昊天""昊天不傭""昊天不惠"的句子，孙璋只能按照原文翻译为"Coelum augustum nulla erga illum misericordia moveatur quidem/Augustum coelum, aequitatis immenor/Augustum coelum jam misereri non amat"，① 孙璋在注释中说诗人遭受了巨大的苦难才口不择言。孙璋没有直接将渎神的罪名加于作者，而是说这些诗句"近似渎神"，并请求上帝原谅他为这样的诗句寻找借口。②

总之，孙璋想方设法将"天""帝""上主""天主"和 Deus 统一起来。在孙璋的理解中，这些指称都是同位语，它们有相同的内涵和外延。孙璋的著作可以说是耶稣会士对礼仪之争中译名之争的回应。孙璋在《性理真诠》的最后一卷最后一篇中这样谈论他对"天主"二字的理解：

> 天主二字，非无凭而悬拟之辞，亦非近今始有此称也。……天主原无名可名，今既有天帝，俯仰上下，惟天为大，指他物而称上主，恐不合上主尊贵之性，乃切指最大之天，而称之曰天主者，盖万物莫大于天，天统万物于中，既是天之主，则其为神人万物之共主，不待言矣。……名号虽殊，其义理则同也。若然，则同一天主也，或称造物主，或称上主，或称主宰，或称真主真宰，或称大父共父等，义本相同，并无或异。盖大道真传，重义理不重文辞。……称天主者，如神人万物，格物家俱定义恰当之名，岂有尊高无尚、至一无二之天地真主，反不恰定一称呼之名，便人尊敬乎？③

在孙璋看来，译名并不重要，天主、造物主、上主、天、帝，这些汉语词语所指称的就是西方的 Deus。"名号虽殊，其义理则同"，"义本相同，并无或异"，这样的观点与闵明我、安多起草的请愿书中"虽名称不同，其

---

① Alexandre de La Charme, *Confucii Chi-king sive Liber Carminum*, p. 97.
② Alexandre de La Charme, *Confucii Chi-king sive Liber Carminum*, p. 283. 孙璋给这句译文的注释为 "Augustum coelum etc.: Dura sunt haec verba et blasphemiae similia quae caecus et summus dolor ipsis expressit; sed nonne David et Job in sancta scriptura sermonem ejusmodi ex ore excidere passi sunt? absit tamem ut ita loquentes excusatos omnino velim"。
③ 孙璋：《性理真诠》，第 921—922 页。

实一也"的判断如出一辙。我们可以说，闵明我等人是为了得到康熙帝的支持才故意说"名称不同，其实一也"。然而，从孙璋的著作中可以看到，即便《自那一天》的谕令已经下达近40年，雍正帝、乾隆帝的禁教仍在持续，但作为耶稣会士的孙璋，仍然坚持耶稣会当初的立场。

第三节 困惑与辩护：孙璋对中国祭礼的态度

礼仪之争中的另一个重要议题为是否允许祭祖祀孔的"中国礼仪"。耶稣会士将中国的祭祖祀孔等仪式称为"中国礼仪"，利玛窦等人在中国传教时，采用"补儒易佛"的策略，不反对入教的士大夫等中国天主教徒参加中国传统的祭祖祀孔仪式，并特意将"中国礼仪"阐释为非宗教性质的活动。利玛窦认为祭祖并不能说明中国人偶像崇拜或者渎神："这种在死者墓前上供的作法似乎不能指责为渎神，而且也许并不带有迷信色彩，因为他们在任何方面都不把自己的祖先当作神，也并不向祖先祈求什么或希望得到什么。"[1] 但是从龙华民开始，针对"中国礼仪"是否具有宗教性的争论便在教会内部展开了。争执首先出现在耶稣会内部，"嘉定会议"激烈争论后，决议仍然允许中国人参加祭祖祀孔的活动。而后，多明我会、方济各会、巴黎外方传教会等也加入了讨论。中国礼仪是否具有宗教性，古代中国人是否真的认识耶和华，他们祭祀的对象是谁，他们祭祖时是否祈求祖先保佑……一系列大大小小的问题都需要回答。1693年，来自教廷直属传信会（the Sacred Congregation of Propaganda）的代牧主教阎当在福建要求他的教区禁行"中国礼仪"，许多耶稣会士对阎当的命令表示怀疑。争执传到罗马，教宗克莱芒十一世分别在1705年和1715年发布命令严禁"中国礼仪"。在康熙帝、雍正帝禁教之后，很多来华传教士放弃了之前的合儒、补儒策略，不再走靠近中国文化的传教道路。孙璋来华之前，教宗的禁令已经颁布，他进入北京时正值雍正帝禁教。孙璋到了北京后就未曾离开，是耶稣会士当中的中国文化专家，他的《诗经》译本体现出了他从文本和现实生活两方面总结的对"中国礼仪"的认识和态度。

---

[1] 〔意〕利玛窦、〔比〕金尼阁：《利玛窦中国札记》，何高济、王遵仲、李申译，中华书局，2010，第103页。

一 孙璋对《诗经》中祭礼的翻译与阐释

《诗经》中有多首诗写到祭礼，这些诗歌是我们了解商周时期信仰与祭祀的重要文字材料。礼仪之争时，很多传教士写下他们对中国祭礼的观察和了解。孙璋的《诗经》译本，就包含了他对中国祭礼的全面介绍和阐释。在第三章我们曾提到，孙璋注释的特色之一就是以礼注诗，他在翻译《诗经》之前曾译《礼记》，他对中国祭礼的了解就根植于《诗经》和《礼记》，二者互证，形成了他对中国古代祭礼的看法。商周时期的祭礼和孙璋生活的清代大有不同，孙璋在《诗经》注释中还记录了他在现实生活中观察到的祭礼。

《诗经》中的祭祀诗种类多样，涉及郊社之礼、宗庙祭祀、农事祭祀、战前祭祀等。被孙璋直接标注为"祭祀诗"的是《小雅》中的《楚茨》和《信南山》，《周颂》中的《清庙》《维天之命》《维清》《烈文》《天作》《昊天有成命》《我将》《时迈》《思文》《丰年》《有瞽》《潜》《雍》《载见》《闵予小子》《丝衣》《酌》《赉》《般》，《商颂》中的《那》《烈祖》《玄鸟》《殷武》，共25首。此外，孙璋还在许多其他诗歌的注释中介绍了他眼中的中国祭礼。

在礼仪之争中，耶稣会士面临一个难题：他们认为中国礼仪是非宗教性的，所以倡导同意中国天主教徒参加祭祖祀孔等活动。但是，由于他们将中国的"敬天"解释为"敬天主"，所以又不得不承认祭拜天地的郊社之礼的宗教特性。"社"并非祭天，而是祭祀土地神的仪式，那么，难道中国人信仰的不是唯一神吗？耶稣会陷入了逻辑的困境。从本章第二节可以看到，孙璋坚持认为《诗经》《尚书》等中国典籍中的"天"和"帝"就是天主教中的 Deus，那么，在孙璋看来，郊社之礼就是一种宗教仪式，祭拜的对象"天"其实就是天主教的 Deus。孙璋面临和他的耶稣会前辈同样的问题，他将做何解释？在《小雅·甫田》中有"以社以方"一句，孙璋在注释中这样解释"社"："有两种祭礼，称作郊、社，它们用来表达对唯一至高的万物主宰的尊敬，就像孔子和其他中国哲学家所清楚言说的那样。"[1] 这其中的"唯一至高的万物主宰"（unus summus rerum dominus et

---

[1] Alexandre de La Charme, *Confucii Chi-king sive Liber Carminum*, p. 293. 原文为"Duo genera sacrificii Kiao-Che dicta, quibus colitur unus summus rerum dominus et dominator"。

dominator)就是孙璋翻译"上帝"所使用的拉丁词语。也就是说,在孙璋的阐释中,"社"和"郊"一样,都是祭祀"天"的仪式。综合孙璋对祭天仪式的描写,《诗经》译本的读者看到的中国祭天仪式如下。中国的天子既是国王,也是负责敬神的牧师。他订立敬神的律法,决定敬神的仪式。他在郊、社等神庙中举行祭祀,也在名山大川举行祭祀仪式。春夏秋冬都有祭祀仪式,祭祀之时,天子身穿象征着天和星星的衣服,帽子上画着幼苗和大树。在仪式中有音乐和舞蹈,仪式过后第二天还会举行宴会。

《诗经》中大部分祭祀诗描写的并不是祭天,而是祭祖。《小雅·楚茨》是第一首被孙璋注为祭祀诗的作品,而这首诗也将宗庙祭祀的过程描述得比较详细。译文如下:

> Spinis et vepribus scatent agri, et agros spinis purgare laborant. A primis temporibus eo laboris addicti sumus, quid ita? Milium Chou, milium Tsi dictum colimus; et milii Tsi segetes feraces; milii Chou laetae segetes. Horrea nostra implentur, acervus frumenti ingens et suppetunt. Frugum mensurae centies mille; inde vinum et escas paramus ad oblationes et ritus peragendos, ad nobis concilianda prospera, ad nobis ingentem felicitatem comparandam.
>
> Pingues tauri et boves magno apparatu deducuntur sive hiemali tempore et ille ritus Tching dicitur, sive autumnali et ille ritus dicitur Tchang; alii pellem pecudibus detrahunt; alii carnes incoquunt; alii ex ordine apponunt; alii prae minibus accipiunt; ritus oblationum et precationum ad valvas atrii peraguntur; in illis oblationibus ominia splendide fiunt. Ex quo originem trahimus priscus avus noster vere magnus et augustus. Patronus noster spiritus oblationes et ritus nostros probat. Erga parentes suos pii neptoes prospera consequuntur. Magna felicitas et beata immortalitas est eorum, in parentes pietatis praemium et merces.
>
> Lebetis curam suscipiunt diligentes et attenti; oblationum vasa Tsou dicta, magna illa quidem; carnes alii torrent, alii frigunt. Matrona domi domina munda, magna est ejus modestia et gravitas. Vasa Teou dicta plurima; qui rem rituum adjuvant (hospites) alii aliis vina fundunt, ita ut cui vina funduntur, ipse alteri vina fundat; ritus omnes et caerimoniae de more et secundum statutats leges. Sive rideant, sive loquantur, omnia decenter;

inde spiritus defensor adest dexter, magnis bonis eos remuneratur, immortalitate scilicet ipsos donat.

Pro viribus et facultate nostra hoc officio defuncti sumus, nihilque in ritibus peragendis peccavimus. Qui precationum curam gerit nos admonet, multa futura esse bona iis, qui pii sunt erga parentes, et magnam felicitatem ad ipsorum nepotes deventuram; dapes quae pie in avorum memoriam celebrandam oblatae fuerunt, suaviter redolentes, has oblationes spiritum acceptas habuisse, has escas, hoc vinum probavisse, omnia prospera pro votis nostris nobis eventura in testimonium (pietatis erga parentes nostrae); et quia his caerimoniis diligentissime perfuncti sumus, tibi (o paterfa-miliâs) promittitur, quid summum, quid aeternum; tuaque in dies, in mille et millia crescet felicitas.

Finitis caerimoniis pulsare campanam, pulsare tympanum abstinent. Pii nepotes quisque sedem suam repetit. Qui precationibus praeest, sic loquitur: spiritus oblationes vestras acceptas habet, in iisque acquiescit. Qui mortuorum personam gerit reverendus Chi dictus tum surgit, eumque campanae et tympana sonis musicis excipiunt, et abeuntem comitantur. Spiritus patronus (ad sedes superas) remeat; nec mora, qui adfuerunt viri primarii, nec non matrona domi domina recedit. Pater autem familiâs cum suis fratribus privatim convivatur.

Instrumenta musica in cubicula interiora (aedium parentalium) asportantur, fit concentus musicus et in futurae felicitatis spe conquiescunt illi. Fercula tua apponuntur, magna animorum concordia magnoque gaudio inter se convivantur; bene poti, bene pasti quisque sive parvus sive magnus, gratias agunt. Spiritus dapes et vinum probavit, et accepta habuit, et multos vitae annos patri familias concedit. Omnia ex ordine, pro tempore fuerunt; in his enim par est omnem diligentiam adhibere. Vos omnes quotquot nascimini filii et nepotes hoc sequamini exemplum, et cavetenne haec erga majores vestros officia deseratis. [1]

---

[1] Alexandre de La Charme, *Confucii Chi-king sive Liber Carminum*, pp. 121 – 122.

从这首译诗中可以看到中国祭礼的过程。人们丰收之后，用收获的粮食酿酒和制作食物，酒和食物用来供奉先祖。一年四季都有祭祀仪式，秋冬的祭祀分别叫作尝、烝，祭礼用到的祭品有牛羊、酒肉，用到的器具有俎、豆，仪式上有钟鼓奏乐，仪式后有酒席燕饮。主持祭礼的是祝，代表祖先的是尸。对于祭祀的过程，读者阅读译诗就可以获得比较全面的了解。在译诗之外，孙璋还在许多诗篇的注释中反复介绍了祭礼中的各种细节。在《小雅·天保》一诗的注释中，孙璋详细解释了"尸"，他引用《礼记》称，男孩尸在纪念祖先的活动中扮演去世者的角色；死者生前习惯吃的食物，还会提供给死者；死者生前所受的荣誉，要向死者敬献。因为天子在父亲活着的时候要向其行礼，所以在祭礼上也要向代表死去父亲的尸行礼。① 在《商颂·那》中，孙璋解释祭礼上的舞蹈："人们被痛苦压迫，痛苦反反复复，在他的身体中到处乱窜，他把压迫自己的痛苦挤压出来，这样我们的祖先就在祭礼上的哀悼中创建了这种舞蹈，这是痛苦和哀悼的符号。"② 孙璋的话源自《礼记·问丧》中的"恻怛之心，痛疾之意，悲哀志懑气盛，故祖而踊之，所以动体安心，下气也"。此外，值得注意的是，孙璋很重视宗庙祭祀中体现的孝道（pietatis erga parentes nostrae），他在《小雅·天保》《大雅·凫鹥》《周颂·潜》等诗篇的注释中反复强调，纪念祖先的祭礼是孝道的体现。

对于祭祖，传教士中的争论比祭天更加激烈，争论的焦点是中国人是否把祖先当作神，是否相信祖先能够实现自己在祭礼时许下的心愿，是否

---

① Alexandre de La Charme, *Confucii Chi-king sive Liber Carminum*, p. 276. 孙璋在《天保》一诗注释中这样介绍"尸"："Ille puer vocabatur Chi; et hunc ritum instituit imperator Chun. Ex tempore autem imperatoris Tsin-chi-hoang jam non viget hic mos apud Sinas; et loco pueri Chi tabellam, ubi nomen mortui scriptum sit, solam retinuerunt. Quatuor anni tempestatibus, et quarter intra annum sepulturam avorum suorum etiamnum adeunt, ubi caerimoniis institutisque suis defunguntur. Ex libro Li-ki puer Chi in parentalibus mortui personam agebat; ipsi offerebantur fercula quae mortuo, dum vivebat, offerri solebant; ipsi honores exhibebantur qui mortuo, dum viveret, exhiberi solebant; ita ut Imperator ipse, qui patrem suum, dum vivebat, prostrato in terram corpore salutare solebat, puerum Chi, mortui personam agentem, prostrato corpore salutaret. Nunc temporis qui ritus coram puero Chi olim peragebantur, iidem et eadem mente coram tabella ubi nomen mortui scriptum sit peragunt et tabellam habent pro puero Chi antiquo."

② Alexandre de La Charme, *Confucii Chi-king sive Liber Carminum*, p. 320. 原文为 "homo dolore pressus; eundo et redeundo, corpus suum huc et illuc jactando, dolorem, quo premitur, exprimit, itaque in luctu et parentalibus majores nostri saltationem instituerunt, quae doloris et luctus signum esset"。

认为死去的祖先真的来祭礼上享用祭品等。教廷禁止中国礼仪的谕令将祭祖称为异端做法，也就是认为中国人把祖先当作神，并且认为死去的祖先会享用祭品。孙璋并不接受教廷的看法，《楚茨》一诗中有"先祖是皇，神保是飨。孝孙有庆，报以介福，万寿无疆""苾芬孝祀，神嗜饮食""工祝致告，'神具醉止'"等诗句。孙璋在这首诗的注释中说，中国人尊重自己去世的父母，如同他们活着的时候一样，而诗中的"神"则是国家、城市和家庭的守护者，古代中国人认为神跟在信仰上帝（summus rerum omnium dominus）的人身边，完成上帝给它们的使命。① "神嗜饮食"和"神具醉止"说的就是祖先的神灵会享用祭品，而孙璋的译文是"has oblationes spiritum acceptas habuisse"和"spiritus oblationes vestras acceptas habet"。② 他用"acceptas"（接受）一词，巧妙地回避了饮食的动作。死去的祖先会来吃祭品吗？孙璋虽然在这首诗中委婉地回避了这个问题，但他自己其实并不确定这个问题的答案。在《陈风·防有鹊巢》一诗的注释中，孙璋发出疑问：摆在桌上的食物是给谁的？死去的人真的吃这些食物吗？③ 他认为中国人这样做的原因只是孔子曾经说"事死如事生"，所以没人质疑这种做法。孙璋也曾就这个问题做过调查，在《周颂·有瞽》的注释中，他谈道："我们在中国调查他们是否相信祖先吃他们放在祭礼上的食物，他们是否相信他们的祖先因为祭礼上的音乐声而欣喜的时候，他们认为问这样的问题使他们受到冒犯，他们嘲笑问这样问题的我们，这种事经常发生在我身上。"④ 因为得不到回答，所以孙璋只能将他从书中了解到的祭祖仪式记录下来。尽管孙璋对祭祖仪式中的很多问题并没有确定的答案，但他

---

① Alexandre de La Charme, *Confucii Chi-king sive Liber Carminum*, p. 291. 这段注释的原文为 "Parentes suos mortuos colebant quasi si adhuc vivi fuissent, sic erga mortuos eodem studio se gerebant quo erga vivos. Quid per patronum spiritum intellexerint non ita liquet; sed certum est antiquos Sinas agovisse spiritus custodes regnorum, urbium, familiarum etc. Quos spiritus summo rerum omnium domino obsequiosos jussa ejus facessentes adstare credebant"。

② Alexandre de La Charme, *Confucii Chi-king sive Liber Carminum*, p. 122.

③ Alexandre de La Charme, *Confucii Chi-king sive Liber Carminum*, p. 268. 原文为 "Quid est, inquit, quod ita apponantur cibi? Nunquid mortui his cibis vescuntur?"

④ Alexandre de La Charme, *Confucii Chi-king sive Liber Carminum*, p. 312. 原文为 "Est cum quaeramus a Sinis utrum credant avos comedere, qui in parentalibus apponuntur, cibos; utrum credant avos suos sonis musicis parentalium delectari; parihus（应为 paribus, 见附录二）quaestionibus injuriam fieri sibi existimant; et nos irrident, qui talia quaeramus; quod saepe mihi contigit"。

仍然选择在礼仪之争过去几十年后，继续为中国祭礼辩护。

二 孙璋为中国祭礼的辩护

孙璋在他的《诗经》译本和《性理真诠》中，都不遗余力地为中国礼仪辩护，希望教廷能对中国礼仪采取宽容的态度。

第一，即便中国人的祭祖仪式举行得更多，但是孙璋坚持认为祭祖的中国人并不是祈求祖先保佑，而是祈求上帝保佑，祭祖就是崇拜上帝的表现。他甚至认为，祭祖仪式就是为上帝而举行的。《小雅·信南山》是一首祭宗庙之诗，诗的第二章是"中田有庐，疆场有瓜。是剥是菹，献之皇祖。曾孙寿考，受天之祜"。孙璋在解释这段话时，说这里不能理解为祖先保佑举行祭祀的人，而应理解为这些福报都源自天/帝，中国人并不向祖先祈祷福报，祭礼所期盼的福寿、好运都是上天赋予的。在《鲁颂·閟宫》的注释中，孙璋说得更加直白，"为祖先举行的祭礼每年四季由统治者的祭祀完成，这是为天地万物的最初创立者上帝（rerum omnium primo auctori supremo rerum domino et dominatori）而举办的"，"在为上帝（supremo rerum domino et primo omnium auctore）举行的祭祀中，陪祭的是作为这个家族的创立者的祖先们，他们（中国人）并不在脑海中认为这些祖先和上帝平等，宴席不是只为了宾客举行的，宾客显然只是参与其中，所以他们（中国人）认为祭礼也只是献给上帝的"。① 《性理真诠》一书中，也常常可见孙璋这样的阐释思路："古儒立郊社二礼，大有深意，郊也者，……非祀天也，正感上主造天之德以申图报耳。社也者，……非祀地也，实谢上主造地之恩以鸣酬答耳。盖上古惟有郊祀，并无社祀，而郊以含社者，恐后世但认天地为父母，而忘造生天地之大主也。"② 孙璋在此处所说的"天"，是指与"地"相对应的物质天，而非与上主相同的最高主宰。孙璋

---

① Alexandre de La Charme, *Confucii Chi-king sive Liber Carminum*, p. 317. 这段注释的原文为 "Sacrificium pro supremo rerum domino et primo omnium auctore habebatur quasi convivium, quo exceptus hospes clarissimus suum habet adjunctum convivam; qui quidem comes hospiti adjungitur non eo quod comitem hospiti aequiparare velint, sed quod hospitem ita honorare ferat consuetudo. Sic in sacrificiis pro primo rerum omnium auctore, ipsi adjungebant illum ex majoribus suis qui gentis suae auctor fuerat, non ea mente ut eum supremo rerum domino aequiparare vellent; et quemadmodum non paratur convivium nisi hospiti, licet huic adjungatur conviva; ita sacrificium ad solum supremum dominum pertinere existimabant; ita colligitur ex libro Li-ki de ritibus Sinensibus".

② 孙璋:《性理真诠》，第569页。

认为上古有郊而无社,"郊"就是祭祀上主的仪式。

第二,商周时期人们祭祀的对象是多样的,《诗经》中除了祭天、祭祖的祭祀诗,还有农业祭祀诗、战争祭祀诗等。孙璋遇到这些诗歌时,常常刻意回避他难以解释的宗教性问题。他判断诗旨时,往往故意将那些他认为有"渎神"嫌疑的诗旨写得避重就轻。例如《小雅·吉日》,朱熹认为这首诗是祭祀马祖的诗:"此亦宣王之诗,将用马力,故以吉日祭马祖而祷之。既祭而车牢马健,于是可以历险而从禽也。"① 而孙璋的注释中删除了"祭马祖"的说法,只说这首诗写"宣王热衷田猎"。② 显然,孙璋无法解释"祭马祖"的现象,又担心教会内部看到这种说法,会怀疑耶稣会的立论基础,所以干脆隐去不说。此外,《小雅》中的《甫田》《大田》,《周颂》中的《载芟》《良耜》都是丰收之后的祭祀诗,孙璋将这几首诗都判断为农事诗。

第三,孙璋努力将祭祖仪式解释为世俗的,仅仅为了体现孝道的。在闵明我等传教士写给康熙帝的请愿书中,就这样评价祭祖仪式:"祭祀祖先,出于爱亲之义,依儒礼亦无求佑之说,惟尽孝思之念而已。虽设立祖先之牌位,非谓祖先之魂在木牌位之上,不过抒子孙'报本追远''如在'之义耳。"③ 孙璋继承了这一立论方式,在《周颂·潜》的注释中,孙璋说中国人认为祭祀可以体现孝道,孝顺的人才能得到上天赐福;④ 在《大雅·凫鹥》中,孙璋称祭祀是孝道的表现。⑤ 在《小雅·信南山》一诗的注释中,孙璋也强调"如在"之义:

> 只是古代中国人——制定这个仪式的人——没有其他的想法,他们希望儿子和后代为他们去世的父母和祖先准备宴席,就像他们活着一样。中国人对我们的憎恶这样说:事死如事生,事亡如事存。意思

---

① 朱熹:《诗集传》,第185页。
② Alexandre de La Charme, *Confucii Chi-king sive Liber Carminum*, p. 280. 原文为 "Suen-ouang imperator venandi studiosus"。
③ 李天纲:《中国礼仪之争:历史、文献和意义》,第36页。
④ Alexandre de La Charme, *Confucii Chi-king sive Liber Carminum*, p. 312. 原文为 "Quia parentalia ad pietatem filialem pertinere existimant; quae pietas in parentes multa bona a coelo, ut aiunt, consequitur"。
⑤ Alexandre de La Charme, *Confucii Chi-king sive Liber Carminum*, p. 304. 孙璋注释为 "Parentalia ad pietatem filialem pertinere existimant Sinae"。

是说，我们尊敬死去的人，就像他们活着一样。①

在注释中，孙璋特意用拼音标注"事死如事生，事亡如事存"几个字，他的这个辩护策略完全继承了他的先行者。

第四，孙璋在《诗经》译本和《性理真诠》中，都将中国祭礼视为利于增强人们对上主信仰的礼仪，认为中国礼仪对天主教的传播起到积极作用。他在《小雅·甫田》的注释中解释"社"："《礼记》中很明确地说，每个地区，每个家族都把自己的一部分农作物带到祭礼社上，对于这个做法，我们的宗教中（规定的数字）是1/10。"② 孙璋所说的"我们的宗教"就是天主教。"社"是祭祀土地的仪式，但是孙璋避而不谈，将对"社"的理解引到了天主教的什一税上，加强两者的联系。在《性理真诠》一书中，孙璋为了引导读者敬拜上主，就将崇拜上主与孝道联系起来，体现孝道的祭礼也变为加强人们对上主信仰的手段。孙璋也常引用"四书五经"当中提到的祭祖仪式，来说明天主教教义。他在《性理真诠》一书讨论灵性不灭时，便用祭祖仪式来证明灵性不灭："况乎五经备载享祀祖考之定礼，后人遵守弗替，假令乃祖乃宗之灵体，死即散灭无知，先王于春秋二季，修祖庙，设裳衣等，微特无益，且令世世子孙，从事于荒渺无凭之伪举矣，夫岂可哉？"③ 孙璋说，如果人死后灵神随之死灭，那么经书中所记载的丧祭之礼就是虚设了。孙璋还说："中国从古以来于郊祀大典，皆小心谨慎，莫敢怠忽。……可知如此备礼，如此恪恭，……洵知天地内外，定有一造物真主……故临祭之时，决不敢稍有亵渎焉耳。"④ 孙璋用人们在郊祀典礼上的恭敬态度来说明他们相信造物主的存在，而这个造物主在孙璋的阐释中就是天地间唯一的造物主。

孙璋对中国祭礼的所有阐释都指向一个目的：希望教廷对中国礼仪更

---

① Alexandre de La Charme, *Confucii Chi-king sive Liber Carminum*, p. 292. 这段引文的原文为 "antiquorum autem Sinensium, qui hos ritus instituerunt, non fuit alia mens; voluerunt, ut filii et nepotes parentibus et avis suis convivium pararent mortuis, quasi si vivi essent: et hoc Sinae ad nauseam usque repetunt nobis Chi See Jou Chi Cheng; Chi Ouang Jou Ghi（应为Chi, 见附录二）Tsun i. e. mortuos quemadmodum vivos colimus".

② Alexandre de La Charme, *Confucii Chi-king sive Liber Carminum*, p. 293. 原文为 "Liber Li-ki aperte dicit quemlibet pagum, quamlibet familiam frugum suarum partem conferre in sacrificium Che dictum; quod ad decimam in religione nostra recidere videtur, quodque innuitur in hac stropha".

③ 孙璋：《性理真诠》，第424—425页。

④ 孙璋：《性理真诠》，第507页。

加宽容。在他看来,祭祀不在于外在的形式或仪式,而在参加祭祀的人的心里。外在的形式不代表任何含义,所有的仪式最终都要指向本质,而这个本质就是人们心里是否崇拜 Deus,是否认为 Deus 是天地间的最高主宰。孙璋的这种看法和中国的一些天主教徒一致。杭州的天主教徒洪意纳爵等人在回答殷铎泽关于中国祭礼的提问时这样说:"所以问礼之是非,不当以行事之异同断,当以其用礼之心断。如心同而事异,何妨抠趋以从。若心异而事同,弃去惟恐不速,奈何以外貌之相若,遂并其心而责之哉?"[①] 这些中国教徒皈依天主教的同时,也希望能参加祭祖等传统的中国祭祀仪式。教廷禁行中国礼仪的谕令的确打击了这些教徒,极大影响了传教士在中国传教的进程,更阻断了当时天儒对话的积极性。孙璋显然站在中国天主教徒一端,他不顾教廷禁止中国礼仪的谕令,在《性理真诠》的最后一卷大胆地说:"至于丧葬之礼节,无乖正道,无关孝道之大本者,天主教俱可因人情,随风俗,便宜行事。"[②] 可见,孙璋在礼仪之争过后,结合自己的传教实践,仍在反思教廷对中国礼仪的态度是否合适。

第四节 《诗经》与《圣经》对孙璋的交互影响

通过前文论述可知,孙璋在译名问题和实践问题上都不同意教廷为礼仪之争所下的禁令。礼仪之争不仅仅是教廷和传教士如何对待中国礼仪的问题,也是中国天主教徒如何实践的问题,更是中西方学者对如何将两种不同的文化以人们可以接受的方式融会贯通的探讨。教廷的禁令和清政府的禁教政策打断了这样大规模的文化碰撞,而孙璋另辟蹊径,在阐释中将中西方之"经"交融起来,尝试将中西两种"经"纳入同一话语体系。《圣经》影响着他对中国五经的理解。在《孔夫子的诗经》中,他数次用《圣经》故事和话语来讲解《诗经》诗句;而中国的"四书五经"等经典,又反过来影响了他的上帝观和他对天主教教义的理解和阐释。

一 孙璋以《圣经》阐释《诗经》的尝试

合儒、补儒、超儒是自利玛窦以来,来华耶稣会士长期使用的传教策

[①] 李天纲:《中国礼仪之争:历史、文献和意义》,第 266 页。
[②] 孙璋:《性理真诠》,第 912 页。

略。在礼仪之争后，耶稣会在教会内部被多明我会、巴黎外方传教会等对手大加打击，失去了教廷的支持。由于雍正帝、乾隆帝实行禁教政策，大批来华传教士都被驱逐至澳门，获准留在北京的传教士必须保证不再离开，留在北京的大多数传教士都以机械、翻译、绘画、天文、数学等技艺立身。但在这种艰难环境下，作为传教士中少有的中国文化专家，孙璋依然坚守着耶稣会的传统，并将这种策略向前推进一步。作为传教士，孙璋对《圣经》了如指掌，并且对中国的天主教徒故事十分熟悉。他解诗虽然主要依从朱熹等中国经学家的传疏，但并没有忘记在其中融入他对天主教的理解。这种用《圣经》阐释《诗经》的做法，在西方诗经学史中是十分新颖独特的。

《小雅·节南山》是诗人讽刺太师尹氏的诗，诗人看到"国既卒斩""丧乱弘多"的乱象，连着发出了"不吊昊天，不宜空我师""昊天不傭，降此鞠讻。昊天不惠，降此大戾""不吊昊天，乱靡有定"的呼喊。孙璋在译诗时并未改变诗意，但在给这首诗的注释中婉转批评了诗人怨怼上天的做法："昊天等（指昊天不惠等诗句），这些诗句是严酷的，还近似亵渎神灵，十分盲目，他用这些词来表达巨大的痛苦，但是难道《圣经》中的大卫和约伯，遭受了苦难，不是把这样的话消除在口中了吗？然而，请上帝原谅我希望为这样的话语找借口。"[①] 孙璋看到遭受苦难的诗人，最先想到的就是他熟悉的《圣经》人物大卫和约伯。他们遭受巨大的苦难，但并未因此而怀疑或抱怨耶和华，保持了对耶和华的信仰，后来得福。孙璋以大卫和约伯为例，委婉地批评诗人出言怨天的做法。孙璋忽略大卫和约伯是个人遭受苦难，而诗人则因看到国之不国才发出慨叹。不过，孙璋用大卫和约伯为例解读此诗，更是他坚信"昊天"即 Deus 的证明。

在《圣经》人物之外，孙璋还在解释《诗经》时引用过《圣经》原文。《小雅·楚茨》的第四章是"我孔熯矣，式礼莫愆。工祝致告，徂赉孝孙。苾芬孝祀，神嗜饮食。卜尔百福，如几如式。既齐既稷，既匡既敕。永锡尔极，时万时亿！"《楚茨》是祭祀祖先的乐歌，第四章讲的是恭敬而没有差错地举行了祭礼，祖先的神灵歆飨了祭品，赐福给子孙后代。

[①] Alexandre de La Charme, *Confucii Chi-king sive Liber Carminum*, p. 283. 原文为 "Augustum coelum etc.：Dura sunt haec verba et blasphemiae similia quae caecus et summus dolor ipsis expressit；sed nonne David et Job in sancta scriptura sermonem ejusmodi ex ore excidere passi sunt？absit tamen ut ita loquentes excusatos omnino velim"。

孙璋这样解释"永锡尔极,时万时亿":"永锡尔极等在《圣经》中这样讲:尊重你的父母,这样你就会在地上长寿。"① 这句话来自《新约·以弗所书》,原文是"要孝敬父母,使你得福,在世长寿,这是第一条带应许的诫命"。② 《楚茨》描绘宗庙祭祀的过程,在礼仪之争余绪中,这是一个敏感话题。但孙璋用《圣经》中出现的"孝敬父母"化解了这种敏感,将全诗的主题引向"孝",而这种方式后来也出现在韩国英的译诗中。③

《小雅·大田》的注释中也出现了《圣经》。《大田》一诗第三章为"有渰萋萋,兴雨祈祈。雨我公田,遂及我私。彼有不获稚,此有不敛穧。彼有遗秉,此有滞穗,伊寡妇之利"。这一章说的是天降甘霖,农人获得丰收,丰收之后,田间遗落了很多未被收获的禾穗,而这些都是留给寡妇的。朱熹说:"此见其丰成有余而不尽取,又与鳏寡共之,既足以为不费之惠,而亦不弃于地也。"④ 这让孙璋想起了《圣经》中的教诲。他在解释这章时说:"兴雨祈祈等,《孟子》中有这个部分。在《圣经》旧约中,上帝希望丰收过后留在田里的谷物要留给那些需要的人收集。"⑤ 这段话来自《旧约》中的《申命记》:"你在田间收割庄稼,若忘下一捆,不可回去再取,要留给寄居的与孤儿寡妇,这样,耶和华你神必在你手里所办的一切事上赐福予你。"⑥ 在孙璋看来,《诗经》和《圣经》相互印证,更可以证明古代中国人得到了耶和华的教导。

《鄘风·柏舟》是关于共姜守义,不愿再嫁的故事。而在这首诗的注

---

① Alexandre de La Charme, *Confucii Chi-king sive Liber Carminum*, p. 291. 原文为 "Tuaque in dies etc. hoc refertur ad hoc scripturae sacrae: honora parentes, ut sis longaevus supra terram"。
② 《圣经》原文为 "honora patrem tuum et matrem quod est mandatum primum in promissione ut bene sit tibi et sis longaevus super terram"。
③ 韩国英将其翻译的数首诗都归在"孝"这一主题中。见《中国论集》第 4 卷(Pierre-Martial Cibot, Mémoires concernant l'histoire, les sciences, les arts, les moeurs, les usages, & c. des Chinois: par les missionnaires de Pekin. Tome quatrieme. A Paris, Chez Nyon, Libraire, rue S. Jean-de-Beauvais, vis-à-vis le College, 1779)第 172—177 页的韩国英译诗,以及钱林森在《18 世纪法国传教士汉学家对〈诗经〉的译介与研究——以马若瑟、白晋、韩国英为例》(《华文文学》2015 年第 5 期,第 10—19 页)一文中的论述。
④ 朱熹:《诗集传》,第 244 页。
⑤ Alexandre de La Charme, *Confucii Chi-king sive Liber Carminum*, p. 294. 原文为 "Addensantur etc. Hic locus apud Mencium. In scriptura sacra et veteri testamento Deus vult spicas residuas post messem viduis et egenis a messoribus relinqui colligendas"。
⑥ 《圣经》原文为 "quando messueris segetem in agro tuo et oblitus manipulum reliqueris non reverteris ut tollas eum sed advenam et pupillum et viduam auferre patieris ut benedicat tibi Dominus Deus tuus in omni opere manuum tuarum"。

释中，孙璋讲述了一个中国天主教徒的故事。北京一个有皇室血统的天主教家族，这个家族中有一位年轻人，他年龄不够大，还不能把妻子娶回家。而他的妻子是一位官员的女儿，婚礼举行之前，她要留在父亲的家。这时候，出于对天主的仇恨，他们剥夺了这个天主教家族的权力和荣誉。婚礼前新郎被投入监狱，新娘的父母和亲人都反对这门亲事，但她义无反顾地和新郎一起进了监狱，向她的伴侣保持忠诚，走进了婚姻，而她婚后也皈依了天主教。① 可以看出，孙璋讲述的就是苏努家族事件。雍正帝因苏努家与八王一党联系紧密而将其抄家，但当时的耶稣会士都把苏努家族描述为殉道者，把他们写得像《圣经》中在苦难面前保持信仰的约伯一样。《柏舟》这首诗其实与天主教无关，其中还包含着"母也天只，不谅人只"的"怨天"诗句。但孙璋在注释中用天主教徒的故事转移了话题，将"怨天"隐去，改为"敬天"。

孙璋用《圣经》解《诗经》，用天主教徒故事来讲解《诗经》诗句的做法，是他初到中国时为耶儒对话做出的尝试。显然，这时的他仍在探索阶段，不可能将大部分《诗经》作品与《圣经》相关联，所以例子较少。但是，他的这种尝试十分新颖，在《诗经》西传史中尚属首例。

二 以儒释耶与耶儒合一

耶稣会士初入中国时，利玛窦、金尼阁等人为了拉近与士大夫的距离，探索出了合儒、补儒的传教策略。孙璋《孔夫子的诗经》一书用《圣经》阐释《诗经》，将"天""帝"阐释为Deus，将祭天、祭祖两种祭礼与崇拜Deus画上等号，这些做法偏重于"以耶释儒"的方式。以天主教的视角阐释儒家经典是大部分耶稣会士的选择。明清之际的中国士大夫天主教徒，则提出了"耶儒合一"的思路。这些士大夫深受儒家思想影响，他们接触到天主教时，是用儒家的视角来看待天主教的，他们的做法可称为"以儒释耶"。在华40年的孙璋，也受到了"以儒释耶"

---

① Alexandre de La Charme, *Confucii Chi-king sive Liber Carminum*, pp. 239-240. 这个故事的原文为 "Exemplum hujus in primis insigne fuit in christiana regio sanguine familia hic Pekini. Ex illa familia juvenis princeps nondum matrimonio maturus sponsam suam habebat, quae puella magnatis filia in domo paterna manebat donec nuptiae celebrarentur; interea familia christiana in odium Christi opibus et honoribus privatur. Sponsus in vincula conjicitur matrimonii ineundi tempore; sponsa reluctantibus parentibus et cognatis fidem sponso datam servans in carcerem se confert, initque matrimonium, et quae infidelis erat, summo Dei beneficio christiana facta est".

的影响。细看《性理真诠》一书，能够发现孙璋从"以耶释儒"到"以儒释耶"的转向。

孙璋在《性理真诠》一书中提出："古经有缺，真教补之，古经有晦，真教明之，然后古经粲然，真教亦因此而昭著矣。"① 前半句是"补儒""合儒"之策略，而后半句则值得重视：真教可以补古经之缺，而古经亦可以使真教昭著。孙璋不仅接受了"以耶释儒"的策略，还在自己著作中尝试"耶儒合一"和"以儒释耶"的探索。在写作形式上，孙璋在"耶儒合一"的方向上走得就比利玛窦更远，他的《性理真诠》将耶与儒更紧密地捆绑在一起，我们从书中对话者的身份中就可窥见一二。孙璋的《性理真诠》借用了利玛窦《天主实义》中"中士"与"西士"对话的形式。在《天主实义》中，作为解惑形象出现的是"西士"，这位"西士"为"中士"讲解天主教教义。而在《性理真诠》中，"西士"则披上了"先儒"的外衣。利玛窦的"西士"是一个外来者、观察者，而孙璋的"先儒"仿佛真的是一个内部视角。他紧紧抓住儒家"厚古薄今"之法。既然他是"先儒"，就代表了所谓原初的儒家思想。《天主实义》中只引用了有限的儒家经典。以《诗经》为例，书中仅有源自《大雅·文王》和《大雅·下武》中的几行诗句，这些诗句都是由"中士"之口说出，与"西士"无缘。而在《性理真诠》一书中，引《诗》用《诗》者几乎都是"先儒"。

儒家的"中庸之道"被孙璋用来阐释"真教之理"，他在《性理真诠》中多次将"中庸之道"和"真教之理"相关联。他说："真教不偏不倚，无过不及，所谓中庸之道也。"② 受宋儒影响，孙璋对"中庸之道"极为看重，甚而将天主教的道理也解释为"中庸之道"。不仅如此，孙璋还用儒家的道德标准来解释信仰真教之人的品德："信上主者，在家庭必尽孝，在朝廷必尽忠，在朋友必有信，相托以事，必能成吾事而全吾谋。"③ 忠、孝、信、义等在孙璋的阐释中成为天主教徒的道德标准。而且在孙璋看来，抵达真教最高真理的方式，就是儒家的"格物致知，诚意正心，明其明德"，做到这些，才能"契合上主"。④ 就连耶稣也被孙璋解说为《中

---

① 孙璋：《性理真诠》，第734页。
② 孙璋：《性理真诠》，第680页。
③ 孙璋：《性理真诠》，第681页。
④ 孙璋：《性理真诠》，第684页。

庸》中"大哉圣人之道,洋洋乎,发育万物,骏极于天。优优大哉,礼仪三百,威仪三千。待其人而后行"所待之圣人。

孙璋将"天""帝""上主"等同起来,如果说他对 Deus 的理解影响了他对《诗经》中"天"与"帝"的阐释,反之,中国的"四书五经"也影响了孙璋对 Deus 和天主教的认识。"所谓'释经',其实既是通过'释'而了解'经',又是通过'释'而确立'经'。"[①] 孙璋的《孔夫子的诗经》是在西文语境中释中国经典,而《性理真诠》则是在汉语语境中释天主教义。他在"释经"的过程中,也建立了他对"经"的认识。在《性理真诠》中,每讲到上主的形象、特点,孙璋都会用中国"四书五经"中的话语来解释,而中国典籍中对"帝"与"天"的描述,又让孙璋形成了中西结合的对 Deus 的体认。在讲天地万物皆为上主所造成时,孙璋引用《易经》中的"上帝者,造物之主"。《尚书》中的"惟上帝不常,作善降之百祥,作不善降之百殃"也被孙璋当成上主赏善罚恶的明证。此外,他还用《中庸》中的"视之而弗见,听之而弗闻,体物而不可遗"来论述上主神体无所不在。

孙璋在《性理真诠》中极力批判宋明理学,将"二程"、张载、王安石、周敦颐等宋儒都看作对手,但他批判性理之学的同时,又受到了来自宋儒的影响。这体现在他对 Deus "无形无声"的认识中。在《孔夫子的诗经》中,孙璋还只是引用朱熹的观点,说上帝是无形的,不会显现在武丁的梦中。而在《性理真诠》中,孙璋多次强调上主无声无形,认为上主"其体必超万形而无形,神寓万象而无象,既无形象,决不囿于形象之中"。[②] 孙璋在书中说气、理、太极都非灵性之原,上主才是灵性之原,但孙璋对上主"无形无声"的描述,让上主这个概念更偏于宋儒对"理"的理解。天主教中的 Deus 其实并不是无形无声的,利玛窦的《天主实义》虽然用儒家的方式介绍 Deus,但也从未说过 Deus 无形无声。孙璋受儒家影响,对 Deus 的认识附着了儒家的理论。孙璋受宋儒影响的程度远高于他之前的耶稣会士,而《性理真诠》一书也因宋明理学的痕迹太重被教廷禁止刊行。

礼仪之争中,欧洲的争论其实是在探询如何在异质语境中阐释天主教

[①] 杨慧林:《圣言·人言:神学诠释学》,上海译文出版社,2002,第 89 页。
[②] 孙璋:《性理真诠》,第 565 页。

教义。耶稣会探索出的道路是将天主教儒家化、中国化，利玛窦等来华传教士"以耶释儒"，而包括明末天主教"三柱石"在内的中国天主教徒则试图"以儒释耶"。教廷发布谕令禁止中国礼仪后，耶稣会被迫停止使用这种在实践中证明有效的传播天主教的方式。孙璋虽然生活在礼仪之争后的禁教环境中，却并没有停止在这条道路上的探索。他从利玛窦等西士处学习了"以耶释儒"，又从杨廷筠等中国天主教徒处吸取了"以儒释耶"，前后实践这两种耶儒对话的方式。如果说利玛窦和明末儒家天主教徒是在做"跨文化的诠释"[1] 和"神学与经学的比较研究"，[2] 那么孙璋显然在这条路上走得更远。

孙璋不仅吸收中国经学阐释的成果，将《诗经》当作中国之"经"阐释，他还将其当作属于天主教信仰的"经"。语言对信仰是具有诠释功能的，"我们所拥有的耶稣之言，都只是译文"，[3] 孙璋用他的翻译实践，将自己体认为一名"释经者"。在他看来，中国五经和天主教的圣经只是用不同语言阐释出来的同一信仰。孙璋对教廷针对礼仪之争发布的禁令不满。"O tempora! O mores!"不仅是《孔夫子的诗经》中唯一一处借用已有的拉丁名句翻译诗歌的例子，还是孙璋发自内心的呼声。他在礼仪之争的两大议题上都坚持早期耶稣会士的立场，坚持认为中国古代已有一神崇拜，而这个神就是天主教的 Deus。他将《诗经》中的天、帝与天主教的 Deus 相融合，做出了属于自己的"上帝论"。他坚信宽容原则，在书中为中国祭礼辩护，表示教廷不该禁行祭祖祀孔等中国礼仪。《孔夫子的诗经》和《性理真诠》等著作都贯彻了这些观点。孙璋站在与教廷相左的立场，是因为他从实践中了解了跨文化交流应当采用的方式和策略。孙璋继承了前代耶稣会士的"以耶释儒"和儒家天主教徒的"以儒释耶"，他力图将中西方两种"经"纳入同一话语体系，在《孔夫子的诗经》中做了以"中国之经"释"中国之经"、以"西方之经"释"中国之经"、以"中国之经"释"西方之经"的交叠错落的尝试。

---

[1] 李天纲：《跨文化诠释：经学与神学的相遇》，《中国经学诠释学与西方诠释学》，中西书局，2016，第512页。
[2] 李天纲：《跨文化诠释：经学与神学的相遇》，《中国经学诠释学与西方诠释学》，第532页。
[3] 〔比〕钟鸣旦：《本地化：谈福音与文化》，陈宽薇译，光启出版社，1993，第58页。

结　语

作为西方首个《诗经》全译本，《孔夫子的诗经》与后世出现的译本相较，存在很多不足。第一，《孔夫子的诗经》译诗虽然内容较为忠实，但文字相对粗糙。叶维廉认为，理想的翻译者"同时是读者（最好是够资格的读者）、批评家（最好是灵通八面的客观批评家）和诗人（最好是能掌握语言潜能的创作者）"。理想的翻译者难寻，而具备"诗人"这一特质的翻译者更加难得，"事实上有不少翻译者对文辞可以全懂，但对文辞中所发放出来的'诗'则毫无所感"。①以这个标准来衡量，孙璋是优秀的读者、合格的批评家，却并不是一位好的诗人。他的拉丁文译本虽然语意通畅，但缺乏文采，有些译文更像是对诗歌释义的解释。对于专有名词，他在归化和异化的抉择中偏向于异化，译文中有许多拼音化的汉语名词，读起来十分滞涩。后代的译本中，晁德莅的拉丁文译本简洁明快，顾赛芬的三语对照本优雅准确，理雅各在1871年的散译本后，又很快出版了1876年的韵译本，将《诗经》"诗"的一面更好地呈现出来。《孔夫子的诗经》与这些译本相比，的确缺乏诗味。

第二，针对孙璋的《诗经》研究而言，他对中国诗经学史的了解和介绍较为欠缺。《孔夫子的诗经》不仅是译诗集，还是一部诗经学著作。但是，孙璋对《诗经》研究方法没有明确意识。理雅各、顾赛芬等人在自己的译本中都简要地梳理了中国诗经学史，并注明了自己在翻译阐释中用到了哪些诗经学著作，他们很自觉地加入诗经学的讨论当中，往往在列举几家之说后，给出自己的判断。而《孔夫子的诗经》中未见任何中国诗经学

---

① 叶维廉：《中国诗学》，生活·读书·新知三联书店，1992，第123页。

著作的名称，孙璋在前言只提到朱熹的名字，虽然他说自己参考了许多其他人的阐释，但并未对他参考的著作做出具体说明。孙璋在解释《诗经》时，虽然吸收了很多前代的经学成果，也从新颖的角度运用经学方法提出自己的见解，但他缺乏将自己的研究与中国诗经学联系起来的自主意识。《孔夫子的诗经》一书的注释中，前人观点和孙璋的看法混杂在一处，研究者需要耗费许多精力来厘清注释中的观点究竟出于何人、何书。

第三，《孔夫子的诗经》产生的影响远不及后来的译本。《孔夫子的诗经》从翻译完成到出版有近一个世纪的时间差。译文完成时，文中为时而著的内容，例如书中对礼仪之争的反思，没能为读者所见，也就没有参与到当时传教士们的讨论中；孙璋在中国作为局外人，也未与清初《诗经》学者有过交流：此书便没有当时的对话者。而此书出版后，各种民族语言的译本很快问世，西方读者有了更方便地了解《诗经》的途径，对这部用拉丁文翻译的作品便失去兴味。汉学家和《诗经》翻译者们更乐于直接参考中国诗经学著作，他们没有将孙璋看作可以与之对话的研究者，所以他们直接忽视了《孔夫子的诗经》，只对其做出了简单、武断的评价。《孔夫子的诗经》并未在中国出版，再加上语言的限制，国内对这个译本的了解很少，更遑论受其影响或与之对话了。《孔夫子的诗经》仿佛处在孤岛之上，没能引发汉学或诗经学的大规模讨论。

钱钟书认为翻译"以原作的那一国语文为出发点而以译成的这一国语文为到达点"，是"很艰辛的历程"，翻译中的错讹在所难免，"一路上颠顿风尘，遭遇风险，不免有所损失或受些损伤。因此，译文总有失真和走样的地方"。[①] 孙璋是《诗经》全译的第一位探路者，遇到的风尘尤甚，风险尤大。《孔夫子的诗经》因为藏在教堂近百年，所以产生影响的时间也推迟了近一个世纪，其中的错讹、损伤虽多，但《孔夫子的诗经》是《诗经》的第一面镜子，是所有西方《诗经》译者和研究者无法绕过的开端。它激活了整个《诗经》西传史，也丰富了整个《诗经》阐释史。后来的《诗经》译者和学者能以孙璋的艰辛历程为鉴，取长补短，从正反两个方面向诗经学的各个角度延展。

《孔夫子的诗经》中的部分特点与倾向被后代的《诗经》译者和学者所认可，并在他们的《诗经》译本与诗经学著作中得到继承和发扬。这主

---

① 钱钟书：《林纾的翻译》，《七缀集》，生活·读书·新知三联书店，2002，第78页。

要体现在以下两个方面。第一，孙璋重视中国经学，在他的《诗经》阐释中依赖中国诗经学成果，这一倾向被后代的《诗经》译者所看重。《孔夫子的诗经》产生于西方诗经学的第一个转型期。孙璋之前的西方诗经学者多以神学角度的研究为主，金尼阁的《中国五经》早已失传，《中国哲学家孔子》中往往将原文和后人的阐释混杂在一起，白晋的索隐式解释使诗旨和原诗所离甚远，马若瑟的译诗错误频出，韩国英用"忠孝"观念来审视他翻译的所有诗歌。他们不看重《诗经》原文的含义，着重采用索隐法、托喻法等基督教神学的诠释方法来解读《诗经》。身为耶稣会传教士的孙璋虽然没能完全摆脱这种解读方式，但他的译文和注释更多地依赖中国本土的诗经学成果，将《诗经》与中国诗经学较为忠实地呈现给西方读者。他重视中国经学的倾向主导了之后很长时间内《诗经》西传史的路径。《孔夫子的诗经》汉宋兼采、注重考证，孙璋重视诗教、美刺之说。而他之后的理雅各、顾赛芬、史陶思等人在翻译中也都十分注重参考中国诗经学成果，他们的译本也都体现出了经学阐释的特征。以理雅各为例，他1871年的《诗经》散译本中不仅将《诗序》全部译出，还梳理了中国诗经学著作，为每部著作写有提要，译本中的题解和译诗对中国传统经学中的政教、道德训诫内容有所继承。而他1876年的韵译本在注重艺术性的同时也未忽略对诗歌政教功能和伦理道德内容的呈现。

第二，由孙璋开启的《诗经》民俗学和文化人类学研究也在20世纪取得长足发展。本书第二章已经梳理了孙璋—毕欧—葛兰言这一脉络。1919年，葛兰言的《中国古代的节庆与歌谣》出版，这部诗经学著作影响了韦利的《诗经》翻译，后者在1937年出版的英译本中将所有诗歌按照婚姻、祭祀等主题分类。不仅如此，这种研究范式还启发了闻一多等国内学者。闻一多在《风诗类钞》和《文学的历史动向》中提倡用民俗学的方法研究《诗经》，他建议按照婚姻、家庭、社会三个类目，重新为《国风》编次；刘大杰主张将《诗经》分为宗教颂诗、宫廷乐歌、社会诗和抒情歌曲；张西堂在《诗经六论》中将诗歌分为劳动生产、恋爱婚姻、政治讽刺、史诗及其他杂诗等四类，每一类中又包括畜牧、农事等小类。这些不同于传统诗经学的分类方式极大影响了当代的《诗经》研究。

同时，对《孔夫子的诗经》的不足之处，后代的《诗经》译者也做出了反思，并沿着孙璋的反方向不断行进。这主要体现在层出不穷的后世译作对"诗味"的探索上。随着对《诗经》文学性探讨的开展，《孔夫子的诗经》诗味不足的特点为后代《诗经》译者所注意。基于这个教训，译者们从19世纪开始思考《诗经》应该韵译还是散译的问题。散译本利于传达原文的含义，韵译本侧重表现诗歌这一形式。理雅各完成散译本后，很快出版韵译本，用韵、散两种译本兼顾内容和形式；詹宁斯出版的韵译本文采斐然，大受欢迎。20世纪，"以诗译诗"有了更大突破，译者群体扩大，翻译《诗经》的不只是传教士或汉学家，诗人也加入其中。1913年，爱尔兰诗人海伦·沃德尔受《孔夫子的诗经》和理雅各译本的启发，在《中国抒情诗》(*Lyrics from the Chinese*) 一书中选译了30多首主要源自《国风》和《小雅》的诗歌。沃德尔用创造性的方式译诗，截取原诗部分章节，重新组合成诗。她在时间流动与意义递进中重现并再创造了诗中的独特意象，译文新巧、灵动、有韵味。沃德尔生活在诗歌创作从古典向现代转型的时期，她虽然不是严格意义上的现代主义诗人，却是欧洲"新诗"的先锋，而《中国抒情诗》则是《诗经》对意象派诗歌创作产生影响的力证。"诗人译诗"让我们看到，在现代英诗创作中，远在庞德之前，《诗经》便已经开始发挥作用。

在《孔夫子的诗经》问世之前，《诗经》只能在中国语境中审视自身，《诗经》阐释也只能在单一的文化环境中进行。从《孔夫子的诗经》开始，《诗经》便有了一面异域之镜。从这面镜子中看到的《诗经》也许是残缺变形的，但当后代的一部部译作都不断成为《诗经》之镜时，《孔夫子的诗经》也成为镜子的镜子。《诗经》居于当中，所有译作环绕并互相映照，还原出《诗经》的所有侧面。由此，《诗经》在跨文化语境中的看与被看、思与反思便成为可能。透过这面镜子，《诗经》借助自《孔夫子的诗经》开始的语际翻译，与世界诗学发生对话，对世界范围的诗歌创作和诗学观念产生影响，并成为全世界共同的文化遗产。

参考文献

一 孙璋著作

Confucii Chi-king sive Libre Carminum, ed. Julius Mohl, Stuttcartiae et Tubingae: J. G. Cotte, 1830.

《性理真诠》（清光绪十五年上海慈母堂活字版本），《东传福音》第 4 册，黄山书社，2005。

《性理真诠提纲》，上海土山湾印书馆，1916。

二 《诗经》注本

成伯玙：《毛诗指说》，《通志堂经解》本，江苏广陵古籍刊印社，1996。

程俊英、蒋见元：《诗经注析》，中华书局，2017。

戴震等：《清人诗说四种》，华中师范大学出版社，1986。

方玉润：《诗经原始》，中华书局，1986。

李学勤主编《毛诗正义》，北京大学出版社，1999。

吕祖谦：《吕氏家塾读诗记》，吉林出版集团有限责任公司，2005。

毛公传，郑玄笺，孔颖达等正义：《毛诗正义》，黄侃经文句读，上海古籍出版社，1990。

王夫之：《诗广传》，中华书局，1964。

姚际恒：《诗经通论》，中华书局，1958。

朱熹：《诗集传》，中华书局，2017。

三 《诗经》译本

Angelo Zottoli, *Cursus Litteraturae Sinicae*, Vol. 3, Chang-hai: Typographia Missionis Catholicae in Orphanotrophio Tou-Sè-Vè (Tou-Chan-Wan), 1880.

Arthur Waley, *The Book of Songs*, New York: Grove Press, 1996.

Byng Cranmer, *The Classics of Confucius Book of Odes (SHI-KING)*, London: John Murray, Albemarle Street, W., 1908.

Clement F. R. Allen, *The Book of Chinese Poetry*, London: Kegan Paul, Trench, Trübner & Co., Ltd., 1891.

Clement F. R. Allen, *The Book of Chinese Poetry——The Shih Ching or Classic of Poetry*, London: Kegan Paul, Trench, Trübner & Co. Ltd., 1891.

Helen Waddell, *Lyrics from the Chinese*, London: Constable and Company LTD., 1938.

James Legge, *The Chinese Classics Vol. IV, The She King or the Book of Poetry*, Taipei: SMC Publishing INC., 2000.

James Legge, *The She King; or, the Book of Ancient Poetry*, London: Trübner & Co., 57&59, Ludgate Hill, 1876.

Séraphin Couvreur, *Cheu King: Texte Chinois avec une Double Traduction en Francais et en Latin, une Introduction et un Vocabulaire*, Sien Hien: Imprimerie de la mission catholique, 1934.

William Jennings, *The Shi King: The Old "Poetry Classic" of the Chinese a Close Metrical Translation with Annotations*, London: George Routledge and Sons, Limited, 1891.

四 中文研究资料

A. 研究著述

〔法〕艾田蒲：《中国之欧洲：从罗马帝国到莱布尼茨》，许钧、钱林森译，广西师范大学出版社，2008。

安双成编译《清初西洋传教士满文档案译本》，大象出版社，2015。

〔法〕安田朴：《中国文化西传欧洲史》，耿昇译，商务印书馆，2000。

〔法〕安田朴、谢和耐等：《明清间入华耶稣会士和中西文化交流》，耿昇译，巴蜀书社，1993。

陈战峰：《宋代〈诗经〉学与理学》，陕西人民出版社，2006。

陈致主编《跨学科视野下的诗经研究》，上海古籍出版社，2010。

樊树云：《诗经宗教文化探微》，南开大学出版社，2001。

方豪：《方豪六十自定稿》，台北：台湾学生书局，1969。

方豪：《方豪文录》，上智编译馆，1948。

方豪：《明清间在华耶稣会士列传（1552—1773）》，梅乘骐、梅乘骏译，天主教上海教区光启社，1997。

方豪：《中国天主教史论丛甲集》，商务印书馆，1947。

方豪：《中西交通史》（上、下），岳麓书社，1987。

〔法〕费赖之：《在华耶稣会士列传及书目》（上、下），冯承钧译，中华书局，1995。

〔法〕弗朗索瓦·于连、狄艾里·马尔赛斯：《（经由中国）从外部反思欧洲——远西对话》，张放译，大象出版社，2005。

〔瑞典〕高本汉：《高本汉诗经注释》，董同龢译，中西书局，2012。

高黎平：《传教士翻译与晚清文化社会现代性》，重庆大学出版社，2014。

〔法〕葛兰言：《古代中国的节庆与歌谣》，赵丙祥、张宏明译，广西师范大学出版社，2005。

顾炎武：《音学五书》，中华书局，1982。

何海燕：《清代〈诗经〉学研究》，人民出版社，2011。

何寅、许光华主编《国外汉学史》，上海外语教育出版社，2002。

何兆武：《中西文化交流史论》，湖北人民出版社，2007。

洪湛侯：《诗经学史》，中华书局，2002。

胡建华：《百年禁教始末：清王朝对天主教的优容与厉禁》，中共中央党校出版社，2014。

胡瑞琴：《晚清传教士与儒家经典研究》，齐鲁书社，2011。

黄忠慎：《清代诗经学论稿》，文津出版社，2011。

惠栋：《九经古义》，中华书局，1985。

姜燕：《理雅各〈诗经〉翻译与儒教阐释》，山东大学出版社，2013。

景海峰、赵东明：《诠释学与儒家思想》，东方出版中心，2015。

寇淑慧编《二十世纪诗经研究文献目录》，学苑出版社，2001。

《礼记》，胡平生、张萌译注，中华书局，2017。

李天纲：《关于儒家的宗教性——从"中国礼仪之争"两个文本看耶儒对话的可能性》，香港中文大学崇基学院宗教与中国社会研究中心，2002。

李天纲：《跨文化的诠释——经学与神学的相遇》，新星出版社，2007。

李天纲：《中国礼仪之争：历史、文献和意义》，中国人民大学出版社，2019。

李天纲：《中国礼仪之争：历史·文献和意义》，上海古籍出版社，1998。

李新德：《明清时期西方传教士中国儒道释典籍之翻译与诠释》，商务印书馆，2015。

李学勤主编《国际汉学漫步》（上、下），河北教育出版社，1997。

李学勤主编《国际汉学著作提要》，江西教育出版社，1996。

李玉良：《〈诗经〉翻译探微》，商务印书馆，2017。

李玉良：《〈诗经〉英译研究》，齐鲁书社，2007。

〔意〕利玛窦、〔比〕金尼阁：《利玛窦中国札记》，何高济、王遵仲、李申译，中华书局，2010。

梁高燕：《〈诗经〉英译研究》，知识产权出版社，2013。

梁锡锋：《郑玄以礼笺〈诗〉研究》，学苑出版社，2005。

刘勰著，詹锳义证《文心雕龙义证》（上、中、下），上海古籍出版社，1989。

刘毓庆：《从经学到文学——明代〈诗经〉学史论》，商务印书馆，2001。

刘毓庆、郭万金：《从文学到经学——先秦两汉诗经学史论》，华东师范大学出版社，2009。

刘耘华：《诠释的圆环——明末清初传教士对儒家经典的解释及其本土回应》，北京大学出版社，2005。

马宗霍：《中国经学史》，商务印书馆，1998。

马祖毅、任荣珍：《汉籍外译史》，湖北教育出版社，1997。

明晓艳、魏扬波编《历史遗迹——正福寺天主教墓地》，文物出版社，2007。

皮锡瑞：《经学历史》，中华书局，2008。

皮锡瑞：《经学通论》，中华书局，2017。

钱林森：《中国文学在法国》，花城出版社，1990。

《钦定四库全书荟要》，吉林出版集团有限责任公司，2005。

荣振华、方立中：《16—20世纪入华天主教传教士列传》，广西师范大学出版社，2010。

桑兵:《国学与汉学:近代中外学界交往录》,中国人民大学出版社,2010。
〔日〕石田干之助:《欧人之汉学研究》,朱滋萃译,山西人民出版社,2015。
《史记》,中华书局,2011。
宋柏年主编《中国古典文学在国外》,北京语言学院出版社,1994。
〔美〕苏尔、诺尔编《中国礼仪之争——西文文献一百篇(1645—1941)》,沈保义、顾卫民、朱静译,上海古籍出版社,2001。
谭树林:《传教士与中西文化交流》,生活·读书·新知三联书店,2013。
檀作文:《朱熹诗经学研究》,学苑出版社,2003。
王开玺:《隔膜、冲突与趋同——清代外交礼仪之争透析》,北京师范大学出版社,1999。
王晓路:《西方汉学界的中国文论研究》,巴蜀书社,2003。
王晓路:《中西诗学对话——英语世界的中国古代文论研究》,巴蜀书社,2000。
吴结评:《英语世界里的〈诗经〉研究》,四川大学出版社,2008。
吴莉苇:《天理与上帝——诠释学视角下的中西文化交流》,宗教文化出版社,2014。
吴莉苇:《中国礼仪之争:文明的张力与权力的较量》,上海古籍出版社,2007。
吴孟雪、曾丽雅:《明代欧洲汉学史》,东方出版社,2000。
夏传才:《诗经研究史概要(增注本)》,清华大学出版社,2007。
夏传才、董治安主编《诗经要籍提要》,学苑出版社,2003。
谢子卿:《中国礼仪之争和路易十四时期的法国(1640—1710)——早期全球化时代的天主教海外扩张》,上海远东出版社,2019。
徐宗泽:《明清间耶稣会士译著提要》,上海书店出版社,2006。
徐宗泽:《中国天主教传教史概论》,商务印书馆,2015。
许明龙:《欧洲十八世纪中国热》,外语教学与研究出版社,2007。
阎宗临:《传教士与法国早期汉学》,大象出版社,2003。
杨慧林:《圣言·人言——神学诠释学》,译文出版社,2002。
杨慧林:《在文学与神学的边界》,复旦大学出版社,2012。
杨乃乔主编《中国经学诠释学与西方诠释学》,中西书局,2016。
叶维廉:《中国诗学》,生活·读书·新知三联书店,1992。
叶潇:《自由中国——伏尔泰、艾田蒲论"中国礼仪之争"》,群言出版社，2007。

于省吾：《泽螺居诗经新证·泽螺居楚辞新证》，中华书局，2003。

〔美〕宇文所安：《中国文论：英译与评论》，王柏华、陶庆梅译，上海社会科学院出版社，2003。

岳峰：《在世俗与宗教之间走钢丝：析近代传教士对儒家经典的翻译与诠释》，厦门大学出版社，2014。

张成权、詹向红：《1500—1840：儒学在欧洲》，安徽大学出版社，2010。

张国刚：《从中西初识到礼仪之争——明清传教士与中西文化交流》，人民出版社，2003。

张国刚：《明清传教士与欧洲汉学》，中国社会科学出版社，2001。

张红扬主编《北京大学图书馆藏西文汉学珍本提要》，广西师范大学出版社，2009。

张立新：《神圣的寓意——〈诗经〉与〈圣经〉比较研究》，云南大学出版社，1999。

张西平：《传教士汉学研究》，大象出版社，2005。

张西平：《欧洲早期汉学史——中西文化交流与西方汉学的兴起》，中华书局，2009。

张西平：《儒学西传欧洲研究导论——16—18世纪中学西传的轨迹与影响》，北京大学出版社，2016。

张西平编《欧美汉学研究的历史与现状》，大象出版社，2006。

张西平编《他乡有夫子——汉学研究导论》，外语教学与研究出版社，2005。

张西平主编《西方汉学十六讲》，外语教学与研究出版社，2011。

张西堂：《诗经六论》，商务印书馆，1957。

张耀南：《中国哲学批评史论》，商务印书馆，2009。

赵敦华：《圣经历史哲学》，江苏人民出版社，2016。

郑良树：《百年汉学论集》，台北：台湾学生书局，2007。

郑玄注，贾公彦疏《周礼注疏》，中华书局，1980。

〔比〕钟鸣旦：《礼仪的交织——明末清初中欧文化交流中的丧葬礼》，张佳译，上海古籍出版社，2009。

周予同：《中国经学史论著选编》，复旦大学出版社，2015。

周振甫译注《诗经译注》，中华书局，2002。

朱维铮：《中国经学史十讲》，复旦大学出版社，2002。

《朱子语类》第 6 册，中华书局，1986。

B. 相关论文

边思羽：《〈诗经〉中所见的宗教观念——以宗庙、农业祭祀诗为考察中心》，《甘肃社会科学》2013 年第 1 期。

蔡华、满意：《克莱默-宾〈诗经〉英译本研究》，《燕山大学学报》（哲学社会科学版）2018 年第 6 期。

曹建国：《海外〈诗经〉学研究概述》，《文学遗产》2015 年第 3 期。

陈国安：《论清初诗经学》，《苏州大学学报》（哲学社会科学版）2007 年第 6 期。

陈国安：《论清代诗经学之发展》，《江苏大学学报》（社会科学版）2008 年第 4 期。

陈国安：《清初诗经学特征及其个案研究》，《深圳大学学报》（人文社会科学版）2008 年第 4 期。

陈可培、刘红新：《理雅各研究综述》，《上海翻译》2008 年第 2 期。

陈义海、常昌富：《东海西海——从明清间儒学与天学的交涉看中国比较文学之渊源》，《上海师范大学学报》（哲学社会科学版）2002 年第 1 期。

冯全功、彭梦玥：《阿连壁〈诗经〉丰厚翻译研究》，《外国语言与文化》2018 年第 2 期。

谷小溪：《康熙时期〈诗经〉文献研究》，硕士学位论文，沈阳师范大学，2011。

〔法〕顾赛芬：《顾赛芬〈诗经〉导论》，刘国敏、罗莹译，《国际汉学》2017 年第 2 期。

郭杰：《〈诗经〉对答之体及其历史意义》，《文学遗产》1999 年第 2 期。

郭磊：《新教传教士柯大卫英译〈四书〉之研究》，博士学位论文，北京外国语大学，2014。

郭丽娜、康波：《18 世纪法国启蒙主义文学中的中国思想文化因素——析"中国礼仪之争"对法国启蒙文学的影响》，《国外文学》2008 年第 2 期。

胡美馨：《理雅各"以史证〈诗〉"话语特征及其对中国经典"走出去"的启示——以〈中国经典·诗经·关雎〉注疏为例》，《中国翻译》

2017 年第 6 期。

胡美馨：《西儒经注中的经义重构——理雅各〈诗经〉注疏话语研究》，博士学位论文，浙江大学，2014。

胡晓军：《宋代〈诗经〉文学阐释研究》，博士学位论文，四川大学，2007。

姜燕：《理雅各〈诗经翻译〉初探——基督教视域中的儒家经典》，《东岳论丛》2011 年第 9 期。

姜燕：《理雅各对儒家祭祀礼的解读——以理雅各〈诗经〉译本为中心》，《孔子研究》2015 年第 6 期。

蒋立甫：《〈诗经〉中"天""帝"名义述考》，《安徽师范大学学报》1995 年第 4 期。

蒋向艳：《法国的诗经学溯源》，胡晓明主编《古典诗文的经纬——古代文学理论研究》第 47 辑，华东师范大学出版社，2018。

蒋向艳：《让文学还归文学：耶稣会士顾赛芬〈诗经〉法译研究》，《燕山大学学报》（哲学社会科学版）2018 年第 6 期。

乐黛云：《漫谈〈诗经〉的翻译》，《周易研究》2009 年第 5 期。

李才朝：《清代〈诗经〉研究概论与要籍提要》，博士学位论文，山东大学，2016。

李辉：《〈诗经〉重章叠调的兴起与乐歌功能新论》，《文学遗产》2017 年第 6 期。

李会玲：《讽寓·语境化·规范性：综论欧美汉学界〈诗经〉阐释学研究》，《武汉大学学报》（人文科学版）2016 年第 4 期。

李慧：《孙璋拉丁文〈诗经〉译本前言》，《拉丁语言文化研究》第 4 辑，商务印书馆，2016。

李猛：《英国的博物学文化》，《中国图书评论》2013 年第 10 期。

李新德：《耶稣会士对〈四书〉的翻译与阐释》，《孔子研究》2011 年第 1 期。

李茵茵：《〈诗经〉婚恋诗葡萄牙语译本研究》，博士学位论文，暨南大学，2007。

李玉良：《〈诗经〉译本的底本及参考系统考析》，《外语学刊》2009 年第 3 期。

李玉良：《理雅各〈诗经〉翻译的经学特征》，《外语教学》2005 年第 5 期。

李玉良、吕耀中：《论阿瑟·韦利〈诗经〉翻译中的人类学探索》，《青岛科技大学学报》（社会科学版）2012年第1期。

李玉良、孙立新：《高本汉〈诗经〉翻译研究》，《山东外语教学》2011年第6期。

李玉良、王宏印：《〈诗经〉英译研究的历史、现状与反思》，《西安外国语学院学报》2006年第4期。

李真：《传教士汉学研究中的博物学情结——以17、18世纪来华耶稣会士为中心》，《福建师范大学学报》（哲学社会科学版）2018年第2期。

林一安：《博尔赫斯喜译〈诗经〉》，《外国文学》2005年第6期。

刘方：《理雅各对〈诗经〉的翻译与阐释——以〈中国经典〉内两个〈诗经〉译本为中心》，硕士学位论文，北京大学，2011。

刘国敏：《法国〈诗经〉翻译研究书目勾陈》，《诗经研究丛刊》第22辑，学苑出版社，2012。

刘国敏：《顾赛芬〈诗经〉译本研究》，《国际汉学》2015年第3期。

刘琳娟：《视域选择与审美转向——18、19世纪〈诗经〉在法国的早期译本简述》，《2010年中国文学传播与接受国际学术研讨会论文汇编》（中国古代文学部分），2010。

刘亚丁：《异域风雅颂　新声苦辛甘——〈诗经〉俄文翻译初探》，《中国文化研究》2009年冬之卷。

刘耘华：《孙璋〈性理真诠〉对"太极"的诠释》，《盐城师范学院学报》（人文社会科学版）2007年第3期。

卢梦雅：《葛兰言与法国〈诗经〉学史》，《国际汉学》2018年第2期。

罗莹：《17世纪来华耶稣会士西译儒学刍议——以〈中国哲学家孔子〉书中"道"的翻译为例》，《国际汉学》2012年第2期。

罗莹：《"道"可道，非常道——早期儒学概念西译初探》，《东吴学术》2010年第2期。

罗莹：《〈中国哲学家孔子〉成书过程刍议》，《北京行政学院学报》2012年第1期。

罗莹：《雷慕沙〈中庸〉译文新探——兼论传教士汉学与早期专业汉学的关系》，《国际汉学》2014年第1期。

罗莹：《清朝来华耶稣会士卫方济及其儒学译述研究》，《北京行政学院学报》2015年第1期。

罗莹：《十七、十八世纪"四书"在欧洲的译介与出版》，《中国翻译》

2012 年第 3 期。

罗莹：《十七世纪来华耶稣会士对儒学概念的译介——以"天"的翻译为例》，《学术研究》2012 年第 11 期。

罗莹：《殷铎泽西译〈中庸〉小议》，《国际汉学》2010 年第 2 期。

梅谦立：《从西方灵修学的角度阅读儒家经典：耶稣会翻译的〈中庸〉》，《比较经学》2013 年第 2 辑。

梅谦立：《耶稣会士与儒家经典：翻译者，抑或叛逆者？》，《现代哲学》2014 年第 6 期。

梅谦立、齐飞智：《〈中国哲学家孔夫子〉的上帝论》，《国际汉学》2012 年第 1 期。

梅谦立、汪聂才：《〈中国哲学家孔夫子〉中所谈利玛窦宣教策略译评》，《国际汉学》2014 年第 1 期。

聂鸿音：《谢德林图书馆收藏的满文写本和刻本》，《满语研究》2004 年第 1 期。

宁宇：《清代诗经学研究百年回顾》，《山东社会科学》2003 年第 3 期。

潘啸龙：《〈诗经〉抒情人称研究》，《诗经研究丛刊》第 3 辑，学苑出版社，2002。

戚印平：《"Deus"的汉语译词以及相关问题的考察》，《世界宗教研究》2003 年第 2 期。

钱林森：《18 世纪法国传教士汉学家对〈诗经〉的译介与研究——以马若瑟、白晋、韩国英为例》，《华文文学》2015 年第 5 期。

《清宫廷画家郎世宁年谱——兼在华耶稣会士史事稽年》，《故宫博物院院刊》1988 年第 2 期。

桑靖宇：《朱熹哲学中的天与上帝——兼评利玛窦的以耶解儒》，《武汉大学学报》（人文科学版）2011 年第 2 期。

山青：《〈诗经〉的西传与英译》，《书城》1995 年第 2 期。

沈岚：《跨文化经典阐释：理雅各〈诗经〉译介研究》，博士学位论文，苏州大学，2013。

宋巧燕：《论明清之际耶稣会士译著文献的翻译特色》，《江西社会科学》2004 年第 5 期。

苏全有：《十七、十八世纪中俄外交礼仪之争》，《清史研究》1999 年第 4 期。

汤开建:《顺治时期天主教在中国的传播与发展》,《基督宗教研究》2001年第1期。

滕雄、文军:《〈诗经〉英译研究的副文本视角》,《外语与翻译》2015年第4期。

佟艳光、刘杰辉:《汉学传播视域下的詹宁斯〈诗经〉英译研究》,《辽宁工业大学学报》(社会科学版)2014年第2期。

王锷:《周礼与〈诗经〉关系探析》,《广东社会科学》2018年第2期。

王丽娜:《西方〈诗经〉学的形成与发展》,《河北师院学报》(社会科学版)1996年第4期。

王楠:《帝国之术与地方知识——近代博物学研究在中国》,《江苏社会科学》2015年第6期。

王燕华:《经典的翻译与传播——〈诗经〉在英国的经典化路径探析》,《上海翻译》2016年第2期。

魏菊英:《清代诗经学研究》,硕士学位论文,苏州大学,2011。

文军、郝淑杰:《国内〈诗经〉英译研究二十年》,《外国语言文学》2011年第2期。

巫晓静:《俄译〈诗经〉赏读及其翻译手法试析》,硕士学位论文,广东外语外贸大学,2015。

吴国盛:《西方近代博物学的兴衰》,《广西民族大学学报》(自然科学版)2016年第1期。

吴结评:《文化人类学在西方诗经学中的应用》,《广西民族研究》2007年第1期。

吴结评:《西方诗经学的形成及其特征》,《宜宾学院学报》2006年第7期。

吴结评:《西方诗经学中的两大特点与剖析》,《燕山大学学报》(哲学社会科学版)2010年第1期。

吴晓樵:《吕克特与〈诗经〉的德译》,《中华读书报》2011年5月18日,第18版。

〔加〕谢大卫:《诗意的欲望与天国的律法——理雅各的〈诗经〉与翻译意识》,张靖译,《基督教文化学刊》2015年第1期。

谢海涛:《加略利的外交与汉学研究生涯》,博士学位论文,复旦大学,2012。

谢子卿：《中国礼仪之争和路易十四的法国（1640—1710）：中国天主教史钩沉》，博士学位论文，上海师范大学，2016。

徐莉：《清代满文〈诗经〉译本及其流传》，《民族翻译》2009年第3期。

许文文：《〈诗经〉与祭祀文化研究》，硕士学位论文，山东大学，2013。

阎国栋、张淑娟：《俄罗斯的〈诗经〉翻译与研究》，《社会科学战线》2012年第3期。

杨平：《评西方传教士〈论语〉翻译的基督教化倾向》，《人文杂志》2008年第2期。

犹家仲：《〈诗经〉的解释学研究》，博士学位论文，北京大学，2000。

于浩：《明末清初诗经学研究》，博士学位论文，武汉大学，2008。

于俊青：《威廉·琼斯对〈诗经〉的译介》，《东方丛刊》2009年第4期。

余泳芳：《明清之际法国耶稣会士的汉学研究》，《法国研究》2012年第2期。

袁婧：《庞德〈诗经〉译本研究》，博士学位论文，浙江大学，2012。

袁行霈：《"五经"的意义与重译的空间》，《周易研究》2009年第5期。

张国刚、吴莉苇：《礼仪之争对中国经籍西传的影响》，《中国社会科学》2003年第4期。

张鸿恺：《从诗教传统论〈诗经〉"风雅正变"》，《诗经研究丛刊》第18辑，学苑出版社，2010。

张立新：《简论〈诗经〉中的上帝》，《上饶师范学院学报》1999年第4期。

张立新：《中西方跨文化研究的一个新视角——〈诗经〉和〈圣经〉比较学论纲》，《大理学院学报》1996年第3期。

张萍、王宏：《从〈诗经〉三译本看理雅各宗教观的转变》，《国际汉学》2018年第2期。

张思齐：《欧美各国的诗经研究概况》，《诗经研究丛刊》第18辑，学苑出版社，2010。

张万民：《〈诗经〉早期书写与口头传播——近期欧美汉学界的论争及其背景》，《北京大学学报》（哲学社会科学版）2017年第6期。

张万民：《欧美诗经论著提要》，《诗经研究丛刊》第18辑，学苑出版社，2010。

张万民：《英语国家的诗经学：早期篇》，《诗经研究丛刊》第28辑，学苑出版社，2015。

张西平：《传教士汉学家的中国经典外译研究》，《中国翻译》2015 年第 1 期。

张西平：《儒家著作早期西传研究》，《孔学堂》2015 年第 3 期。

赵茂林、邱小霞：《〈诗经〉在俄罗斯的传播与研究》，《宁夏大学学报》（人文社会科学版）2012 年第 5 期。

赵沛霖：《〈诗经〉祭祀诗古今研究概说》，《天津社会科学》1998 年第 2 期。

赵沛霖：《关于〈诗经〉祭祀诗的几个问题》，《河北师范大学学报》（哲学社会科学版）2008 年第 4 期。

赵沛霖：《关于〈诗经〉祭祀诗祭祀对象的两个问题》，《学术研究》2002 年第 5 期。

赵沛霖：《海外〈诗经〉研究对我们的启示》，《学术研究》2006 年第 10 期。

郑朝红：《文化交流中的异变：清朝苏努家族案的欧洲之旅》，《河北学刊》2019 年第 2 期。

郑锦怀、岳峰：《金尼阁与中西文化交流新考》，《东方论坛》2011 年第 2 期。

〔比〕钟鸣旦：《礼仪之争中的中国声音》，《复旦学报》（社会科学版）2016 年第 1 期。

周发祥：《〈诗经〉在西方的传播与研究》，《文学评论》1993 年第 6 期。

周青：《欧美国家的〈诗经〉研究——以英、法、德、瑞、美五国为主》，硕士学位论文，南京师范大学，2001。

朱静：《罗马天主教会与中国礼仪之争》，《复旦学报》（社会科学版）1997 年第 3 期。

朱谦之：《十八世纪中国哲学对欧洲哲学的影响》，《哲学研究》1957 年第 4 期。

朱徽：《英译汉诗经典化》，《中国比较文学》2007 年第 4 期。

朱幼文：《明清之际耶稣会士对于理学的批判》，《世界宗教研究》1998 年第 4 期。

左岩：《"扮成英诗的中国诗"——理雅各〈诗经〉1876 年译本研究》，《中国社会科学院研究生院学报》2017 年第 2 期。

左岩：《诠释的策略与立场——理雅各〈诗经〉1871 年译本研究》，《暨南学报》（哲学社会科学版）2015 年第 8 期。

五　外文研究资料

A. 研究著述

Antoine Gaubil, *Correspondance de Pékin, 1722 - 1759*, Genève: Librairie Droz S. A. , 1970.

Arnold H. Rowbotham, *Missionary and Mandarin: The Jesuits at the Court of China*, Oakland: University of California Press, 1942.

Burton Waston, *Chinese Lyricism: Shih Poetry from the Second to the Twelfth Century*, New York: Columbia UP, 1971.

Charles E. Ronan, *East Meets West: The Jesuits in China, 1582 - 1773*, Chicago: Loyola UP, 1988.

Cranet Marcel, *Festivals and Songs of Ancient China*, New York: E. P. Button Company, 1932.

David E. Mungello, *The Chinese Rites Controversy: Its History and Meaning*, Nettetal: Steyler Verlag, 1994.

George A. Kennedy, *Selected Works of George A. Kennedy*, New Haven: Yale University, 1964.

Gu Weiying, *Missionary Approaches and Linguistics in Mainland China and Taiwan*, Leuven: Leuven UP, 2001.

Joseph S. J. Dehergne, *Répertoire des Jésuites de Chine de 1552 à 1800*, Rome: Presses de l'Université Grégorienne, 1973.

Koen de Ridder, *Footsteps in Deserted Valleys: Missionary Cases, Strategies and Practice in Qing China*, Leuven: Leuven UP, 2000.

L. S. Dembo, *The Confucian Odes of Ezra Pound: A Critical Appraisal*, Berkeley: University of California Press, 1963.

Nicolas Standaert, *Chinese Voices in the Rites Controversy: Travelling Books, Community Networks, Intercultural Arguments*, Roma: Institutum Historicum Societatis Iesu, 2012.

Nicolas Standaert, *The Intercultural Weaving of Historical Texts: Chinese and European Stories about Emperor Ku and His Concubines*, Leiden, Boston:

Brill，2016．

Paul A. Rule，*Kung-tzu or Confucius? The Jesuit Interpretation of Confucianism*，Sydney，London，Boston：Allen & Unwin，1986．

Pauline Yu，*The Reading of Imagery in the Chinese Poetic Tradition*，Princeton：Princeton UP，1987．

Pierre-Martial Cibot，*Mémoires concernant l'Histoire，les Sciences，les Arts，les Moeurs，les Usages，&c. des Chinois：Par les Missionnaires de Pekin*，Tome quatrieme. A Paris，Chez Nyon，Libraire，rue S. Jean-de-Beauvais，vis-à-vis le College，1779．

Prosperi Intorcetta，Christiani Herdtrich，Françisci Rougemont，Philippi Couplet，*Confucius Sinarum Philosophus，sive Scentia Sinensis Latine Exposita*，Paris：Danielem Horthemels，via Jacobaea，sub Maecenate，1687．

R. G. Tiedemann，*Reference Guide to Christian Missionary Societies in China: From the Sixteenth to the Twentieth Century*，New York：M. E. Sharpe，2009．

Sandra Breitenbach，*Missionary Linguistics in East Asia：The Origins of Religious Language in the Shaping of Christianity*，Frankfurt am Main：Peter Lang，2008．

Sangkeun Kim，*Strange Names of God: The Missionary Translation of the Divine Name and the Chinese Responses to Matteo Ricci's "Shangti" in Late Ming China，1583–1644*，Frankfurt am Main：Peter Lang，2004．

Steven Van Zoeren，*Poetry and Personality: Reading，Exegesis，and Hermeneutics in Traditional China*，Stanford：Stanford UP，1991．

William A. Dobson，*The Language of the Book of Songs*，Toronto：Toronto UP，1968．

William Frank McNaughton，*Shih Ching Rhetoric：Schemes of Words*，Ann Arbor，Mich：University Microfilms International，1966．

William McNaughton，*The Book of Songs*，New York：Twayne Publishers，1971．

B. 相关论文

Achilles Fang，"Fenollosa and Pound，" *Harvard Journal of Asiatic Studies*，Vol. 20，No. 1/2，Jun.，1957．

Achim Mittag，"Change in *Shijing* Exegesis：Some Notes on the Rediscovery of the Musical Aspect of the 'Odes' in the Song Period," *T'oung Pao*, Second Series, Vol. 79, Fasc. 4/5, 1993.

Amy Lowell, "Miss Lowell on Translating Chinese," *Poetry*, Vol. 21, No. 3, 1922.

Cecile Chu-chin Sun, "Mimesis and 興 Xing: Two Modes of Viewing Reality Comparing English and Chinese Poetry," *Comparative Literature Studies*, Vol. 43, No. 3, 2006.

Chen Shih-hsiang, "The Shih-ching: Its Generic Significance in Chinese Literary History and Poetics," *Bulletin of the Institute of History and Philology, Academia Sinica*, Vol. 39, No. 1, 1969.

Claudia Von Collani, "The First Encounter of the West with the *Yijing* Introduction to and Edition of Letters and Latin Translations by French Jesuits from the 18th Century," *Monumenta Serica*, Vol. 55, 2007.

Clement F. R. Allen, "The Chinese Book of the Odes for English Readers," *The Journal of the Royal Asiatic Society of Great Britain and Ireland*, New Series, Vol. 16, No. 4, Oct., 1884.

Dai Wei-qun, "Xing Again: A Formal Re-investigation," *Chinese Literature: Essays, Articles, Reviews*, Vol. 13, 1991.

Édouard Biot, "Recherches sur les Mœurs des Anciens Chinois, d'après le Chi-king," *Journal Asiatique*, quatrième série, tome II, 1843.

Eugene Eoyang, "Literal and Literary: Language and the Representation of Chinese Poetry," *Yearbook of Comparative and General Literature*, Vol. 54, 2008.

Eunice Tietjens, "On Translating Chinese Poetry: II," *Poetry*, Vol. 20, No. 6, Sep., 1922.

George A. Kennedy, "Metrical 'Irregularity' in the Shih Ching," *Harvard Journal of Asiatic Studies*, Vol. 4, Dec., 1939.

Gu Ming-Dong, "Fu-Bi-Xing: A Metatheory of Poetry-making," *Chinese Literature: Essays, Articles, Reviews*, Vol. 19, 1997.

Hartmut Walravens, "Christian Literature in Manchu Some Bibliographic Notes," *Monumenta Serica*, Vol. 48, 2000.

Haun Saussy "Repetition, Rhyme, and Exchange in the Book of Odes," *Harvard Journal of Asiatic Studies*, Vol. 57, No. 2, Dec., 1997.

Henri Bernard, "Les Adaptations Chinoises d'Ouvrages Européens: Bibliographie Chronologique Deuxième Partie Depuis la Fondation de la Mission Française de Pékin jusqu'à la mort de l'Empereur K'ien-long 1689 – 1799 (Continué)," *Monumenta Serica*, Vol. 19, 1960.

Henri Cordier, "Des Religions de la Chine," *Revue de l'Histoire des Religions*, Vol. 1, 1880.

James M. McCutcheon, "The Missionary and Diplomat in China: The Social Culture Response," *Journal of Presbyterian History* (1962 – 1985), Vol. 41, No. 4, December, 1963.

James S. Cummins, "Palafox, China and the Chinese Rites Controversy," *Revista de Historia de América*, No. 52, Dec., 1961.

Jeffrey Riegel, "Eros, Introversion, and the Beginnings of *Shijing* Commentary," *Harvard Journal of Asiatic Studies*, Vol. 57, No. 1, Jun., 1997.

Joseph Dehergne, Roman Malek, "Catéchismes et Catéchèse des Jésuites de Chine de 1584 à 1800," *Monumenta Serica*, Vol. 47, 1999.

Lauren Pfister, "James Legge's Metrical 'Book of Poetry'," *Bulletin of the School of Oriental and African Studies*, University of London, Vol. 60, No. 1, 1997.

Martin Svensson Ekstroem, "Illusion, Lie and Metaphor: The Paradox of Divergence in Early Chinese Poetics," *Poetics Today*, Vol. 23, No. 2, Summer, 2002.

Nicolas Standaert, "The Transmission of Renaissance Culture in Seventeenth-Century China," *Renaissance Studies*, Vol. 17, No. 3, Special Issue: Asian Travel in the Renaissance, September, 2003.

Pauline Yu, "Allegory, Allegoresis, and the Classic of Poetry," *Harvard Journal of Asiatic Studies*, Vol. 43, No. 2, 1983.

Pauline Yu, "Poems in Their Place: Collections and Canons in Early Chinese Literature," *Harvard Journal of Asiatic Studies*, Vol. 50, No. 1, Jun., 1990.

Pauline Yu "'Your Alabaster in This Porcelain': Judith Gautier's 'Le livre de jade'," *PMLA*, No. 2, 2007.

Richard C. Rudolph, Hartmut Walravens, "Comprehensive Bibliography of Manchu Studies (1909 – 2003)," *Monumenta Serica*, Vol. 57, 2009.

Sarah Allan, "On the Identity of Shang Di 上帝 and the Origin of the Concept of a Celestial Mandate (Tian Ming 天命)," *Early China*, Vol. 31, 2007.

Steven J. Willett, "Wrong Meaning, Right Feeling: Ezra Pound as Translator," *Arion: A Journal of Humanities and the Classics*, Third Series, Vol. 12, No. 3, Winter, 2005.

Wang Nian En, "Fu, Bi, Xing: The Stratification of Meaning in Chinese Theories of Interpretation," *Journal of the Oriental Society of Australia*, Vol. 24, 1992.

William McNaughton, "The Composite Images: Shy Jing Poetics," *Journal of the American Oriental Society*, Vol. 83, 1963.

Zeb Raft, "The Limits of Translation: Method in Arthur Waley's Translation of Chinese Poetry," *Asia Major*, No. 2, 2012.

Zhang Longxi, "The Letter or the Spirit: The Song of Songs, Allegoresis, and the Book of Poetry," *Comparative Literature*, Vol. 39, No. 3, Summer, 1987.

Zhang Qiong, "About God, Demons, and Miracles: The Jesuit Discourse on the Supernatural in Late Ming China," *Early Science and Medicine*, Vol. 4, No. 1, 1999.

附录一　西方《诗经》翻译列表[①]

译者	所用语言	时间	备注
金尼阁（Nicolas Trigault）	拉丁语	1626 年	金尼阁所译《中国五经》（*Pentabiblion Sinense*）据说在杭州刊刻，但此译本现在已失佚
殷铎泽（Prospero Intorcetta）、恩理格（Christian Wolfgang Henriques Herdtrich）、鲁日满（François de Rougemont）和柏应理（Philippe Couplet）	拉丁语	1687 年	四人合译的《中国哲学家孔子》中虽然没有《诗经》任何一首诗的完整翻译，但是其中的《大学》《中庸》《论语》中都有引用，很多西方学者就是从这本书间接地接触到《诗经》并对此产生兴趣的
白晋（Joachim Bouvet）	拉丁语	1718 年前后	白晋在未刊稿《诗经研究》中有对《诗经》部分篇章的翻译，此书现藏于法国国家图书馆
孙璋（Alexandre de La Charme）	拉丁语	1733—1738 年	孙璋于 1738 年前后译出《诗经》，但是 1830 年才由朱利斯·莫尔（Julius Mohl）编辑出版

[①] 本表格的编写参考了费赖之《在华耶稣会士列传及书目》，王尔敏《中国文献西译书目》，马祖毅、任荣珍《汉籍外译史》，刘国敏《法国〈诗经〉翻译研究书目勾陈》，钱林森《18 世纪法国传教士汉学家对〈诗经〉的译介与研究——以马若瑟、白晋、韩国英为例》，张万民《英语国家的诗经学：早期篇》《欧美诗经论著提要》，吴晓樵《吕克特与〈诗经〉的德译》，阎国栋、张淑娟《俄罗斯的〈诗经〉翻译与研究》，林一安《博尔赫斯喜译〈诗经〉》，李茵茵《〈诗经〉婚恋诗葡萄牙语译本研究》等著作。

续表

译者	所用语言	时间	备注
马若瑟（Joseph de Prémare）	法语	1736 年之前	马若瑟翻译的《周颂·敬之》《周颂·天作》《大雅·皇矣》《大雅·抑》《大雅·瞻卬》《大雅·板》《大雅·荡》《小雅·正月》等 8 首诗被杜赫德（Jean Baptiste du Halde）收入《中华帝国全志》第二卷第 370—380 页
傅圣泽（Jean-François Fouquet，1663—1739）	不详	不详	费赖之《在华耶稣会士列传及书目》第 559 页记载：圣泽开始翻译《诗经》，附有解说，曾将基督教教义附会中国旧说。雷慕沙后将孙璋神父之译文译写于是编中。宋君荣的通信集中附录里的大事年表也有记载（Le P. Antoine Gaubil, Corres-pondance de Pékin 1722-1759, Genève: Librairei Droz 11, rue Massot, 1970, p. 875, 附录为 Père Joseph Dehergne S. J. 所作）
殷弘绪（François-Xavier d'Entrecolles，1662—1741）	不详	不详	宋君荣通信集附录中记载他曾翻译《诗经》，并给出他的译本在法国国家图书馆中的编号 "d'une traduct ion du Che king（BN: ms. Fr. 19535）"（Le P. Antoine Gaubil, Correspondance de Pékin 1722-1759, Genève: Librairei Droz 11, rue Massot, 1970. p. 876.）
赫苍璧（Julien-Placide Herieu，1671—1746）	不详	不详	费赖之《在华耶稣会士列传及书目》第 593 页记载，马若瑟神父在《中国古籍中之基督教义遗迹》中曾云："苍璧曾用神秘解说，将《诗经》翻译，纵未全译，至少应译有一大部分。"
宋君荣（Antoine Gaubil）	法语	1749 年	很多中西方学者都提到，宋君荣曾将《诗经》译为法文，还说这部书的法文名为"Livre des Vers"，藏在教堂，未得刊刻出版。笔者认为这一说法有误。笔者通读了宋君荣的通信集（Antoine Gaubil, Correspondance de Pékin, 1722-1759, Genève: Librairie Droz S. A., 1970.），发现他从未在信中提到自己翻译《诗经》的事，反而在很多封信中都强调《诗经》译本的作者不是自己，而是孙璋，还说孙璋同意他

续表

译者	所用语言	时间	备注
宋君荣（Antoine Gaubil）	法语	1749 年	抄写一份自己的译本，他打算把抄本寄回教堂（见通信集第 456、496、514、518、520、522 页等）。根据笔者分析，产生这一误判的原因有二。第一，汉学家费赖之、考狄（Henri Cordier, 1849—1925）都曾误以为 Alexandre de La Charme（孙璋）的汉名是宋君荣；第二，费赖之的《在华耶稣会士列传及书目》附录"本书在传人重要译著书目"中，误将孙璋的《诗经》拉丁文译本写为《诗经》法译本（Livre des Vers）。综上所述，宋君荣的《诗经》法译本只是误传
珀西（Thomas Percy）	英语	1761 年	珀西在他翻译的《好逑传》有中国诗歌片段的附录，其中有 7 个来自《诗经》，都是根据《中国哲学家孔子》转译
韩国英（Pierre-Martial Cibot）	法语	1776—1779 年	《北京耶稣会士中国论集》（Mémoires concernant l'histoire, les sciences, les arts, les moeurs, les usages, &c. des Chinois: par les missionnaires de Pekin）中有韩国英《小雅·蓼莪》、《小雅·祈父》、《小雅·常棣》、《大雅·文王》、《大雅·思齐》、《鄘风·柏舟》、《郑风·将仲子》、《大雅·大明》、《鄘风·相鼠》、《唐风·蟋蟀》和《邶风·燕燕》的译文
威廉·琼斯（William Jones）	拉丁语、英语	1799 年	琼斯用拉丁文和英文译了《卫风·淇奥》，用英文译了《小雅·节南山》首章和《周南·桃夭》第三章，也参考了《中国哲学家孔子》的译文
德庇时（John Francis Davis）	英语	1829 年	德庇时在《汉文诗解》中翻译了《召南·鹊巢》和《小雅·谷风》两首诗
布洛赛（Marie-Félicité Brosset, 1802—1880）	不详	不详	根据朱利斯·莫尔为孙璋《孔夫子的诗经》所写的序言，布洛赛翻译了《郑风·遵大路》、《郑风·褰裳》、《郑风·东门之墠》、《豳风·东山》、《小雅·常棣》、《大雅·皇矣》和《商颂·烈祖》7 首诗

续表

译者	所用语言	时间	备注
吕克特（Friedrich Rückert）	德语	1833年	吕克特不懂中文，他的德文译本是根据孙璋的拉丁文译文转译的。他只转译了诗歌，没有转移孙璋的注释
毕欧（Édouard Biot）	拉丁语	1838年	有些研究者称毕欧对孙璋的译本不满意，他加了自己的注释后再版刊行了孙璋的译本。但是在毕欧1843年根据孙璋译本写的文章"Recherches sur les Moeurs des Anciens Chinois, d'après le Chi-king"中，一直建议读者阅读孙璋译本，从未提过自己给此书加注再版
约翰·克拉默（Johann Cramer）	德语	1844年	克拉默的译本也是根据孙璋的译本转译的，但也有人说他只是抄袭了吕克特的译本。他的译本影响不大
裨治文（Elijah Coleman Bridgman）	英语	1847年	裨治文在1847年的《中国丛报》第十六卷上发表了他翻译的《周南·关雎》和《周南·卷耳》
米哈伊洛夫（М. Михайлов）	俄语	1852年	米哈伊洛夫以"孔夫子的诗"为题，在《莫斯科人》上刊载了《唐风·羔裘》的译文
艾约瑟（Joseph Edikins）	英语	1853年	艾约瑟1853年在《皇家亚洲学会中国分会会刊》上发表了《古代汉语的读音》一文，翻译了《大雅·桑柔》第六章作为例证
德米特里·彼得洛维奇·西维洛夫（Дмитрий Летрович Сивиллов）	俄语	1855年	俄国第一个《诗经》译本
加贝伦茨（H. C. Von Gabelentz, 1840—1898，或译嘎伯伦茨）	德语	1864年	根据满文转译
朱迪特·戈蒂耶（Judith Gautier, 1845—1917）	法语	1867年	她编译的中国诗集《玉书》（Le Livre de Jade）中有《郑风·将仲子》、《郑风·女曰鸡鸣》（节译）、《齐风·南山》、《齐风·载驱》、《卫风·伯兮》5首诗
恩斯特·迈耶尔（Ernst Meier）	德语	1869年	迈耶尔在《东方诗集》中从孙璋的译本转译了46首诗歌，但也大量袭用吕克特的译文

续表

译者	所用语言	时间	备注
理雅各（James Legge）	英语	1871年、1876年、1879年	理雅各共有1871年散译本、1876年韵译本和1879年选译本三种《诗经》译本。理雅各的诗经英译是英语世界影响最大的译本
鲍古耶（Jean-Pierre Guillaume Pauthier）	法语	1872年	鲍古耶的译本是《诗经》的第一部法文全译本，其中还辑入了孙璋的部分译文
晁德莅（Angelo Zottoli）	拉丁语	1879—1882年	《中国文化教程》（Cursus litteraturae sinicae）五卷本，1879—1883年、1885年、1902年、1909年由上海长老会印刷所陆续出版和再版，其中第三卷有《诗经》的拉丁文全译
维克多·冯·施特劳斯（Viktor von Strauß，中文名史陶思）	德语	1880年	根据中文原文翻译，不断再版
瓦西里·巴普洛维奇·瓦西里耶夫（Василий Павлович Васильев，中文名王西里）	俄语	1882年	王西里翻译的《诗经》只有国风部分出版了，即《〈诗经〉译本——瓦西里耶夫教授〈中国文选〉第三册注解》
詹宁斯（William Jennings）	英语	1891年	韵译本《诗经》
阿连壁（Clement F. R. Allen）	英语	1891年	阿连壁参考了孙璋、佐托力、理雅各的译本
顾赛芬（Séraphin Couvreur）	法语、拉丁语	1896年	顾赛芬的译本是汉语、法语、拉丁语三种语言对照本，十分流行
麦尔查洛娃（М. Мецалова）、米列尔（О. Миллер）、米哈伊洛夫	俄语	1896年	《诗歌中的中国、日本》一书收入了三人分别翻译的《小雅·楚茨》《郑风·羔裘》《邶风·燕燕》
鲁道夫·德沃拉克（Rudolf Dvorak）	捷克语	1897年	与诗人雅罗斯拉夫·沃热合利茨基（Jaroslav Vrchlicky）合作翻译，于布拉格出版
克莱默-宾（Launcelot Alfred Cranmer-Byng）	英语	1905年	选译《诗经》38篇
于贝尔·奥托（Hubert Otto）	法语	1907	1907年，奥托在香港出版《炉边几小时，〈诗经〉——中国古典诗歌的书》（Quelques heures au coin du feu, Cheu-king ou le livre des vers, un des Classiques Chinois）
海伦·沃德尔（Helen Waddell）	英语	1913年	《中国抒情诗》（Lyrics from the Chinese）选译《诗经》31篇

续表

译者	所用语言	时间	备注
葛兰言（Marcel Granet）	法语	1919 年	葛兰言《中国古代的节庆与歌谣》里有他选译的《诗经·国风》中的 68 首诗，并按照"乡村主题""村民之爱""山川之歌"分类
艾伯特·埃伦斯坦（Albert Ehrenstein）	德语	1922 年	
韦利（Arthur Waley）	英语	1937 年	韦利受葛兰言民俗学的影响，他的译本不按《诗经》本来的顺序编排，而是将所有诗歌按照主题分类，分为求爱、婚姻、祭祀等 17 个类别
博尔赫斯（Jorge Luis Borges）	西班牙语	1938 年	根据韦利英译本转译了《小雅·祈父》《周南·麟之趾》《邶风·终风》3 首诗。
弗里茨·米伦维克（Fritz Mühlengweg）	德语	1945 年	选译本，初版包括 46 首诗，再版有所增加
特赖希林格尔（W. M. Treichlinger）	德语	1948 年	
马铁修斯（Bohumil Mathesius, 1888—1952）	捷克语	20 世纪 40 年代	编译的《古代中国之歌》
高本汉（Bernhard Karlgren）	英语	1950 年	高本汉的译本对理解《诗经》的韵读、具体字词含义很有帮助
庞德（Ezra Pound）	英语	1954 年	庞德的中文水平不高，他参考了孙璋、高本汉、理雅各等多人的译本
什图金（А. Штукин）	俄语	1957 年	什图金的译本在俄罗斯常被其他选本选入
未知	匈牙利语	1957 年	
艾乌赛比乌·卡米拉尔（Eusebiu Camilar）	罗马尼亚语	1957 年	选译《诗经》一篇
戈振东（Padre Joaquim Angélico de Jesus Guerra, S. J.）	葡萄牙语	1979 年	
约翰·肖特曼（Johan W. Shotmon）	荷兰语	20 世纪 70 年代	
米拉和康斯坦丁·鲁贝亚努夫妇（Mila si Constantin Lupeanu）	罗马尼亚语	1986 年	节译本
韦伯·舍费尔	德语		《古代中国的圣歌》

续表

译者	所用语言	时间	备注
孟列夫（Л Мень шиков，1926—2005）	俄语		《周南·关雎》《周南·螽斯》《唐风·绸缪》《小雅·天保》《小雅·谷风》等
玛丽（М. Кравцова）	俄语	2007 年	《周南·关雎》《周南·螽斯》《召南·殷其雷》《邶风·日月》《邶风·击鼓》《邶风·北门》《邶风·北风》《邶风·静女》《魏风·汾沮洳》《唐风·杕杜》《秦风·无衣》《秦风·权舆》《豳风·鸱鸮》《小雅·鹿鸣》《小雅·四牡》《小雅·无将大车》《大雅·灵台》《周颂·天作》《周颂·闵予小子》《鲁颂·有駜》等

附录二　《孔夫子的诗经》错漏表[1]

页码	错漏类型	原文	应为
xviii	错拼错印	PSOSPECTUS	PROSPECTUS
5	错拼错印	Sou	You（汝）
8	错拼错印	qnaerere	quaerere
11	错拼错印	ooulos	oculos
13	错拼错印	Frons	Fons
36	错拼错印	mibi	mihi
43	错拼错印	Sin	Siu（鲉）
45	错拼错印	Sin	Siu（薑）
55	错拼错印	juculum	jaculum
75	错拼错印	viribns	viribus
75	错拼错印	iu	in
87	错拼错印	personaudo	personando
98	错拼错印	sabuntnr	sabuntur
102	错拼错印	praaficitur	praeficitur
105	错拼错印	pergnnt	pergunt
108	错拼错印	arhorum	arborum

---

[1] 本表格分为两个部分，第一部分是错拼错印，指的是印刷时词语中 u 和 n、b 和 h 等字母的混淆，以及单词的错误拼写，这些与孙璋对原文的理解无关。这部分笔者将错误直接在"应为"一栏更正了。第二部分是孙璋翻译时的错译、漏译、多译等问题，其中错译指因孙璋对原诗字句理解错误而产生的翻译错误，漏译指有些字词、诗句漏掉不译，多译指译文中增添了原诗没有的内容。

续表

页码	错漏类型	原文	应为
126	错拼错印	bic	hic
145	错拼错印	snnt	sunt
160	错拼错印	aqnis	aquis
172	错拼错印	futurnm	futurum
173	错拼错印	agandi	agendi
174	错拼错印	commnnis	communis
177	错拼错印	tuamqua	tuamque
178	错拼错印	medere	mederi
181	错拼错印	peinceps	princeps
184	错拼错印	Thronum	Threnum
188	错拼错印	regiouibus	regionibus
196	错拼错印	omnibns	omnibus
207	错拼错印	curribns	curribus
207	错拼错印	Nnnc	Nunc
210	错拼错印	patrum	patruum
217	错拼错印	hujns	hujus
218	错拼错印	sancita	sancta
229	错拼错印	inducitnr	inducitur
230	错拼错印	throno	threno
271	错拼错印	versantnr	versantur
278	错拼错印	Convivinm	Convivium
279	错拼错印	Kin	Kiu（鸠）
280	错拼错印	conjicinnt	conjiciunt
284	错拼错印	ruituram	ruturam
284	错拼错印	nonuulli	nonnulli
289	错拼错印	absolntos	absolutos
292	错拼错印	Ghi	Chi（事）
298	错拼错印	ruiturum	ruturum
312	错拼错印	parihus	paribus

页码	错误类型	原文	备注
2	错译	ex hac tela induisse non displicet	对"服之无斁"的翻译,"斁"即"厌",满足,而孙璋把"厌"理解为憎恶、讨厌了
2	错译	Kuen	"卷耳"是植物名,孙璋没有把"耳"放在植物名当中
15–16	错译	Chou-hi, Pe-hi	对"叔兮伯兮"的翻译,"兮"是语气词,孙璋将其当成名字的一部分了
17	错译	pluviae vis magna et nivium/pluvia mixta nive decidit	"雨雪其雱"和"雨雪其霏"中的"雨雪"都是下雪的意思,而孙璋理解为下雨和下雪了
18	错译	Canistrum storea est non parum rigida/canistrum est, storea est quam flectendi nullus est finis	孙璋将"籧篨"译为"canistrum"和"storea",也就是柳条筐和草席,实际上"籧篨"是指生病不能弯腰的人或者丑如蛤蟆的人
19	错译	Haec ligna hosque asseres intus latentes/haec ligna hosque asseres intimos/haec ligna hosque intimos asseres	对"中冓之言"的翻译,只翻译出了"中冓"的本义,没有译出"内室之言"的含义
21–22	错译	Non suorum tantum utilitati studet homo ille; vir est animo suoque agendi modo simplex et gravis	"匪直也人,秉心塞渊"的误译
22–23	错译	Sed heros noster quomodo gratias referet/sed heros noster quam gratiam praestabit/sed heros noster quid nuntiabit	"彼姝者子,何以畀/予/告之"说的是该如何回报见到的贤德之人,而不是贤德之人如何回报
28	错译	Pe-hi	孙璋把"伯兮"中的语气词"兮"当成了名字的一部分,所以把后文中的"伯"也都称为"伯兮"
30	错译	Vir sapiens negotia curat: ego vero quando tandem potero a fame, a siti (quam patior,) libera fieri?	"君子于役,苟无饥渴"是叙述者担心远方的君子,希望他免于饥渴,而孙璋这样的译法变为君子自己担心能否免于饥渴,失去了原诗中叙述者的关切之心
30	错译	Dextrâ autem mihi in cubiculum venire innuit et gaudet	"右招我由房","由房"有两种解释:其一,"房"是"房中乐";其二,"房"即"放",也就是游玩。孙璋把房理解为房间内了

续表

页码	错误类型	原文	备注
33-34	错译	Sed tu, o Tchong-tsee, tecum cogita et vide/O Tchong-tsee, tecum cogita et vide/O Tchong-tsee, tu tecum reputa	"仲可怀也"说的是叙述者觉得仲子可怀,而不是孙璋翻译的祈使句——让仲子怀
37	错译	Chou-hi; Pe-hi	误认为语气词"兮"是名字的一部分
38	错译	Chou-hi, Pe-hi	同上
43	错译	Canis foemina et ipsius catulus torquem gestant	对"卢重环"的翻译,"重环"是指母环,也就是大环套着小环,孙璋误译为母狗和小狗都戴着套环
45	错译	Hic vir formosus quidem, sed caret prudentia; praeclara est specie, sed nullo consilio	"彼其之子,美无度,美无度"的误译,"美无度"是指美得无法度量,而孙璋误认为是虽然美,却不审慎
52	错译	Post dies aestivos, noctes hibernas	"夏之日,冬之夜"是说夏日长,冬夜长,而不是在夏日冬夜之后
63	错译	ollam tergere debet ... bonum nuntium referat ille	"谁能烹鱼,溉之釜鬵;谁将西归,怀之好音"是说如果有人要烧鱼,我愿为他洗锅;如果有人要西归,我愿用好消息宽慰他。这句翻译反了
65	错译	sed princeps Sun, qui est de titulo Pe, labori non parcit	"郇伯劳之"是说郇伯慰劳四方之王
66	多译	et frigore rigent capilli	
68	顺序混乱	Cum domum et familiam...	孙璋把"曰予未有室家"提前到段首了
69	错译	Jam exercitus apparatum omittamus	"勿士行枚",口中不衔止语箸。孙璋未译出此意
70	错译	cum suis novis ornatibus maximopere placet, sed illius vetera quid dicemus?	"其新孔嘉,其旧如之何"说的是人,而非装饰
75-76	错译	si venire negligent, quid tandem ego? quidquid sit, non hoc debeo ita aegre ferre. ...venire negligunt illi, ego autem quid agam? Quidquid sit, non propterea debeo ipsis succensere	没有译出"微我弗顾"和"微我有咎"的意思

续表

页码	错误类型	原文	备注
77	顺序混乱	sive verno tempore fiat, et hic ritus tunc Yo appellatur, sive aestivo tempore et hic ritus See dicitur, sive autumnali et Tching vocatur, sive hiemali et hic ritus nomine Tchang insignitur	春祠，夏禴，秋尝，冬烝。孙璋混淆了
82	错译	neque amicos oblivisci unquam potest	"嘉宾式燕又思"中的"思"应是语气助词
85	漏译、混淆	si me quingentis conchyliis donavisset	第二章最后一句是"我心则喜"，孙璋未译此句，误把第三章的"锡我百朋"在此处重复翻译了
86	错漏		漏掉了《采芑》这首诗的标题和序号
88	错译	Regionis King-man rudes et imperiti incolae	"蠢尔蛮荆"中的"蛮荆"是指荆州之蛮，南方之蛮，地名应为"King"，而非"King-man"
89	漏译		漏译"吉日维戊"中的"戊"；"麀鹿麌麌"中的"麀"
90	错译	sed eorum qui parentibus suis orbi facti sunt	老而无妻曰鳏，此处译法不对
91	多译	regulorum instar qui imperatorem obsequii…Tsong	在诗中解释"朝宗"，其实这是一种比喻的用法
93	错译	Tu princeps de titulo Kong, tu vir princeps de titulo Heou	"尔公尔侯"是说以尔为公、为侯
93	错译	Sed nolito, amice mi, tuos sermones cum auro et gemmis conferre	"毋金玉尔音"的误译
94	错译	Relicto priore matrimonio, novas nuptias meditamur, non eo quod quaeramus divitias, sed alia ducimur ratione	"不思旧姻，求尔新特。成不以富，亦祗以异"说的是对方，主语不应该是"我们"
99	错译	Reverendus et tremendus supremus rerum dominus（Chang-ti）neminem odit, quis dicat illum odio habere quemquam?	"有皇上帝，伊谁云憎"是抱怨上天的话，问上天是否因为憎恶谁而降下灾祸。译文说上帝不恨任何人，应是出于宗教的考虑
100	错译	Finem semper cogita. Coelum nubilum et pluvium prospice	"终其永怀，又窘阴雨"是陈述句，不是祈使句
100	漏译		漏译"曾是不意"一句

续表

页码	错误类型	原文	备注
102	多译	regnat interea Paosee venusta mulier	"艳妻煽方处"一句并未提到褒姒的名字,但是孙璋根据历代注本认为说的就是褒姒
106	错译	Eruca Ming-ling dicta gignit parva insecta sive vermes	螟蛉是虫,而不是草
108	多译	(Imperator Yeou-ouang)	原诗没有说君子即幽王,孙璋把注释内容体现在诗中
113	错译	leves querelas meas commemoras	"思我小怨"的"怨"是指过错、错失,而非怨言
119	错译	Sed timeo, ne ad hunc meum reditum haec et illa loquantur	"畏此反覆",害怕世事倾侧无常
124	错译	Ampla seges erit, in hujus spe conquiesco, et agricolarum incumbit levare labores	"攸介攸止,烝我髦士"翻译不准确
125	多译	si quis sit	翻译"田祖有神"时,多译的内容
126	错译	Tchang pirus arbor	"裳裳"即"堂堂",意思是花盛开的样子,不是树名
127	多译	(i. e. Imperator)	原诗的"君子"并非指天子
128	错译	Planta Niao dicta cum planta Niu-lo pino et cupresso arboribus circumvolvitur	"茑与女萝,施于松柏",这里翻译反了
129	错译	Amo te neque ullum amanti paries fastidium	"好尔无射"中的"射"即"厌","无射"即没有尽头,孙璋把"厌"错误地理解为厌恶了
135	漏译		漏译《都人士》第一章
138	漏印		没有《瓠叶》一诗的标题和序号
142	多译	imperarent; obtinuere	中间的";"多余
144	错译	ad austrum aminis Hia	"在洽之阳",山南水北为阳,译者把水北错当成水南,另,此处"洽"读"he"
148	错译	Aequitate et animi moderatione summa sapiens non aliud stipendium aut praemium quaerit, quam virtutis praemium	"岂弟君子,干禄岂弟"是说君子干禄亦有道,而不是不干禄,只追求道德
153	错译	in aula fruimur	"王配于京"的"京"是指镐京
164	错译	cantat et vocis suae modulos temperat	"以矢其音"即以陈其音

续表

页码	错误类型	原文	备注
167	漏译		漏译《板》的第二章
171	错译	Sapientia et stulititia, haec duo ita contraria, in homine inter se pariter certant	"哲人之愚，亦维斯戾"是说哲人如果也愚蠢，那就是怪事了
171–172	错译	Sive surgas e lecto, sive nocte jaceas in lecto	"夙兴夜寐"的错译
174	漏印		没有《桑柔》一诗标题和序号
177	错译	Nullus est, qui spiritui non sacrificet	"靡神不举"是说给所有的神献祭，孙璋译成了"靡不举神"
178	错译	nullusque est qui spiritui honorem non exhibeat	"靡神不宗"错译为"靡不宗神"
178	错译	Qui ex imperio Tcheou nostro supersunt nigris capillis homines (i. e. Sinae) ii dextro brachio capti sunt, et in figura hominus illi jam homines non reputandi	"周余黎民，靡有孑遗"的错译
181	错译	Post multas itineris dilationes, jam proficisci certum est	"申伯信迈"中"信迈"是指住了两宿之后启程，不是耽误了很久
184	错译	Non me obsequii causa convenies, sed tuae ditioni invigila et mihi adjutor esto	"榦不庭方，以佐戎辟"是说整治那些不来朝见的诸侯国，以辅佐君王。此处翻译有误
188	错译	vis magna curruum capitur	"仍执丑虏"是说捉住敌人，译法有出入
188	错译	rem belli evulgari non sinit	"不测"是说王师力量强大不可测，译法有误
191	错译	O si antiquus ille et felix rerum status pessimi hujus rerum status vicem obire posset!	"彼疏斯粺，胡不自替"是说，君子、小人就像精米、糙米一样有分别，小人为何不自己退出，让位于君子呢？译文不准确
192	错译	Quamquam etiamnum habemus a virtute majorum minime degeneres viros qui malis mederi possent	"维今之人，不尚有旧"是说今天仍有有旧德而且可用之人，但是不被重用
194	错译	et ad nepotes meos, quos incolumes praestabitis, pertinebit	"子孙保之"是说子孙会长久地保住上天的福祉，而不是说子孙被保护

续表

页码	错误类型	原文	备注
194	错译	Viro illo (Ouen-ouang) nihil praestantius…Virtute (illius) nihil splendidius	"无竞维人""不显维德"是文王留下的训诫内容，而不是说文王自己超越旁人
195	错译	eo collimabant omnia ejus animi studia	"单厥心"是说成王殚精竭虑，译文不准确
195	漏译		漏译《我将》中的"享之"和"保之"
196	多译	Jam, inquit, eo spectant animi totius mei studia	多余
197	漏译		没翻译《臣工》中"维莫之春"一句
200	错译	ad locum Tchao-kao dictum deducuntur	"昭考"指武王，武王庙叫作"昭"，此处有误
201	错译	Jam ego in aedibus regiis; sive intrem, sive foras exeam	"陟降庭止"是说我思念文王、武王，仿佛他们出现在庙堂当中，而不是我在庙堂中
205	错译	coelorum nempe splendori aequandum	"於昭于天"是说武王的美好德行为上天所知
205	错译	hoc profecto mente volvi et revolvi par est	"於绎思"中的"思"是语气助词，这句的意思是周承天命，会延续不断。译文把"思"当作实词来翻译了
206	错译	Princeps autem is ille est, cujus vis ingenii nihil retardari possit nullisque finibus circumscribi/Princeps autem is ille est, cujus animi fortitudo nullo labore vinci possit/Princeps autem propositi tenax nullo vincitur fastidio/Princeps autem vir rectus nihil prave sentit	"思无疆""思无期""思无斁""思无邪"中的"思"是虚词，这几句话的意思差不多，都是无穷无尽的意思。孙璋误认为"思"是实词，并且误译为这几句是写人的。另，"无斁"即"无厌"，没有尽头，孙璋误译为不厌恶
207	错译	Pars annonae filiis et nepotibus servatur	"君子有穀，诒孙子"中的"穀"在此处是指福禄、好的东西，而不是粮食
218	多译	per populum qui hujus est quasi interpres	多余

后 记

本书是根据我的博士学位论文修改而成的。由于时间、学力等方面的不足，我对孙璋《孔夫子的诗经》这一译本的研究还存有很多遗憾：对拉丁文的译释需要通过更感性的体验和更准确的理解来完善，对《孔夫子的诗经》的解读需要更多地借鉴翻译理论已有的成果和视野，需要更广泛、深入地在孙璋译本与其他译本和海内外《诗经》阐释史之间建立对话关系……这些都是我今后在这一领域继续研究时需要努力的方向。

老师、朋友、家人在我求学各阶段给我的帮助和支持让本书能够顺利出版。

感谢我博士研究生阶段的导师张辉教授。张老师的文学与思想史课程为我埋下了后来研究《诗经》的种子；数年的读书会培养了我进行文本细读和背诵经典的习惯，也提高了我对作品的感知力，让我在之后的研究、写作中受益匪浅；而张老师对我所做题目的兴趣和信心是我继续这一领域研究的极大动力。此外，还要感谢我硕士研究生阶段的导师张沛教授。张老师是我走上学术道路的引路人。硕士研究生在读期间，在他指导下做的《五经英译目录》启发了我将《诗经》西传作为博士论文选题；在论文写作的各个环节，张老师提出的问题和建议一针见血，促使我思考应该如何继续这一领域的研究。感谢康士林（Nicolas Koss）老师，我从硕士三年级开始跟随康老师学习拉丁语，博士研究生在读期间还蒙康老师的推荐和慷慨资助，得到去台湾辅仁大学修习进阶拉丁语的机会，这为我的研究打下了语言基础。感谢我在比利时鲁汶大学交流访学时的指导教师钟鸣旦（Nicolas Standaert）教授，钟老师向我介绍了许多有效、快速查找文献的方法，还推荐我去罗马传信部查找相关资料。感谢陈跃红老师、车槿山老师、秦立彦老师、戴锦华老师、蒋洪生老师、高冀老师、魏崇新老师和陈戎女老师在开题、预答辩和答辩中给我提出的中肯而宝贵的意见。

感谢教研室的老师们。很幸运毕业后能在武汉大学文学院工作，教研室的老师们总让我感到温暖而自在。尤其要感谢张箭飞老师和艾士薇老师，她们在我最焦虑迷茫的时候给了我莫大的鼓励和帮助，没有她们，这本书将难以出版。

感谢本书的编辑杨桂凤老师、梅怡萍老师，她们专业而严谨，提出的修改建议不仅帮我减少了许多错讹之处，还激发了我对很多问题做进一步思考。

博士研究生毕业近三年，生活发生了很大变化，我不只是老师的学生、母亲的女儿，还成为学生的老师、女儿的母亲，而始终未变的则是老师、同学、朋友一如既往的关心和帮助，爱人、家人、亲人自始至终的支持和陪伴，还有我心中长存的对他们的感谢。

最后，我要把这本书献给出生于 2022 年 7 月的张苇杭小朋友，你的一举一动、一颦一笑甚至一哭一闹，都让我的世界更加绚烂美好。

图书在版编目(CIP)数据

《诗经》之镜：孙璋《诗经》拉丁文译本研究 / 雷鸣著. -- 北京：社会科学文献出版社，2024.1
ISBN 978-7-5228-1711-8

Ⅰ.①诗… Ⅱ.①雷… Ⅲ.①《诗经》-拉丁语-文学翻译-研究 Ⅳ.①I207.222②H771.59

中国国家版本馆 CIP 数据核字（2023）第 066460 号

《诗经》之镜
——孙璋《诗经》拉丁文译本研究

| 著　　者 / 雷　鸣 |

| 出 版 人 / 冀祥德 |
| 责任编辑 / 杨桂凤 |
| 文稿编辑 / 梅怡萍 |
| 责任印制 / 王京美 |

| 出　　版 / 社会科学文献出版社·群学出版分社（010）59367002 |
| 　　　　　地址：北京市北三环中路甲29号院华龙大厦　邮编：100029 |
| 　　　　　网址：www.ssap.com.cn |
| 发　　行 / 社会科学文献出版社（010）59367028 |
| 印　　装 / 三河市尚艺印装有限公司 |
| 规　　格 / 开　本：787mm×1092mm 1/16 |
| 　　　　　印　张：13.75　字　数：232千字 |
| 版　　次 / 2024年1月第1版　2024年1月第1次印刷 |
| 书　　号 / ISBN 978-7-5228-1711-8 |
| 定　　价 / 98.00元 |

读者服务电话：4008918866

版权所有 翻印必究